Over *Piep zei de muis*

'Wederom een thriller met diepgang (…) Een boek dat mij in de wurggreep pakte en niet meer losliet tot het einde. *Iene miene mutte* was uitmuntend en tja, deze? Minstens zo goed!'
Boekhandel Krings, Sittard

'We hebben er niet voor niets 50 ingeslagen! Snel lezen, voordat de spoilers je om de oren vliegen, want iedereen zal met je over dit boek willen kletsen.'
Bek Boeken, Veghel

'*Piep zei de muis* is waanzinnig gruwelijk goed!'
Bruna, Panningen

'Jaaaaa! Nu al een van de beste thrillers van het jaa
The Readshop Hedel, Hedel

'De manier waarop hij [Arlidge] ogenschijnlijk moeiteloos verhaaltechnische problemen eerst creëert en ze vervolgens even makkelijk weer oplost, verraadt een lenige, creatieve geest.'
Het Parool

'M.J. Arlidge schetst een verhaal dat zó levensecht en aangrijpend is, dat het niet snel vergeten zal worden. Een uitmuntende thriller.'
Thriller-leestafel.info

'Een spannend boek, waar dieper op de personages ingegaan wordt, waar meerdere lagen in het verhaal zitten.'
Thrillerlezers.blogspot.nl

'Een heerlijke en gruwelijke whodunit, die beter uitgebalanceerd is dan het debuut van Arlidge. De schrijver heeft stappen gemaakt en de lezer is hem daar ongetwijfeld zeer dankbaar voor. *Piep zei de muis* leest heerlijk weg en zet Grace definitief op de kaart in thrillerland.'
Dethriller.blogspot.nl

'De plotopbouw en wendingen in het verhaal zorgen voor flink wat uurtjes leesplezier. M.J. Arlidge schrijft thrillers zoals ze horen te zijn.'
Naadspage.wordpress.com

M.J. Arlidge bij Boekerij:

Iene miene mutte
Piep zei de muis
Pluk een roos
Klikspaan
Naar bed, naar bed
Wie niet weg is
Klein klein kleutertje
In de maneschijn
Kom je spelen?

E-booknovelles:
Alles in de wind
Schuitje varen

www.boekerij.nl

M.J. ARLIDGE

PIEP ZEI DE MUIS

VADER WAS NIET THUIS...

Inspecteur Helen Grace krijgt te maken met
een angstaanjagende seriemoordenaar

Eerste druk 2016
Tweeëndertigste druk 2020

ISBN 978-90-225-7852-0
ISBN 978-94-023-0488-6 (e-book)
NUR 330

Oorspronkelijke titel: *Pop Goes The Weasel*
Oorspronkelijke uitgever: Penguin Books Ltd, Londen
Vertaling: Mariëtte van Gelder
Omslagontwerp: Wil Immink Design
Omslagbeeld: iStock
Zetwerk: Mat-Zet bv, Soest

1

De mist sloop langzaam en verstikkend vanaf de zee de stad in, oprukkend als een invasieleger, oriëntatiepunten opslokkend en het maanlicht smorend, zodat Southampton een vreemd, griezelig oord werd.

In Empress Road, een bedrijventerrein, was het zo stil als het graf. De garages waren gesloten, de monteurs en het groothandelspersoneel waren vertrokken en nu namen de tippelaarsters het gebied over. Gekleed in korte rokjes en bustiers inhaleerden ze de rook van hun sigaretten diep om nog een beetje warmte bij elkaar te sprokkelen tegen de ijzige kou. Ze liepen heen en weer, zich inspannend om hun lichaam te verkopen, maar in het schemerduister leken ze meer op uitgemergelde geestverschijningen dan op lustobjecten.

De man reed langzaam en tastte met zijn ogen de rij halfnaakte heroïnehoertjes af. Hij taxeerde ze – hier en daar een schok van herkenning – en verwierp ze. Zij waren niet wat hij zocht. Deze avond wilde hij iets speciaals.

Zijn hoop vocht tegen angst en frustratie. Hij kon al dagen aan niets anders meer denken. Hij was er nu heel dichtbij, maar stel dat het een grote leugen was? Een broodje aap? Hij sloeg hard tegen het stuur. Ze móést er zijn.

Niets. Niets. Nie…

Daar was ze. Ze stond in haar eentje tegen een muur vol graffiti geleund. Hij werd opeens overspoeld door opwinding. Deze was écht anders. Ze inspecteerde haar nagels niet, rookte niet, roddelde niet. Ze wachtte alleen maar. Ze wachtte tot er iets zou gebeuren.

Hij reed van de weg af en parkeerde uit het zicht bij een afrastering. Hij moest voorzichtig zijn, mocht niets aan het toeval overlaten. Hij tuurde de weg af, zoekend naar een teken van leven, maar de mist had hen beiden volledig geïsoleerd, alsof ze de laatste twee mensen op aarde waren.

Hij beende de straat over, naar haar toe, maar riep zichzelf tot de orde en ging langzamer lopen. Hij moest dit niet afraffelen – het was iets om langzaam en ten volle van te genieten. De voorpret was soms leuker dan de daad zelf, had de ervaring hem geleerd. Voor deze moest hij de tijd nemen. De komende dagen zou hij de herinneringen zo waarheidsgetrouw mogelijk aan zich voorbij willen laten trekken.

Ze werd omlijst door een rij verlaten huizen. Niemand wilde hier nog wonen en de huizen waren leeg en smerig. Er werd crack gebruikt en er werden klanten afgewerkt; de vloeren lagen bezaaid met vuile naalden en nog vuilere matrassen. Toen hij dichterbij kwam, keek het meisje op en tuurde door haar dikke pony naar hem. Ze maakte zich los van de muur, knikte zonder iets te zeggen naar de dichtstbijzijnde huls van een huis en stapte naar binnen. Geen onderhandelingen, geen inleiding. Het was alsof ze in haar lot berustte. Alsof ze het wíst.

Hij haastte zich om haar in te halen, haar rug, benen en hoge hakken indrinkend, met stijgende opwinding. Toen ze in het duister verdween, versnelde hij zijn pas. Hij kon niet meer wachten.

De planken kraakten onder zijn voeten toen hij over de drempel stapte. Het vervallen huis zag er precies zo uit als in zijn fanta-

sieën. Een overweldigende geur van bederf vulde zijn neusgaten –
alles hier rotte weg door het vocht. Hij haastte zich de vroegere
woonkamer in, een vergaarbak van afgedankte strings en condooms. Ze was nergens te bekennen. Gingen ze nu verstoppertje
spelen?

Naar de keuken. Niets. Hij maakte rechtsomkeert en nam de
trap naar boven. Bij elke tree flitsten zijn ogen heen en weer, zoekend naar de prooi.

Hij liep de eerste slaapkamer in. Een beschimmeld bed, een gebroken ruit en een dode duif, maar geen spoor van het meisje.

Woede begon zijn begeerte te overstemmen. Wat verbeeldde ze
zich? Hoe durfde ze zo met hem te sollen? Ze was maar een stoep-
hoer. Een hondendrol onder zijn schoen. Hij zou haar laten lijden
voor de manier waarop ze hem behandelde.

Hij duwde de deur van de badkamer open – niets – en liep naar
de volgende slaapkamer. Hij zou haar stomme kop in elkaar…

Opeens klapte zijn hoofd achterover. De pijn raasde door zijn
hele lijf, zo hard werd hij aan zijn haar getrokken, achteruit, achteruit. Nu kreeg hij geen lucht meer – er werd een lap tegen zijn
mond en neus gedrukt. Een scherpe, bijtende geur drong zijn
neusgaten in en zijn instinct kwam te laat in actie. Hij vocht voor
zijn leven, maar hij zakte al weg. Toen werd alles zwart.

2

Ze volgden al haar bewegingen. Hingen aan haar lippen.

'Het gaat om het lichaam van een blanke vrouw van twintig à vijfentwintig jaar. Ze is gisterochtend door een buurtwerker gevonden in de kofferbak van een afgedankte auto in Greenwood Lane.'

Inspecteur Helen Grace sprak met heldere, krachtige stem, al had ze maagkramp van de spanning. Ze instrueerde het team Zware Misdrijven op de zevende verdieping van het hoofdbureau van politie in Southampton.

'Zoals jullie op de foto's kunnen zien, zijn haar tanden haar mond in geslagen, vermoedelijk met een hamer, en zijn haar beide handen afgehakt. Ze zit vol tatoeages, wat zou kunnen helpen bij de identificatie, en jullie moeten het in eerste instantie in de richting van drugs en prostitutie zoeken. Dit lijkt meer op een liquidatie door een bende dan op een gewone huis-tuin-en-keukenmoord. Brigadier Bridges coördineert het onderzoek en hij zal jullie meer vertellen over mogelijke verdachten. Tony?'

'Dank je, chef. Om te beginnen wil ik nagaan of er gelijksoortige zaken zijn geweest…'

Bridges kwam op dreef en Helen glipte weg. Ze trok het nog steeds niet om in het middelpunt van de aandacht, de roddels en intriges te staan. Het was al bijna een jaar geleden dat Helen een eind had gemaakt aan Mariannes gruwelijke moordpartij, maar de belangstelling was niet afgenomen. Een seriemoordenaar een halt toeroepen was al indrukwekkend genoeg, maar je eigen zus doodschieten om dat te bereiken oversteeg dat nog. In de directe nasleep hadden vrienden, collega's, journalisten en onbekenden elkaar verdrongen om haar medeleven en steun te bieden, maar dat was grotendeels nep – wat ze eigenlijk wilden, waren detaíls. Ze wilden Helen blootleggen en in haar wroeten: hoe is het om je eigen zus dood te schieten? Heeft je vader je misbruikt? Voel je je schuldig aan al die doden? Voel je je verantwoordelijk?

Helen was haar hele volwassen leven bezig geweest een hoge muur rond haar persoon op te trekken – zelfs de naam Helen Grace was niet echt – maar door toedoen van Marianne was die muur definitief gesloopt. Helen was in de verleiding gekomen te vluchten – ze hadden haar verlof aangeboden, overplaatsing en zelfs een gouden handdruk – maar op de een of andere manier had ze zich weten te herpakken en was ze zodra ze toestemming kreeg weer aan het werk gegaan. Ze wist dat alle ogen op haar gericht zouden blijven, waar ze ook was, en dat ze zich dus maar beter kon laten ontleden op haar eigen terrein, waar het leven jaren goed voor haar was geweest.

In theorie was het waar, maar de praktijk was verre van makkelijk gebleken. Er waren hier zo veel herinneringen – aan Mark, aan Charlie – en zo veel mensen die maar al te graag in haar verleden wilden peuren, die speculeerden of zelfs grappen maakten over haar beproeving. Nog steeds, maanden nadat ze weer aan het werk was gegaan, werd het haar soms te veel.

'Goedenavond, chef.'

Helen, die zonder het te merken langs de balie was gelopen, schrok op. 'Goedenavond, Harry. Ik hoop voor je dat de Saints vanavond winnen.'

Haar toon was opgewekt, maar de woorden kwamen er vreemd uit, alsof het haar te veel moeite kostte om vrolijk te doen. Ze haastte zich naar buiten, stapte op haar Kawasaki, gaf gas, scheurde weg over de West Quay Road en ging op in de mist die eerder vanaf zee was komen aanrollen en in de stad was blijven hangen.

Ze zoefde in een constant, stevig tempo langs het verkeer dat in een slakkengangetje op weg was naar het St. Mary's Stadium en reed de snelweg op. Gewoontegetrouw keek ze in haar spiegels, maar ze werd niet gevolgd. Toen het minder druk werd, voerde ze haar snelheid op. Toen ze de 175 had bereikt, wachtte ze een seconde en klom toen op naar 200 kilometer per uur. Ze voelde zich nooit vrijer dan wanneer ze over de weg snelde.

De bebouwing flitste voorbij. Eerst Winchester, toen Farnborough, en uiteindelijk doemde Aldershot op. Nog een snelle blik in de spiegels en op naar het centrum. Helen zette de motor op een parkeerplaats, ontweek een groepje dronken soldaten en liep gehaast door, de schaduw opzoekend. Geen mens kende haar hier, maar ze mocht geen risico nemen.

Ze liep langs het station en een kwartiertje later was ze in Cole Avenue, midden in een buitenwijk van Aldershot. Ze wist niet of ze er goed aan deed, maar ze voelde de drang hier terug te komen. Ze dook tussen de struiken langs de kant van de weg, haar vaste uitkijkpost.

De tijd kroop. Helens maag knorde en het drong tot haar door dat ze sinds het ontbijt niet meer had gegeten. Stom, eigenlijk. Ze werd met de dag dunner. Wat wilde ze zichzelf bewijzen? Er waren betere manieren om boete te doen dan je doodhongeren.

Opeens zag ze beweging. Er werd 'Doei' geroepen en de deur van nummer 14 sloeg dicht. Helen maakte zich klein. Haar ogen volgden de jonge man die nu door de straat liep, opgaand in zijn mobiele telefoon. Hij liep rakelings langs Helen, zonder haar op te merken, en verdween toen om de hoek. Helen telde tot vijftien, kwam uit haar schuilplaats en zette de achtervolging in.

De man – vijfentwintig, jongensachtig – was aantrekkelijk om te zien, met dik zwart haar en een rond gezicht. Met zijn laag om zijn achterste hangende spijkerbroek zag hij eruit zoals zo veel jongens die wanhopig hun best doen om cool en onverschillig over te komen. De geforceerde achteloosheid ontlokte Helen een glimlachje.

Er werd een stelletje rumoerige jongens zichtbaar voor de Railway Tavern, een mekka voor wie jong, blut of louche was: twee pond voor een pint, een halve pond voor een shotje en gratis biljarten. De eigenaar, een man op leeftijd, bediende probleemloos iedereen die de puberteit had bereikt, dus het zat er altijd zo bomvol dat de klanten naar buiten moesten uitwijken. Helen, die er blij om was, gliptc tussen de mensen door om ongezien te kunnen observeren. De jongen wuifde met ccn biljct van twintig pond naar het groepje, dat hem met gejuich begroette. Ze gingen allemaal naar binnen, gevolgd door Helen. Ze wachtte geduldig op haar beurt bij de bar, onzichtbaar voor de jongens – in hun wereld was geen plaats voor mensen van boven de dertig.

Na ccn paar glazcn ontvluchttc dc grocp dc nicuwsgicrigc blikken in het café en ging naar een speelterrein in een park aan de rand van de stad. Het verslonsde park was verlaten en Helen moest de jongens voorzichtig volgen. Een vrouw die 's avonds in haar eentje door een park doolt valt op, dus hield ze afstand. Ze posteerde zich in de schaduw van een oude eik die ernstig was verminkt met tientallen ingekraste hartjes, zodat ze ongezien naar de bende kon kijken, die vrolijk zat te blowen, in weerwil van de kou.

Helen stond continu in de belangstelling, maar nu was ze onzichtbaar. Na Mariannes dood was haar leven uitgeplozen, blootgelegd voor wie het maar wilde zien, met als gevolg dat de mensen dachten haar door en door te kennen.

Toch was er iets wat ze niet wisten. Eén geheim dat ze voor zichzelf had gehouden.

En dat stond nu op nog geen vijftien meter bij haar vandaan, zich totaal niet bewust van haar aanwezigheid.

3

Zijn ogen gingen knipperend open, maar hij zag niets.

Tranen rolden over zijn wangen en zijn oogbollen draaiden nutteloos in hun kassen. Geluiden klonken op een afschuwelijke manier gedempt, alsof er watten in zijn oren waren gepropt. Terwijl hij vocht om bij te komen, werd hij zich bewust van een felle, verscheurende pijn in zijn keel en neus. Een intens, brandend gevoel, alsof er een vlam bij zijn strottenhoofd werd gehouden. Hij wilde niezen, kokhalzen, uitspugen wat hem kwelde, wat het ook was, maar zijn mond was afgeplakt, dus moest hij zijn pijn wegslikken.

Ten slotte droogde de tranenvloed op en begonnen zijn schrijnende ogen de omgeving in zich op te nemen. Hij was nog in het vervallen huis, alleen lag hij nu languit op het smerige bed in de grote slaapkamer. Zijn zenuwen waren tot het uiterste gespannen en hij worstelde als een dolle – hij moest hier weg – maar zijn polsen en enkels waren stevig vastgebonden aan het metalen bed. Hij trok, rukte en kronkelde, maar de nylon boeien gaven niet mee.

Pas nu merkte hij dat hij naakt was. Er diende zich een gruwelijke gedachte aan: zouden ze hem hier zo laten liggen? Zou hij doodvriezen? Zijn huid verdedigde zich al met kippenvel van kou en angst en het drong tot hem door hoe ijzig koud het was.

Hij schreeuwde uit alle macht, maar er kwam niet meer dan

een zwak, brommerig gekreun uit zijn mond. Kon hij maar praten met degenen die dit hadden gedaan, ze tot rede brengen... Hij kon ze meer geld geven, dan zouden ze hem wel laten gaan. Zó konden ze hem niet achterlaten. Hij keek naar zijn vadsige, middelbare lichaam op het groezelige dekbed en zijn angst werd aangelengd met vernedering.

Hij spitste zijn oren, tegen beter weten in hopend dat hij niet alleen was, maar het was stil. Ze hadden hem alleen achtergelaten. Hoe lang zouden ze hem hier laten liggen? Tot ze al zijn rekeningen hadden kaalgeplukt? Tot ze weg waren gekomen? Hij huiverde, want hij zag er nu al tegen op met de een of andere hoer of junk te moeten onderhandelen over zijn vrijheid. Wat zou hij doen als hij vrij was? Wat moest hij thuis zeggen? Tegen de politie? Hij vervloekte zichzelf hartgrondig om zijn verdomde stommi...

Er kraakte een plank. Hij was dus níét alleen. Er laaide hoop in hem op – misschien kon hij erachter komen wat ze van hem wilden. Hij keek reikhalzend om zich heen in een poging de aandacht van zijn belager te trekken, maar die naderde hem van achteren en bleef onzichtbaar voor hem. Opeens viel het hem op dat het bed waaraan hij was vastgebonden naar het midden van de kamer was geschoven, alsof het een podium was. Geen mens zou erin willen slapen zoals het nu stond, dus waarom...?

Er viel een schaduw op hem. Voordat hij ook maar iets kon doen, gleed er iets over zijn ogen, zijn neus, zijn mond. Een soort kap. Hij voelde de zachte stof op zijn gezicht, het koord dat strak werd aangetrokken. Hij kreeg nu al bijna geen lucht meer door het dikke fluweel dat zijn protesterende neusgaten bedekte. Hij schudde zijn hoofd woest heen en weer, vechtend om een beetje ademruimte te scheppen. Hij verwachtte elk moment te voelen dat het koord nog strakker werd aangehaald, maar tot zijn verbazing gebeurde er niets.

Wat nu? Het was weer helemaal stil, op het geluid van zijn

zwoegende ademhaling na. Het werd benauwd in de kap. Kon er wel zuurstof in komen? Hij dwong zichzelf langzaam te ademen. Als hij nu in paniek raakte, ging hij hyperventileren en dan…

Opeens kregen zijn zenuwen een schok en hij kromp in elkaar. Er lag iets kouds op zijn dij. Iets hards. Iets van metaal? Een mes? Het schoof over zijn been omhoog, op weg naar… Hij verzette zich hevig, zijn spieren verrekkend in zijn pogingen zich van zijn boeien te ontdoen. Nu wist hij dat het een strijd op leven en dood zou worden.

Hij schreeuwde zo hard als hij kon, maar de tape op zijn mond bleef stevig vastzitten. Zijn boeien gaven niet mee. En er was niemand die zijn kreten hoorde.

4

'Gewerkt of gefeest?'

Helen draaide zich als door een adder gebeten om, met bonzend hart. Ze was ervan uitgegaan dat ze alleen door het donkere trappenhuis naar haar appartement liep. De ergernis om de verrassing vermengde zich even met angst... maar het was James maar, in de omlijsting van zijn deuropening. Hij was sinds drie maanden haar benedenbuurman en hield er als hoofdverpleger in het South Hants Hospital vreemde tijden op na.

'Gewerkt,' loog Helen. 'Jij?'

'Ik dacht dat het werk een feestje zou worden, maar... ze is net met een taxi vertrokken.'

'Jammer.'

James haalde zijn schouders op en lachte zijn scheve glimlach. Hij was eind dertig en op zijn eigen, sjofele manier aantrekkelijk, met een lome charme die meestal effect had op jonge verpleegsters.

'Over smaak valt niet te twisten,' vervolgde hij. 'Ik dacht dat ze me leuk vond, maar ik ben altijd waardeloos geweest in het opvangen van signalen.'

'O ja?' zei Helen, die er geen woord van geloofde.

'Maar goed, heb je zin in gezelschap? Ik heb een fles wijn die... Thee, ik heb thee,' verbeterde hij zichzelf snel.

Helen had in de verleiding kunnen komen, maar die verbetering ergerde haar. James was net als alle anderen – hij wist dat ze niet dronk, dat ze liever thee had dan koffie, dat ze een moordenaar was. Nog een voyeur die de puinhoop van haar leven begluurde.

'Heel graag,' loog ze weer, 'maar ik moet nog een stapel dossiers doornemen voor mijn volgende dienst.'

James glimlachte en boog toegeeflijk, maar hij wist wat er gaande was. En hij wist dat hij niet moest aandringen. Hij keek Helen met onverhulde nieuwsgierigheid na toen ze naar boven liep. Haar voordeur sloot zich met een definitieve klik achter haar.

Het was vijf uur op de klok. Helen nestelde zich op de bank, nam een grote slok thee en schakelde haar laptop in. De vermoeidheid diende zich aan, maar voor ze kon slapen, moest ze nog iets doen. Haar laptop was uitgebreid beveiligd – een ondoordringbare muur rond de resten van haar privéleven – en Helen nam er de tijd voor, genietend van het ingewikkelde proces van wachtwoorden invoeren en digitale sloten openen.

Ze opende haar dossier over Robert Stonehill. De jongeman die ze eerder had geschaduwd wist niets van haar bestaan, maar zij wist alles van het zijne. Al typend vulde Helen haar steeds scherpere beeld van hem aan met de details die ze tijdens haar laatste observatie had opgepikt over zijn karakter en persoonlijkheid. Het was een slimme jongen, dat zag je meteen. Hij had een goed gevoel voor humor en hoewel hij vloekte als een bootwerker was hij gevat en had hij een innemende glimlach. Hij was er heel bedreven in mensen te laten doen wat hij van ze wilde. Hij stond nooit in de rij bij de bar – het lukte hem altijd een gabber dat klusje voor hem te laten opknappen terwijl hij dolde met Davey – de dikzak die duidelijk de leider van het stel was.

Robert leek altijd geld te hebben, wat vreemd was, gezien het feit dat hij als vakkenvuller in een supermarkt werkte. Hoe kwam hij aan zijn poen? Diefstal? Iets nog ergers? Of werd hij gewoon verwend door zijn ouders? Hij was het enige kind van Monica en Adam – en het middelpunt van hun wereld – en Helen wist dat hij ze om zijn pink kon winden. Was dat zijn schijnbaar onuitputtelijke bron?

Er zwermden altijd meisjes om hem heen – hij was knap en fit – maar hij had geen vaste vriendin. Dit was het aspect dat Helen het meest boeide. Was hij homo of hetero? Goed van vertrouwen of achterdochtig? Wie zou hij dicht bij zich laten komen? Het was een vraag waar Helen het antwoord niet op wist, maar ze was ervan overtuigd dat ze erachter zou komen. Ze sloop langzaam, systematisch elk hoekje van Roberts leven in.

Helen gaapte. Ze moest straks weer naar het bureau, maar als ze het nu voor gezien hield, kon ze nog een paar uur slapen. Met een geroutineerd gemak liet ze de versleutelingsprogramma's van de laptop draaien, sloot haar bestanden af en veranderde het hoofdwachtwoord. Dat deed ze tegenwoordig elke keer als ze haar laptop had gebruikt. Ze wist dat het overdreven was, dat ze paranoïde deed, maar ze weigerde iets aan het toeval over te laten. Robert was van haar en van niemand anders, en dat moest zo blijven ook.

5

Het begon licht te worden, dus hij moest snel zijn. Nog een uur of twee, dan zou de zon de dichte mist hebben laten verdampen en werden degenen die zich erin verborgen zichtbaar. Zijn handen beefden, zijn gewrichten deden pijn, maar hij dwong zichzelf door te gaan.

Hij had het breekijzer bij een gereedschapswinkel in Elm Street gejat. De Indiër die de zaak dreef had het te druk gehad met cricket kijken op zijn tablet om te zien dat hij het ding in zijn lange jas stopte. Het onbuigzame, kille metaal lag lekker in zijn handen en hij liet het nu hard voor zich werken, wrikkend aan de roestige spijlen voor het raam. De eerste liet zich makkelijk buigen, de tweede kostte meer werk, maar al snel had hij ruimte genoeg gemaakt om zich doorheen te kunnen wringen. Het was makkelijker geweest om via de voorkant van het huis binnen te dringen, maar hij durfde zich hier niet op straat te vertonen. Hij was te veel mensen geld schuldig – mensen die hem zonder scrupules in elkaar zouden slaan, gewoon voor de lol. Hij leefde dus in de schaduw, zoals alle wezens van de nacht.

Hij controleerde nog eens of de kust veilig was, haalde uit en sloeg met het breekijzer tegen de ruit. Die versplinterde met een bevredigend gerinkel. Hij wikkelde een oude handdoek om zijn hand en stompte snel de rest van het glas uit de sponningen voordat hij zich op het kozijn hees en naar binnen sprong.

Hij kwam geluidloos neer en aarzelde even. Je wist maar nooit wat je aantrof op dit soort plekken. Hij zag geen teken van leven, maar voorzichtigheid loont en hij hield het breekijzer stevig vast terwijl hij zich het huis in waagde. In de keuken was niets bruikbaars te vinden, dus haastte hij zich naar de voorkamer.

Die zag er veelbelovender uit. Afgedankte matrassen, weggegooide condooms en hun natuurlijke metgezellen, gebruikte injectiespuiten. Hij voelde zijn hoop en angst in gelijke mate stijgen. God, laat er alsjeblieft nog genoeg in zitten voor een shotje. Opeens zat hij op handen en knieën plunjers uit te trekken en wanhopig met zijn pink in cilinders te tasten naar een klein beetje bruin om zijn lijden te verlichten. Niets in de eerste, niets in de tweede – godver – en een vingertje in de derde. Al die godvergeten moeite voor een vingertje. Hij wreef het gulzig op zijn tandvlees – daar zou hij het voorlopig mee moeten doen.

Hij liet zich op de bevuilde matras zakken en wachtte op de verdoving. Hij was al uren op van de zenuwen, zijn hoofd bonkte en hij wilde – moest – een beetje rust hebben. Hij deed zijn ogen dicht en blies langzaam uit, zijn lichaam dwingend te ontspannen.

Maar er was iets niet pluis. Iets hield hem gespannen. Iets…

Drup. Dat was het. Een geluid. Met tussenpozen, maar gestaag, de stilte verstorend, hardnekkig een waarschuwing tikkend.

Drup. Waar kwam het vandaan? Zijn ogen flitsten nerveus door de kamer.

Er druppelde iets in de verste hoek. Zat er een lek? Hij schudde zijn irritatie af en hees zich overeind. Het was de moeite van het bekijken waard – misschien leverde het hem nog een stuk koperen leiding op.

Hij liep naar de hoek en bleef toen als aan de grond genageld staan. Het was geen lek. Het was geen water. Het was bloed. *Drup,*

drup, drup door het plafond. Hij draaide zich vliegensvlug om en rende weg – *het zijn verdomme mijn zaken niet* – maar bij de keuken aangekomen ging hij langzamer lopen. Misschien had hij een overhaast besluit genomen. Hij was tenslotte gewapend en er kwam geen teken van leven van boven. Er kon van alles gebeurd zijn. Iemand kon zich van kant hebben gemaakt, er kon iemand beroofd zijn, vermoord, wat dan ook. Maar er kon een buit zijn voor een aaseter, en daar mocht je niet aan voorbijgaan.

Een moment van aarzeling en toen keerde de dief op zijn schreden terug, de kamer door, de plas stollend bloed ontwijkend en de gang in. Hij stak zijn hoofd om de hoek van de deur en hief het breekijzer om bij het eerste teken van gevaar te kunnen toeslaan, maar er was niemand.

Hij liep behoedzaam de gang door en de trap op.

Kraak. Kraak. Kraak.

Elke tree kondigde zijn aanwezigheid aan en hij vloekte binnensmonds. Áls er iemand boven was, wist die nu dat er iemand aan kwam. Boven aan de trap omklemde hij het breekijzer iets vaster. Voorkomen is beter dan genezen, dus wierp hij een snelle blik in de badkamer en in de slaapkamer aan de achterkant – alleen een amateur laat zich in de rug aanvallen.

Nu hij zich ervan had verzekerd dat er geen hinderlaag was, draaide hij zich om naar de grote slaapkamer. Wat er ook was gebeurd, wat er ook was, het was daarbinnen.

De dief haalde diep adem en stapte de donkere kamer in.

6

Ze dook verder en verder naar beneden. Het brakke water vulde haar oren en neusgaten. Ze was nu diep onder het wateroppervlak en raakte al buiten adem, maar ze aarzelde niet. Een vreemd schijnsel verlichtte de bodem van het meer, maakte het onderwaterlandschap doorschijnend en mooi, waardoor ze nog verder de diepte in werd gelokt.

Nu klauwde ze zich een weg door het dichte wier op de bodem. Het zicht was beperkt, ze vorderde traag en haar longen stonden op knappen. Ze zeiden dat hij hier was, dus waar was hij dan? Ze zag een roestige kinderwagen, een oud boodschappenkarretje, zelfs een olievat, maar geen spoor van…

Opeens wist ze dat ze erin was geluisd. Hij was er niet. Ze richtte zich op en wilde omhoogzwemmen, maar ze kwam niet in beweging. Ze keek over haar schouder en zag dat haar linkerbeen verstrikt was geraakt in het wier. Ze schopte uit alle macht, maar het wier bezweek niet. Ze begon duizelig te worden, zou het niet lang meer volhouden, maar ze dwong zichzelf te ontspannen en zich naar de bodem te laten zakken. Ze kon beter rustig proberen het wier te ontwarren dan zich nog dieper in de problemen te trappen. Ze dwong haar hoofd naar beneden, wroette in het gewraakte wier en trok er hard aan. Toen hield ze op. En schreeuwde – haar laatste zuchtje adem ontsnapte uit haar mond. Het was geen wier dat haar onder water trok. Het was een hand.

Charlie schoot snakkend naar adem rechtovereind in bed. Ze tastte verwilderd om zich heen in een poging het wier dat haar had opgeslokt te rijmen met de knusse slaapkamer waarin ze nu opeens was. Ze liet haar handen over haar lichaam glijden, ervan overtuigd dat haar pyjama doorweekt zou zijn, maar ze was kurkdroog, op haar bezwete voorhoofd na. Haar ademhaling werd rustiger en ze begreep dat het maar een nachtmerrie was geweest, gewoon een stomme rotnachtmerrie.

Ze dwong zichzelf kalm te blijven en keek opzij, naar Steve. Hij was altijd een vaste slaper geweest en ze was blij hem zacht snurkend naast haar te zien liggen. Ze glipte geluidloos aan haar kant het bed uit, pakte haar badjas en sloop naar de deur.

Ze liep over de overloop naar de trap. Ze haastte zich langs de deur van de tweede slaapkamer en gaf zichzelf er een standje voor. Toen ze net wisten dat ze een kind verwachtten, hadden Steve en Charlie besproken hoe ze de kamer zouden veranderen – ze zouden het logeerbed vervangen door een wiegje en een comfortabele stoel, de witte wanden zonnig geel behangen, dikke kleden op de hardhouten vloer leggen – maar al dat enthousiasme was natuurlijk voor niets geweest.

Hun baby was in Charlies buik gestorven toen ze met Mark gevangenzat. Tegen de tijd dat ze haar naar het ziekenhuis brachten, had ze het al geweten, maar toch had ze gehoopt dat de artsen haar grootste angst zouden weerspreken. Dat hadden ze niet gedaan. Steve had gehuild toen ze het hem vertelde. De eerste keer dat Charlie hem zag huilen, maar niet de laatste. In de tussenliggende maanden had Charlie bij vlagen gedacht dat ze erbovenop aan het komen was, dat ze de verschrikkingen op de een of andere manier kon verwerken, maar dan aarzelde ze weer om die tweede slaapkamer in te gaan, bang de schim te zien van de babykamer waarover ze samen hadden gefantaseerd, en dan wist ze dat de wonden nog openlagen.

Ze ging naar de keuken en zette water op. Ze droomde vaak, de laatste tijd. Naarmate de terugkeer naar haar werk dichterbij kwam, begon haar angst zich te ontladen in nachtmerries. Ze had erover gezwegen, want ze wilde Steve beslist niet nog meer wapens in handen geven.

'Kon je niet slapen?'

Steve was de keuken in geslopen en keek naar haar. Ze schudde haar hoofd.

'Zenuwachtig?'

'Wat dacht je dan?' Charlie probeerde haar toon luchtig te houden.

'Kom hier.'

Hij spreidde zijn armen en ze drukte zich dankbaar tegen hem aan.

'We bekijken het per dag,' vervolgde hij. 'Ik weet dat je het fantastisch gaat doen, dat je er wel komt… maar als je ooit het gevoel krijgt dat het je te veel wordt, of dat het niet de goede beslissing was, kunnen we ons bedenken. Niemand zal je erom veroordelen. Toch?'

Charlie knikte.

Ze was heel dankbaar voor zijn steun, voor zijn vermogen haar te *vergeven*, maar zijn vaste voornemen haar zover te krijgen dat ze ontslag nam maakte haar woest. Ze begreep waarom hij een hekel had gekregen aan de politie, aan haar werk, aan alle verschrikkelijke mensen die los rondliepen, en ze had vaak overwogen zijn advies op te volgen en het gewoon voor gezien te houden, maar wat dan? De rest van haar leven weten dat ze verslagen was. Eruit gewerkt. Geknakt. Dat Helen Grace een maand na Mariannes dood weer aan het werk was gegaan, was olie op het vuur.

Charlie had haar hakken dus in het zand gezet en erop gestaan weer te beginnen zodra haar ziekteverlof erop zat. De politie van Hampshire was royaal geweest, had haar alle mogelijke steun geboden, en nu was het haar beurt om iets terug te doen.

Ze maakte zich los uit zijn omhelzing en maakte instantkoffie voor hen beiden – het had geen zin meer om terug naar bed te gaan. Het kokende water klotste in de mokken en spatte over de randen. Het irriteerde Charlie en ze keek verwijtend naar de waterkoker, maar het lag aan haar eigen rechterhand. Ze schrok toen ze zag hoe hij beefde. Ze zette de waterkoker snel terug op de voet en hoopte maar dat Steve niets had gezien.

'Ik sla de koffie maar over. Alleen douchen en hardlopen vandaag, denk ik.'

Ze wilde de keuken uit lopen, maar Steve hield haar tegen en nam haar weer in zijn sterke armen.

'Weet je dit echt zeker, Charlie?' vroeg hij, haar indringend aankijkend.

Het bleef even stil en toen zei Charlie: 'Ja, heel zeker.'

En met die woorden liep ze weg. Maar terwijl ze trap op liep om te gaan douchen, was ze zich er terdege van bewust dat ze niemand voor de gek kon houden met haar dappere optimisme, en zichzelf al helemaal niet.

7

'Ik wil haar niet.'

'We hebben deze discussie al gevoerd, Helen. Het besluit is ge nomen.'

'Kom er dan op terug. Duidelijker kan ik het niet zeggen: ik wil niet dat ze terugkomt.'

Helens toon was graniethard, ontoegeeflijk. Normaal gesproken deed ze niet zo agressief tegen haar meerderen, maar dit zat haar zo hoog dat ze van geen wijken wilde weten.

'Er zijn genoeg goede rechercheurs, kies er maar een. Dan heb ik een compleet team en kan Charlie naar Portsmouth, Bournemouth, zie maar. Een nieuwe omgeving zou haar goed kunnen doen.'

'Ik weet dat het moeilijk voor je is en ik begrijp het echt, maar Charlie heeft net zo veel recht op een plek hier als jij. Werk met haar samen – ze is een goede politievrouw.'

Helen had er bijna uit geflapt dat de ontvoering door Marianne niet Charlies beste moment was geweest, maar slikte het in en dacht na over haar volgende zet. De in ongenade gevallen Whittaker was vervangen door hoofdinspecteur Ceri Harwood, die haar aanwezigheid al deed gelden. Ze was een ander soort bureauchef dan Whittaker – hij was opvliegend en agressief, maar vaak goedgemutst geweest, terwijl zij glad was, goed in communicatie en vrijwel humorloos. Ze was lang, elegant en aantrekkelijk, stond bekend als een betrouwbare kracht en was een uitblinker geweest in al haar functies. Ze leek geliefd, maar Helen kon moeilijk vat op haar krijgen, niet alleen omdat ze zo weinig gemeen hadden – Harwood was getrouwd en had kinderen – maar ook omdat ze geen gezamenlijk verleden hadden. Whittaker had lang in Southampton gewerkt en hij had Helen altijd als zijn bescherme-ling beschouwd en haar geholpen op te klimmen. Harwood trok haar niet voor. Ze bleef nergens lang en was sowieso niet het type om lievelingetjes te hebben. Haar sterke punt was alles prettig en stabiel houden. Helen wist dat ze daarom hier was geplaatst. Een hoofdinspecteur die zich te schande had gemaakt, een inspecteur die een hoofdverdachte had doodgeschoten, een rechercheur die zich van het leven had beroofd om zijn collega voor de honger-dood te behoeden – het was een triest zootje en de pers had er uiteraard van gesmuld. Emilia Garanita van de *Southampton Eve-ning News* had er weken op kunnen teren, en de landelijke pers ook. Gezien de omstandigheden was de kans klein geweest dat Helen de leegte zou mogen vullen die Whittaker had achtergela-ten. Ze had haar baan mogen houden, wat de commissaris al meer dan edelmoedig leek te vinden. Helen wist het allemaal en had er begrip voor, maar toch maakte het haar ziedend. Die men-sen wísten wat ze had moeten doen. Ze wisten dat ze haar eigen zus had vermoord om een eind te maken aan het moorden en toch behandelden ze haar als een stout kind.

'Laat me tenminste met haar praten,' probeerde Helen het nog eens. 'Als ik het gevoel heb dat we kunnen samenwerken, kunnen we missch…'

'Helen, ik wil echt graag een goede relatie met je,' sneed Har-wood haar behendig de pas af, 'en we kennen elkaar nog maar zo kort dat ik je geen bevel wil geven, dus vraag ik je vriendelijk hier-over op te houden. Ik weet dat er problemen zijn tussen Charlie en jou die moeten worden opgelost – ik weet dat je een hechte band had met rechercheur Fuller – maar je moet het grotere geheel zien. De burgers zien Charlie en jou als helden omdat jullie Marianne een halt hebben toegeroepen. En terecht, naar mijn mening, en ik wil niets doen wat die perceptie kan ondermijnen. We hadden jullie allebei kunnen schorsen, overplaatsen of ontslaan in de nasleep van het schietincident, maar dat was niet juist geweest, zoals het ook niet juist zou zijn dit succesvolle team op te breken net nu Charlie weer aan het werk kan – het zou een totaal verkeerd signaal zijn. Nee, het is het verstandigst om Charlie welkom terug te heten, jullie allebei lof toe te zwaaien voor wat jullie samen hebben gedaan en jullie je werk weer te laten doen.'

Helen wist dat het een verloren zaak was. Met haar listige manier van formuleren had Harwood haar erop gewezen dat ze op een haar na was ontslagen. Tijdens het openbaar onderzoek dat was gevolgd op het interne politieonderzoek naar de dood van Marianne hadden veel mensen gevonden dat ze haar penning moest inleveren. Omdat ze in haar eentje achter Marianne aan was gegaan, politiecollega's opzettelijk had misleid, zonder voorafgaande waarschuwing op een verdachte had geschoten – er kwam geen eind aan de lijst. Ze hadden haar carrière de nek kunnen omdraaien als ze wilden, en Helen was verbaasd en dankbaar dat ze dat niet hadden gedaan, maar ze wist ook dat ze voorwaardelijk terug was. De 'aanklachten' tegen haar waren niet ingetrokken. Van nu af aan zou ze haar strijd met zorg moeten kiezen.

Helen zwichtte zo sportief als ze kon en nam afscheid van Harwood. Ze wist dat ze zich onredelijk opstelde tegenover Charlie, dat ze haar zou moeten steunen, maar ze wilde haar eigenlijk liever nooit meer zien. Het zou zijn alsof ze Mark tegenover zich zag. Of Marianne. En hoe sterk Helen de afgelopen paar maanden ook was geweest, dát kon ze niet aan.

Op de terugweg naar het team Zware Misdrijven voelde Helen de opwinding in de lucht. Het was nog vroeg, maar het was al drukker dan anders. Het team wachtte op haar en rechercheur Fortune haastte zich om haar op de hoogte te brengen.

'We moeten naar Empress Road, chef.'

Helen pakte haar jas al. 'Wat is er gebeurd?'

'Moord – ongeveer een uur geleden gemeld door een junkie. De uniformdienst is geweest, maar ik denk dat u beter zelf kunt gaan kijken.'

Helens zenuwen begonnen al op te spelen. Ze hoorde iets in Fortunes stem wat ze sinds Marianne niet meer had gehoord.

Angst.

8

Helen liet haar motor staan en reed met Tony Bridges mee naar de plaats delict. Ze mocht hem wel; hij was een ijverige, betrokken politieman die haar vertrouwen had gewonnen. Wie Mark ook had vervangen als coördinator, hij had zijn uiterste best moeten doen om het team voor zich te winnen, maar het was Tony gelukt. Hij had het eerlijk gespeeld en was het ongemakkelijke feit dat hij van Marks dood leek te profiteren nooit uit de weg gegaan Zijn bescheidenheid en fijngevoeligheid hadden hem in ieders achting doen stijgen en hij zat nu redelijk lekker in zijn rol.

Zijn relatie met Helen was ingewikkelder. Niet alleen vanwege haar gevoelens voor Mark, maar ook omdat Bridges erbij was geweest toen Helen op haar eigen zus richtte en de trekker overhaalde. Hij had alles gezien: dat Marianne viel, dat Helen vergeefs had geprobeerd haar te reanimeren. Tony had zijn chef naakter en kwetsbaarder gezien dan wie ook, en dat zou altijd een bron van gêne tussen hen blijven. Anderzijds had Tony's verklaring tijdens het onderzoek door Interne Zaken, waarin hij met klem had beweerd dat Helen geen andere optie had gehad dan Marianne neer te schieten, er veel aan bijgedragen dat ze niet was gedegradeerd of ontslagen. Helen had hem destijds bedankt, maar verder zouden er geen woorden meer aan vuil worden gemaakt dat ze bij hem in het krijt stond. Je moest zulke dingen vergeten en doorgaan, anders werd de hiërarchie aangetast. Op het oog gingen ze nu gewoon als inspecteur en coördinator met elkaar om, maar in feite zouden ze altijd een band houden die in de strijd was gesmeed.

Ze scheurden met flitsende blauwe zwaailichten langs het ziekenhuis, sloegen een smalle zijstraat in en kwamen uit in Empress Road. Het was niet moeilijk te zien waar ze moesten zijn. De ingang van het vervallen huis was afgezet en er hingen al nieuwsgierige omstanders rond. Helen wrong zich met haar politiepenning in haar geheven hand tussen de mensen door, op de voet gevolgd door Tony. Ze wisselden een paar woorden met de uniformdienst terwijl ze hun beschermkleding aantrokken en gingen naar binnen.

Helen nam de trap met twee treden tegelijk. Wat je ook hebt meegemaakt, je wordt nooit immuun voor geweld. De gezichten van de mannen van de uniformdienst stonden Helen niet aan – het was alsof hun ogen wreed waren geopend – en ze wilde dit zo snel mogelijk achter de rug hebben.

Er waren al technisch rechercheurs bezig in de hokkerige slaapkamer en Helen vroeg of ze even pauze wilden nemen zodat Tony en zij het slachtoffer goed konden bekijken. Je wapent je bij die gelegenheden, slikt je weerzin bij voorbaat in, anders kun je het niet in je opnemen, geen waardevolle eerste indrukken opdoen. Het slachtoffer was een blanke man, zo te zien eind veertig of begin vijftig. Hij was naakt en er was geen spoor van kleding of bezittingen. Zijn armen en benen waren strak aan het metalen bed vastgebonden, zo te zien met nylon klimtouw, en hij had een soort kap over zijn hoofd die niet speciaal voor dit doel was gemaakt – het leek een soort hoes waarin dure schoenen of luxeartikelen worden verpakt – maar wel een doel diende. Om hem te verstikken? Of om zijn identiteit te verbergen? Het was hoe dan ook vernietigend duidelijk dat de kap niet zijn dood was geworden.

Zijn bovenlichaam was van zijn navel tot aan zijn keel opengereten, waarna zijn inwendige organen, of wat daarvan over was, met kracht waren blootgelegd. Helen slikte iets weg toen ze zag dat minstens één orgaan was verwijderd. Ze keek naar Tony, die lijkbleek was en naar de bloedige holte staarde die restte van de borst van de man. Het slachtoffer was niet gewoon vermoord, het was verwoest. Helen vocht om de oplaaiende paniek te bedwingen. Ze haalde een pen uit haar zak, boog zich over het slachtoffer en tilde behoedzaam de rand van de kap op om het gezicht te kunnen zien.

Dat was goddank ongeschonden en zag er vreemd vredig uit, ondanks de lege ogen die nietsziend naar de binnenkant van de kap keken. Helen herkende het slachtoffer niet, dus trok ze de pen weg en liet de stof terugvallen. Ze richtte haar aandacht weer op het lichaam en keek naar het bevuilde dekbed, de plas stollend bloed op de vloer, de route naar de deur. De verwondingen van de man zagen er vers uit, minder dan een dag oud, dus als er hier sporen van de moordenaar te vinden waren, zouden die ook vers zijn. Maar er was niets – in elk geval niet op het eerste gezicht.

Helen liep om het bed heen, een dode duif ontwijkend, naar de andere kant van de kamer. Er was één raam, dat was dichtgemaakt met board, een tijd geleden al, te oordelen naar de roestige spijkers. Een verlaten huis in een vergeten deel van Southampton, zonder ramen die toegang boden – de perfecte plek om iemand te vermoorden. Was hij eerst gemarteld? Dat was wat Helen bezighield. De verwondingen waren zo ongewoon, zo uitgebreid, dat iemand kennelijk een punt had willen maken. Of, nog erger, zich domweg had vermaakt. Wat had de dader hiertoe gedreven? Wat had hem bezield?

Dat zou moeten wachten. Het belangrijkste was nu het slachtoffer een naam te geven, hem een greintje van zijn waardigheid terug te laten krijgen. Helen liet de technische recherche terugkomen. Het was tijd om foto's te maken en het onderzoek in gang te zetten.

Het was tijd om uit te zoeken wie die arme man was.

9

Het was een dag als alle andere in huize Matthews. De papkommen waren leeggegeten en omgespoeld, de schooltassen stonden klaar in de gang en de tweeling was zich in hun schooluniform aan het hijsen. Hun moeder, Eileen, zei dat ze moesten opschieten, zoals altijd – het was verbijsterend hoe lang die jongens het aankleden wisten te rekken. Toen ze nog klein waren, hadden ze genoten van de status die ze door hun chique schooluniform kregen en hadden ze het zo snel mogelijk aangetrokken, ernaar snakkend net zo volwassen en belangrijk te lijken als hun grote zussen, maar nu de meiden het huis uit waren en de tweeling de tienerleeftijd had bereikt, vonden ze het allemaal maar een hopeloze sleur en stelden ze het onvermijdelijke zo lang mogelijk uit. Als hun vader er was geweest, hadden ze wel voortgemaakt, maar als Eileen er alleen voor stond, trokken ze zich niets van haar aan – ze kon de jongens tegenwoordig alleen nog laten gehoorzamen door te dreigen hun zakgeld in te houden.

'Vijf minuten, jongens. Over vijf minuten móéten we de deur uit zijn.'

De tijd tikte voorbij. Straks zou het appel worden gehouden op Kingswood, de particuliere school waarop de jongens zaten, en te laat komen was geen optie. De school hechtte veel waarde aan discipline en stuurde strenge brieven aan ouders die werden verdacht van nalatigheid of laksheid. Eileen leefde in angst voor die epistels, al had ze er nooit een ontvangen. Dat leidde tot een strikt ochtendschema en meestal waren de jongens nu de deur al uit geweest, maar vandaag was ze de kluts kwijt. Ze joeg de jongens die dag meer uit gewoonte op dan uit overtuiging.

Alan was die nacht niet thuisgekomen. Eileen maakte zich altijd ongerust als hij na het donker nog naar buiten ging. Ze wist dat het voor een goede zaak was en dat hij het als zijn plicht zag mensen te helpen die het minder goed hadden getroffen dan hij, maar je wist maar nooit wie – of wat – je zou kunnen tegenkomen. Er liepen slechte mensen rond – je hoefde de krant maar te lezen om dat te beseffen.

Normaal gesproken kwam hij om een uur of vier thuis. Dan deed Eileen alsof ze sliep, want ze wist dat Alan het geen prettig idee vond dat ze op hem wachtte, maar in feite deed ze geen oog dicht tot hij weer veilig thuis was. Om zes uur had ze het niet meer gehouden en was ze opgestaan om Alan mobiel te bellen, maar ze was regelrecht doorgeschakeld naar de voicemail. Ze had overwogen iets in te spreken, maar had ervan afgezien. Hij zou snel genoeg terugkomen en dan zou hij haar bemoeizucht verwijten. Ze had ontbijt voor zichzelf gemaakt maar kon geen hap door haar keel krijgen, dus was het onaangeroerd op de ontbijtbar blijven staan. Waar zát hij toch?

De jongens, die klaar waren, gaapten haar aan. Ze zagen dat ze gespannen was en wisten niet of ze het leuk of zorgwekkend moesten vinden. Als veertienjarigen waren ze de klassieke mengeling van man en kind; ze wilden onafhankelijk zijn, volwassen, cynisch zelfs, maar ze hingen ook aan de vertrouwde regelmaat en discipline die hun ouders boden. Ze stonden te wachten, maar Eileen aarzelde om het huis uit te gaan. Haar intuïtie gaf haar in dat ze moest blijven waar ze was, dat ze moest wachten tot haar man terugkwam.

Er werd gebeld en Eileen rende de gang in. Die stomme je-weet-wel was zijn sleutel vergeten. Misschien was hij beroofd. Het zou net iets voor hem zijn om zich van zijn portemonnee te laten ontdoen door een leegloper die hij de helpende hand bood. Eileen vermande zich, zette haar vrolijkste glimlach op en trok bedaard de deur open.

Alleen was er niemand. Ze keek om zich heen, zoekend naar Alan, naar wie dan ook, maar de straat was leeg. Waren het belletje trekkende kinderen geweest?

'Hebben jullie niets beters te doen?' riep ze uit terwijl ze in stil-te de onhandelbare kinderen vervloekte die aan de goedkopere kant van de straat woonden. Net toen ze de deur wilde dichtslaan, zag ze de doos. Een kartonnen doos op haar stoepje. Op het witte etiket op de bovenkant stond: FAM. MATTHEWS, gevolgd door hun adres – verkeerd gespeld in kriebelige hanenpoten. Het leek een soort cadeau – maar er was niemand jarig. Eileen stak haar hoofd nog eens door de deur in de verwachting Simon de postbode of een foutgeparkeerde bestelbus van een pakketdienst te zien, maar er was geen mens te bekennen.

De jongens vroegen haar prompt of ze het pakje mochten openmaken, maar Eileen hield haar poot stijf. Zíj maakte het open en als daar aanleiding toe was, zou ze de jongens ook laten kijken. Ze hadden eigenlijk geen tijd meer – het was nota bene al tien over half negen – maar ze kon het beter nu openmaken, dan hoefden de jongens niet meer in spanning te zitten en konden ze verder met hun ochtend. Opeens was Eileen boos op zichzelf van-wege haar getreuzel en ze nam zich voor op te schieten – als ze zich haastten, konden ze misschien nog net op tijd op school zijn.

Ze pakte een schaar uit de keukenla en sneed door het brede plakband om de doos. Terwijl ze het deed, trok ze haar neus op – er steeg een sterke geur op uit de doos. Ze kon er de vinger niet op leggen, maar het beviel haar niet. Was het iets chemisch? Iets dierlijks? Haar intuïtie zei dat ze de doos dicht moest laten, wachten tot Alan terug was, maar de jongens zeurden dat ze door moest gaan… dus klemde ze haar kiezen op elkaar en trok de doos open.

En schreeuwde. Plotseling kon ze niet meer ophouden met schreeuwen, ondanks het feit dat het de jongens duidelijk angst aanjoeg. Ze haastten zich overstuur naar haar toe, maar ze duwde ze kwaad van zich af. Toen ze zich verzetten en haar smeekten te vertellen wat er aan de hand was, pakte ze ze in hun kraag en sleurde ze ruw de keuken uit, schreeuwend om hulp.

De gewraakte doos bleef alleen in de keuken achter. Het deksel was half opengeklapt, zodat de binnenkant zichtbaar was, waarop in bloedrode letters HET KWAAT was geschreven. Het was de ideale benaming voor de afgrijselijke inhoud van de doos. Op de bodem, in een nest van groezelig krantenpapier, lag een menselijk hart.

10

'Waar is iedereen?'

Charlie keek met haar dossier in haar hand om zich heen in de recherchekamer. Het voelde al heel vreemd om terug te zijn, maar wat het nog vreemder maakte, was dat de zaal zo goed als verlaten was.

'Een moord aan Empress Road. Inspecteur Grace heeft zo goed als het hele team laten komen,' antwoordde rechercheur Fortune, die zijn verongelijktheid omdat hij niet mee had gemogen met moeite binnenhield. Hij was een slimme, gewetensvolle politieman en een van de weinige zwarte korpsleden van Southampton Central. Hij was in de race voor promotie en Charlie zag dat hij er ontzettend van baalde dat hij had moeten blijven om haar terugkeer te begeleiden. Toen ze het bureau een half uur eerder was binnengekomen, had ze de bibbers gehad, en dat er geen welkomstcomité was, maakte het er niet beter op. Was het een opzettelijke kat? Een manier om haar te laten voelen dat ze niet gewenst was?

'Wat weten we van onze zaak?' vroeg Charlie met alle beroepsmatige onverstoorbaarheid die ze kon opbrengen.

'Een prostituee, gevonden in de kofferbak van een auto. De dader heeft zich op haar uitgeleefd, wat de identificatie in eerste instantie lastig maakte, maar dankzij haar DNA is het gelukt. Ze zat in de database – je kunt haar strafblad op bladzij drie vinden.'

Charlie bladerde in het dossier. Het dode meisje, een Poolse die Alexia Louszko heette, was een schoonheid geweest toen ze nog leefde, met donker kastanjebruin haar, piercings, tatoeages en grote, volle lippen. Als je van gothic hield, moest je bij haar zijn. Zelfs uit haar politiefoto sprak een agressieve seksualiteit. Haar tatoeages, allemaal van fabeldieren, gaven haar iets primitiefs en ongetemds.

'Laatst bekende adres is een appartement in de buurt van Bedford Place,' vertelde Fortune gedienstig.

'Laten we dan maar gaan,' zei Charlie, die deed of ze niet merkte hoe graag haar collega het allemaal achter de rug wilde hebben.

'Rij jij of rij ik?'

De meeste sekswerkers in Southampton woonden in St. Mary's of Portswood, tussen de studenten, junkies en illegalen. Dat Alexia bij Bedford Place woonde, dicht bij de duurdere clubs en bars, was dus op zich al boeiend. Ze was een jaar eerder gearresteerd wegens tippelen, maar ze moest goed hebben verdiend om in deze gewilde buurt te kunnen wonen.

Het interieur van haar appartement versterkte die indruk alleen maar. Toen hij het huiszoekingsbevel zag, liet de huismeester hen onwillig binnen en terwijl Fortune hem hoorde, bekeek Charlie het appartement. Dat was recentelijk opgeknapt, met een open indeling en betaalbare, maar trendy meubels. Charlie zag niet alleen een hoekbank en een grote plasma-tv, maar ook nog een glazen tafel, espressoapparaat en retro jukebox. God, het was mooier dan Charlies eigen huis. Verdiende die meid genoeg om al die verlokkingen voor de middenklasse zelf te betalen of werd ze door iemand onderhouden? Een minnaar? Haar pooier? Iemand die door haar werd gechanteerd?

Charlie sloeg de keuken over en liep door naar de slaapkamer, die uitzonderlijk schoon en netjes was. Ze trok latex handschoenen aan en begon te zoeken. De hangkasten hingen vol kleding, de laden zaten vol lingerie en sm-artikelen en het bed was strak opgemaakt. Op het nachtkastje lag een pocket van een Poolse schrijver die Charlie niet kende. Dat was alles. Viel er niet meer over haar te vertellen?

In de badkamer was weinig boeiends te vinden, dus liep Charlie door naar de tweede slaapkamer, die dienstdeed als kantoortje en droogruimte voor de was. Er stond een gehavend bureau met een telefoon en een goedkope laptop erop. Charlie drukte op de startknop van de laptop. Die gonsde agressief, alsof hij tot leven kwam, maar het scherm bleef hardnekkig zwart. Charlie sloeg een paar toetsen aan. Nog steeds niets.

'Heb jij een zakmes bij je?' vroeg ze aan Fortune, die inmiddels ook naar het appartement was gekomen. Ze wist dat hij er een had (al mocht het niet), want zo was hij nu eenmaal. Hij vond niets leuker dan dingen die defect waren te repareren waar zijn vrouwelijke collega's bij stonden. Hij was een modern soort holbewoner.

Charlie nam het zakmes van hem aan, klapte de schroevendraaier uit en maakte de bodem van de laptop los. Zoals ze had verwacht, zat de accu er nog in maar was de harde schijf eruit gehaald.

De flat was dus inderdaad uitgekamd. Zodra Charlie over de drempel stapte, had ze de verdenking gekoesterd dat er was opgeruimd. Geen mens had zo'n ordelijk leven. Iemand die wist dat de politie zou komen had een stofkam door het appartement gehaald en elk spoor van Alexia gewist, zowel fysiek als digitaal. Hoe had ze al dat geld verdiend? En waarom wilde iemand dat zo graag verbergen?

Het had geen zin meer om op de gebruikelijke plekken te zoeken. Het was nu een kwestie van kasten en tafels optillen, matrassen omkeren en in zakken voelen. Onder, achter en op dingen kijken. Het voelde sterk als een zinloze onderneming en Charlie moest veel weinig subtiel gezucht van haar collega verdragen – die zich waarschijnlijk voorstelde dat hij nu koppen insloeg in Empress Road – maar na tweeënhalf uur nijver zoeken leverde het ten slotte toch iets op.

De keuken had een eiland met een ingebouwde afvalbak. Die was geleegd, maar degene die het had gedaan, had niet opgemerkt dat er een stuk papier op de bodem van het kastje lag. Het moest over de rand van de uitgetrokken afvalbak zijn gevallen toen het erin werd gegooid en daar ongezien zijn blijven liggen. Charlie pakte het.

Tot haar verrassing was het een loonstrookje. Van een vrouw die Agneska Suriav heette en bij een wellnesscentrum in Banister Park werkte. Het zag er officieel uit, met inhoudingen en een burgerservicenummer, en het was een flink maandsalaris. Maar het raakte kant noch wal. Wie was Agneska? Een vriendin van Alexia? Een schuilnaam? Het riep meer vragen op dan het beantwoordde, maar het was een begin. Voor het eerst in tijden had Charlie een goed gevoel over zichzelf. Misschien was er toch nog leven na Marianne.

11

'Jullie mogen hier met geen woord over reppen tot we meer weten. Niets verlaat deze ruimte zonder mijn toestemming, oké?'

Het team knikte gedwee. Coördinator Bridges en de rechercheurs Sanderson, McAndrew en Grounds, aspiranten, it'ers en de woordvoerder waren allemaal in de met spoed voor deze zaak opgeëiste recherchekamer geperst. Het onderzoek kwam tot leven en het gonsde van de opwinding in de ruimte.

'We zoeken duidelijk naar een hoogst gevaarlijk individu of individuen en het is van essentieel belang dat we de dader of daders snel aanhouden. Het identificeren van het slachtoffer is onze eerste prioriteit. Sanderson, ik wil dat jij de schakel bent tussen ons en de technische recherche, maar ook de uniformdienst – die is nu in de omgeving op zoek naar getuigen en voertuigen die van het slachtoffer kunnen zijn geweest. Het lijkt me sterk dat er camerabewaking is in die straat, maar doe navraag bij de supermarkten en bedrijven in de buurt. Misschien hebben zij iets waar we wat aan kunnen hebben.'

'Doe ik,' zei rechercheur Sanderson. Het was saai werk, maar het waren vaak de voor de hand liggende dingen die een zaak openbraken. Het geestdodende werk droeg altijd de belofte van roem in zich.

'McAndrew, ik wil dat jij met de tippelaarsters gaat praten.

Er moeten er gisteravond tien of meer aan het werk zijn geweest daar. Mogelijk hebben zij iets gezien of gehoord. Ze zullen ons niet te woord willen staan, maar dit soort dingen zijn slecht voor de zaken, dus bind ze op het hart dat het in hun eigen belang is dat ze ons helpen. Misschien praten ze liever met iemand in burger, dus laat je door de buurtagenten helpen, maar voer de persoonlijke gesprekken zo veel mogelijk zelf.'

McAndrew knikte in het besef dat haar plannen voor die avond zojuist in rook waren opgegaan. Geen wonder dat ze nog steeds single was.

Helen zweeg even en prikte toen langzaam en weloverwogen de pd-foto's een voor een op het bord achter haar. Terwijl ze het deed, hoorde ze achter zich mensen zacht maar duidelijk naar adem snakken. Maar enkelen van de aanwezigen hadden ooit een binnenstebuiten gekeerd mens gezien.

'Eerste vraag: waarom?' zei Helen terwijl ze zich weer naar het team omdraaide. 'Wat heeft ons slachtoffer gedaan om zo'n aanval over zich af te roepen?'

Ze liet de vraag in de lucht hangen en nam de reacties op de foto's in zich op voordat ze vervolgde: 'De slooppanden in deze straat worden op dagelijkse basis gebruikt door prostituees en drugsverslaafden, dus wat deed deze man daar? Was hij een klant die weigerde te betalen? Een pooier die probeerde een klant af te zetten? Of een leverancier die zijn dealers tekort had gedaan? De mate van wreedheid van deze aanval duidt op echte woede of het streven iets heel duidelijk te maken aan de wereld. Dit is géén crime passionnel. De moordenaar kwam beslagen ten ijs, met nylon koord, ducttape, een wapen, en hij heeft er de tijd voor genomen. De autopsie zal het nog moeten bevestigen, maar het lijkt erop dat het slachtoffer is doodgebloed, te oordelen naar de hoeveelheid bloed op het lichaam en de vloer. De moordenaar is niet in paniek geraakt, niet op de vlucht geslagen. Hij was niet bang betrapt te worden, maar ging rustig zijn gang en sneed het slachtoffer open voordat…' Helen liet een korte stilte vallen en vervolgde toen: '… voordat hij het hart verwijderde.'

Een van de IT'ers trok wit weg, dus ging Helen snel verder: 'Ik vind het eruitzien als een hinderlaag. Als een straf. Maar waarvoor? Is dit onderdeel van een territoriumstrijd? Een waarschuwing aan een rivaliserende bende? Was het slachtoffer iemand geld schuldig? Was het roof? Hoeren en pooiers hebben zich wel vaker laten meeslepen als ze een klant martelden om zijn pincode te bemachtigen. Of is dit iets anders?'

Het was dat 'iets anders' waar Helen bang voor was. Was het hart een soort trofee? Helen schudde de gedachte van zich af en ging verder met de briefing. Het had geen zin om op de zaken vooruit te lopen, zich krankzinnige dingen in te beelden terwijl er een eenvoudige verklaring zou kunnen zijn.

'We moeten onze netten zo ver mogelijk uitwerpen. Prostitutie, bendes, drugs, wrok onder criminelen. De kans is groot dat de dader zichzelf de komende vierentwintig uur zal verraden. Hij kan schijtsbenauwd zijn of opgetogen – het is moeilijk om kalm te blijven nadat je zoiets hebt gedaan. Ogen en oren open dus – voor alle bronnen, alle aanknopingspunten. Vanaf nu heeft deze zaak jullie hoogste prioriteit. Al het andere kan door anderen worden afgehandeld.'

Ze doelde op Charlie, zoals iedereen wist. Helen had haar nog niet gezien, maar het zou niet lang meer duren. Ze had zich voorgenomen beleefd en vormelijk te doen, zoals altijd wanneer ze nerveus was, maar zou het haar lukken? In het verleden was haar masker ondoordringbaar geweest, maar daar was verandering in gekomen. Er was te veel gebeurd en de mensen hadden te veel van haar verleden gezien om er nog in te trappen.

De recherchekamer liep leeg. Mensen haastten zich weg om afspraken af te zeggen, dierbaren gerust te stellen en iets te eten te halen voor de lange nacht die ze voor de boeg leken te hebben. Helen stond dus alleen, in gedachten verzonken, toen Tony Bridges weer naar binnen kwam rennen.

'Het ziet ernaar uit dat we onze man hebben gevonden.'

Helen schrok op uit haar gepeins.

'De balie heeft een telefoontje gekregen van een hysterische vrouw die net een menselijk hart op haar drempel had aangetroffen. Haar man was vannacht niet thuisgekomen.'

'Naam?'

'Alan Matthews. Getrouwd, vier kinderen, woont in Banister Park. Zakenman, fondsenwerver voor goede doelen en actief lid van de plaatselijke doopsgezinde kerk.' Tony probeerde de laatste woorden uit te spreken zonder in elkaar te krimpen, maar slaagde er niet in.

Helen deed haar ogen even dicht, zich ervan bewust dat de komende paar uur hoogst onaangenaam zouden worden voor alle betrokkenen. Een gezinshoofd was een lugubere dood gestorven op een bekende tippelplek – er was geen nettere manier om het te zeggen. De ervaring had haar echter geleerd dat uitstel het er nooit beter op maakte, dus pakte ze haar tas en knikte naar Tony. 'Kom mee, dan hebben we het maar gehad.'

12

Eileen Matthews stortte niet in, maar het scheelde weinig. Ze zat kaarsrecht op de weelderige bank en keek strak naar de politievrouw die de verschrikkelijke gebeurtenissen van de afgelopen uren beschreef. De inspecteur werd geflankeerd door een mannelijke rechercheur, Tony, en een vrouwelijke familierechercheur van wie de naam haar al weer ontschoten was – Eileen had alleen oog voor de inspecteur.

De tweeling was veilig bij vrienden ondergebracht. Het was een verstandige beslissing, maar Eileen had er nu al spijt van. Wat moesten de jongens wel niet denken en voelen? Ze moest hier blijven, vragen beantwoorden, maar alles in haar schreeuwde dat ze deze kamer uit moest rennen, naar haar jongens moest gaan, ze stevig moest omhelzen en nooit meer loslaten. Toch bleef ze zitten waar ze was, vastgepind door de vragen van de politievrouw, verlamd door haar ontzetting.

'Is dit je man?'

Helen reikte Eileen een close-up aan van het gezicht van het slachtoffer. Ze wierp er een blik op en sloeg haar ogen neer. 'Ja.'

Haar antwoord klonk mat, levenloos. De shock hield de tranen nog op afstand. Haar hersenen worstelden om de vreemde gebeurtenissen te bevatten.

'Is hij…?' bracht ze moeizaam uit.

'Ja, ik ben bang van wel. En ik vind het heel erg voor je.'

Eileen knikte alsof Helen iets vanzelfsprekends had bevestigd, iets onbelangrijks, maar ze luisterde maar half. Ze wilde dit allemaal van zich af duwen, doen alsof het niet gebeurde. Ze keek strak naar de vele familiekiekjes waarmee de muur van de woonkamer was behangen – taferelen uit een gelukkig gezinsleven.

'Kunnen we iemand bellen die je gezelschap kan houden?'

'Hoe is hij gestorven?' vroeg Eileen zonder notitie te nemen van Helens vraag.

'Dat weten we nog niet zeker, maar we kunnen je nu al zeggen dat het geen ongeluk was. En geen zelfmoord. Dit is een moordonderzoek, Eileen.'

Weer een mokerslag.

'Wie doet er nou zoiets?' Voor het eerst keek Eileen Helen recht aan. Haar gezicht was een toonbeeld van verbijstering. 'Wie doet er nou zoiets?' herhaalde ze. 'Wie kan…'

Haar stem stierf weg en ze gebaarde naar de keuken, waar een paar technisch rechercheurs het hart fotografeerden voordat ze het meenamen.

'Dat weten we niet,' antwoordde Helen, 'maar daar komen we wel achter. Kun je me vertellen waar je man gisteravond was?'

'Waar hij elke dinsdagavond is. Helpen in de gaarkeuken aan Southbrook Road.'

Tony noteerde het in zijn opschrijfboekje.

'Dus dat is een vaste afspraak?'

'Ja. Alan is heel actief binnen de kerk, wij allebei trouwens, en binnen ons geloof is het heel belangrijk om diegenen te helpen die het minder goed hebben getroffen dan wijzelf.'

Eileen hoorde zichzelf in de tegenwoordige tijd over haar man praten en werd weer overweldigd door de verschrikking van alles. Hij kon toch niet dood zijn? Ze veerde op toen ze een geluid van boven hoorde, maar het was niet Alan die in zijn werkkamer rondliep; het waren die andere rechercheurs, die in zijn spullen rommelden, zijn computer weghaalden, het huis van zijn aanwezigheid beroofden.

'Is er een reden waarom hij vannacht in de omgeving van Bevois Valley geweest kan zijn? Empress Road in het bijzonder?'

'Nee. Hij moet in Southbrook Road zijn geweest van acht tot… nou ja, tot de soep op was. Er zijn altijd te veel mensen voor hun beperkte middelen, maar ze doen hun best. Hoezo?'

Eileen wilde het antwoord niet weten, maar voelde zich gedwongen het te vragen.

'Alan is gevonden in een verlaten woning aan Empress Road.'

'Dat kan niet.'

Helen zei niets.

'Als hij is aangevallen door iemand bij de gaarkeuken, zou die hem toch niet helemaal naar de andere kant van Southampton hebben gesleept…'

'Zijn auto is op een steenworp afstand van het huis gevonden. Hij was netjes geparkeerd en afgesloten met de afstandsbediening. Zou hij er uit vrije wil naartoe kunnen zijn gegaan?'

Eileen nam Helen argwanend op. Waar wilde ze naartoe?

'Lastige vragen stellen is een onderdeel van mijn werk, Eileen. Ik moet wel, willen we bij de kern komen van wat er is gebeurd. Prostituees pikken vaak klanten op in Empress Road en er worden wel eens drugs verhandeld. Weet je of Alan ooit prostituees heeft bezocht of drugs heeft gebruikt?'

Eileen was even te perplex om antwoord te kunnen geven, maar toen barstte ze los: 'Heb je dan geen woord gehoord van wat ik zei? We zijn een vroom gezin. Alan is ouderling in de kerk.'

Ze sprak de woorden langzaam uit, elke klemtoon benadrukkend alsof ze het tegen een zwakzinnige had.

'Hij was een goed mens die zich om anderen bekommerde. Hij besefte dat hij een missie had in het leven. Als hij al in contact kwam met prostituees of dealers, was het zuiver om ze te helpen. Hij zou nooit op díé manier met een prostituee omgaan.'

Helen wilde iets zeggen, maar Eileen was nog niet klaar.

'Er is vannacht iets verschríkkelijks gebeurd. Een goede, eerzame man wilde iemand helpen en als dank is hij beroofd en vermoord. Kunnen jullie dus niet beter mijn huis uit gaan en de man zoeken die hem dit heeft aangedaan in plaats van die… walgelijke dingen te insinueren?'

Nu kwamen de tranen eindelijk. Eileen stond bruusk op en rende de kamer uit – ze ging niet huilen waar die lui bij waren, die voldoening gunde ze hun niet. Ze rende naar de slaapkamer, liet zich op het bed vallen dat ze dertig jaar met haar man had gedeeld en huilde tot ze niet meer kon.

13

Hij sloop de trap op, crom denkend dat hij de krakende vijfde tree oversloeg.

Op de overloop ontweek hij Sally's kamer en liep regelrecht door naar de slaapkamer van zijn vrouw. Vreemd, maar in gedachten noemde hij het altijd háár kamer. Een korte aarzeling en toen legde hij zijn hand op de houten deur en duwde hem open. De deur draaide om zijn kreunende scharnieren.

Hij hield zijn adem in.

Maar er klonk geen geluid; niets duidde erop dat hij haar had gewekt. Hij stapte dus geluidloos over de drempel.

Ze lag als een roos te slapen. Even werd hij overmand door liefde, snel gevolgd door een huivering van schaamte. Wat lag ze er onschuldig en sereen bij. Zo tevreden. Hoe had het zover kunnen komen?

Hij liep snel de kamer uit, terug naar de trap. Hoe langer hij erover nadacht, hoe meer hij zou gaan twijfelen. Dit was het moment, dus waarom zou hij aarzelen? Hij opende de voordeur behoedzaam en keek nog een laatste keer waakzaam naar boven voordat hij de nacht in glipte.

14

Het bordje was discreet; als je niet wist dat het er was, zou je het over het hoofd zien.

BROOKMIRE HEALTH & WELLBEING. Vreemd dat een commercieel bedrijf zich zo bescheiden presenteerde. Charlie drukte op de bel en hoorde vrijwel meteen een stem door de intercom.

'Politie,' riep Charlie, de verkeersgeluiden met moeite overstemmend. Het bleef even stil, misschien langer dan nodig was, en toen klikte de deur open. Charlie had nu al het gevoel dat ze niet welkom was.

Ze nam de trap naar de bovenverdieping. Daar werd ze begroet met een brede, maar niet gemeende glimlach. Een goedverzorgde, aantrekkelijke jonge vrouw met een paardenstaart, gekleed in een hagelwit uniform, vroeg of ze iets voor Charlie kon doen – al was ze dat duidelijk niet van plan. Charlie keek zonder antwoord te geven om zich heen – het zag er duur uit en ze rook die geparfumeerde lucht die altijd in wellnesscentra hangt. Toen keek ze weer naar de receptioniste, die volgens haar badge Edina heette. Ze had een Pools accent.

'Ik wil de bedrijfsleider spreken,' zei Charlie, die haar politielegitimatie liet zien om haar verzoek kracht bij te zetten.

'Die is momenteel niet aanwezig. Kan ik u helpen?'

Nog steeds die gekunstelde glimlach. Charlie liep geërgerd om de balie heen een gang in.

'U mag daar niet komen…'

Charlie liep door. Het zag er best aangenaam uit: een reeks be-handelkamers en daarachter een gezamenlijke keuken. Een jon-getje van gemengde afkomst zat aan de keukentafel met een trein-tje te spelen. Hij keek op, zag Charlie en lachte zo stralend naar haar dat Charlie wel terug moest glimlachen.

'De bedrijfsleider komt morgen weer. Misschien kunt u dan te-rugkomen?' zei Edina, die Charlie had ingehaald.

'Wie weet. Intussen wil ik je graag een paar vragen stellen over een werkneemster. Een zekere Agneska Suriav.'

De naam leek Edina niets te zeggen, dus liet Charlie haar een fotokopie van het loonstrookje zien.

'O, ja. Agneska is een van onze behandelaars. Ze heeft momen-teel vakantie.'

'Ze is dood, toevallig. Ze is eergisteren vermoord.'

Voor het eerst zag Charlie een echte reactie: schrik.

Edina liet het in stilte bezinken en vroeg toen zacht: 'Wat is er gebeurd?'

'Ze is gewurgd en verminkt.' Charlie wachtte tot het was door-gedrongen en vervolgde toen: 'Wanneer heb je haar voor het laatst gezien?'

'Een dag of drie, vier geleden.'

'Waren jullie bevriend?'

Edina, die zich duidelijk niet wilde vastleggen, haalde vrijblij-vend haar schouders op.

'Wat deed ze hier?'

'Ze was diëtiste.'

'Geliefd?'

'Ja,' antwoordde Edina, al leek de vraag haar te verbazen.

'Hoeveel rekende ze?'

'We hebben hier een prijslijst. Ik kan u laten zien…'

'Leverde ze de complete service of had ze bepaalde specialismen?'

'Ik kan u niet volgen.'

'Ik heb Agneska nagetrokken en geen diploma's op het gebied van voeding en diëtetiek gevonden. Haar echte naam was Alexia Louszko en ze was prostituee – een goede, naar men zegt. Ze was ook Pools. Net als u.'

Edina, die duidelijk niet blij was met de wending die het gesprek had genomen, zei niets.

'Zullen we opnieuw beginnen?' vervolgde Charlie. 'Als je me nou eens vertelt wat Alexia hier deed?'

Het bleef heel lang stil. Uiteindelijk zei Edina: 'Zoals ik al zei, de bedrijfsleider komt morgen terug.'

Charlie schoot in de lach. 'Je bent goed, Edina, dat moet ik je nageven.' Haar blik flitste door de gang met behandelkamers. 'Wat zou ik zien als ik nu zo'n behandelkamer in liep? De deur van kamer 3 is dicht. Als ik hem nu opentrap, wat zou ik dan aantreffen? Zullen we een kijkje nemen?'

'Ga uw gang. Als u een huiszoekingsbevel hebt.'

Edina deed niet eens meer alsof ze vriendelijk was. Charlie besloot een andere tactiek te kiezen – die meid was geen amateurtje.

Ze wees naar de keuken. 'Van wie is dat kind?'

'Van een cliënt.'

'Hoe heet hij?'

Het bleef een fractie van een seconde stil. 'Billy.'

'Zijn echte naam, Edina. En als je nog eens tegen me liegt, neem ik je mee naar het bureau.'

'Richie.'

'Roep hem.'

'U hoeft hem er niet bij…'

'Roep hem.'

Een aarzeling en toen: 'Richie!'

'Ja, mama?' klonk het uit de keuken.

Edina sloeg haar ogen neer.

'Wie is zijn vader?' zette Charlie haar aanval voort.

Opeens sprongen de tranen Edina in de ogen. 'Alstublieft, laat hem en de jongen erbuiten. Ze hebben niets te maken met...'

'Hebben ze papieren?'

Geen antwoord.

'Zijn ze hier illegaal?'

Het bleef lang stil. Ten slotte knikte Edina. 'Alstublieft,' zei ze alleen maar smekend.

'Ik ben hier niet om jou of je zoontje dwars te zitten, maar ik moet weten wat Alexia hier deed. En wat er met haar is gebeurd. Dus óf je praat, óf ik ga bellen. Jij mag kiezen, Edina.'

Er was natuurlijk geen keus. En Edina's antwoord verbaasde Charlie niet.

'Niet hier. Kom over vijf minuten naar het koffiehuis om de hoek.'

Edina haastte zich naar haar zoontje. Charlie slaakte een zucht van verlichting. Het was vreemd om weer strijd te voeren en ze voelde zich opeens bekaf. Ze had niet verwacht dat haar eerste dag zo vermoeiend zou zijn, maar ze wist dat het nog erger zou worden. Vanavond was haar 'welkom terug'-borrel. Tijd om Helen Grace onder ogen te komen.

15

Voor het eerst in jaren snakte Helen naar drank. Ze had gezien wat het met haar ouders had gedaan en dat had haar de alcohol voor de rest van haar leven tegengemaakt, maar soms verlangde ze naar de roes. Ze was gespannen. Het gesprek met Eileen Matthews was slecht gegaan, iets waar de ontstemde familierechercheur haar maar wat graag op had gewezen. Er was weinig wat Helen anders had kunnen doen – ze moest de lastige vragen stellen – maar toch maakte ze zichzelf verwijten omdat ze een onschuldige, radeloze vrouw van streek had gemaakt. Uiteindelijk hadden ze wel weg moeten gaan, zonder dat ze iets bruikbaars aan de weet waren gekomen.

Helen was regelrecht van Eileens huis op haar motor naar de Parrot & Two Chairmen gereden, gevolgd door Tony. Het café in de buurt van het politiebureau was de traditionele gelegenheid voor afscheidsborrels en dergelijke. Vanavond zouden ze op Charlies terugkeer drinken – ook zo'n stomme traditie. Helen had zich vermand en was het café in gelopen met Tony, die iets te hard zijn best deed om zwierig en relaxed over te komen… en toen bleek Charlie er niet eens te zijn. Ze was nog aan het werk en kon elk moment komen.

De teamleden praatten over ditjes en datjes, maar niemand wist zich goed raad. Er werden steelse blikken op de deur van het café geworpen, tot ze er plotseling was. Charlie beende op de groep af – om het maar gehad te hebben? – en als bij toverslag werd er ruim baan voor haar gemaakt, zodat ze opeens tegenover haar chef stond.

'Hallo, Charlie,' zei Helen. Niet echt briljant, maar het moest maar.

'Chef.'

'Hoe was je eerste dag?'

'Goed. Het ging goed.'

'Mooi zo.'

Stilte. Gelukkig schoot Tony Helen te hulp: 'Al iemand in de kraag gegrepen?'

Charlie lachte en schudde haar hoofd.

'Je bent het verleerd, meid,' vervolgde Tony. 'Sanderson, ik krijg vijf pond van je.'

De anderen lachten en kwamen er een voor een bij. Ze klopten Charlie op haar rug, boden haar drankjes aan en bestookten haar met vragen. Helen deed haar best om mee te doen – ze vroeg naar Steve, naar Charlies ouders – maar ze had haar hoofd er niet bij. Zodra ze haar kans schoon zag, kneep ze hem naar de wc's. Ze moest alleen zijn.

Ze liep een cabine in en ging zitten. Ze voelde zich duizelig en liet haar hoofd in haar handen rusten. Haar slapen bonsden, ze had een droge keel. Charlie had er verbazend goed uitgezien, heel anders dan de geknakte vrouw die strompelend aan haar verschrikkelijke gevangenschap was ontkomen, maar het was moeilijker geweest om haar te zien dan Helen had verwacht. Helen had haar draai op het bureau weer gevonden zonder dat Charlie haar eraan herinnerde wat er was gebeurd. Nu Tony tot coördinator was gepromoveerd en er vers bloed was gekomen, leek het bijna of ze een nieuw team had. Door Charlies terugkeer werd ze weer aan het verleden herinnerd, aan alles wat ze had verloren.

Helen liep de cabine uit en waste haar handen lang en grondig. Op de achtergrond werd een wc doorgespoeld en ging een deur open. Helen wierp een blik in de spiegel en haar gezicht betrok.

Daar kwam Emilia Garanita aan, misdaadverslaggever van de *Southampton Evening News*.

'Goh, jij hier?' zei Emilia breed grijnzend.

'Ik zou denken dat dit je natuurlijke leefomgeving is, Emilia.'

Het was goedkoop, maar Helen kon de verleiding niet weerstaan. Ze had een hekel aan het mens, zowel zakelijk als privé. Dat Emilia had geleden – de ene kant van haar gezicht was nog zwaar verminkt ten gevolge van een beruchte zuuraanval – maakte weinig indruk op Helen. Iedereen leed – daarom hoefde je nog geen genadeloze bitch te zijn.

Emilia's grijns verflauwde niet; ze hield van sparren, zoals Helen door schade en schande had geleerd.

'Ik hoopte eigenlijk dat we elkaar tegen zouden komen, inspectéúr,' vervolgde Emilia. Helen vroeg zich af of ze met die nadruk op het laatste woord wilde onderstrepen dat er geen beweging meer zat in Helens carrière. 'Ik hoorde dat je met een akelige moord in Empress Road zit.'

Helen vroeg haar allang niet meer hoe ze aan haar informatie kwam. Er waren altijd wel groentjes in uniform die informatie ophoestten in het licht van Emilia's koplampen. Of ze zich nu door haar lieten intimideren of gewoon van haar af wilden zijn, uiteindelijk gaven ze haar wat ze hebben wilde.

Helen keek haar aan en liep de deur uit, terug het café in. Emilia liep met haar mee.

'Hebben jullie al een theorie? Ik hoorde dat het nogal barbaars was.'

Geen woord over het hart. Kende ze dat kleine detail niet of wilde ze Helen uit haar tent lokken door het niet te noemen?

'Al een idee wie het slachtoffer is?'

'Er is nog niets bevestigd, maar zodra we het weten, ben jij de eerste die het hoort.'

Emilia grinnikte, maar kreeg geen kans om nog iets te zeggen, want Ceri Harwood haastte zich hun kant op. Waar kwam die opeens vandaan?

'Emilia, leuk je te zien. Kom je me een drankje aanbieden?'

'Van mijn journalistenloontje?' pareerde Emilia vrolijk.

'Laat mij dan trakteren,' zei Harwood, die haar meetroonde naar de bar.

Helen keek het tweetal na en vroeg zich af of Harwood haar had willen redden of had willen voorkomen dat ze de pers tegen zich in het harnas joeg. Ze was hoe dan ook blij dat Harwood had ingegrepen. Ze wierp een blik op haar mensen. Die praatten geanimeerd met elkaar, vrolijk, ontspannen en al een tikje aangeschoten, blij dat Charlie terug was.

Helen voelde zich als de boze fee bij de doop. De enige die niet in staat was Charlie met open armen te ontvangen. Niemand zag haar, wat haar goed uitkwam.

Ze moest ergens heen.

Helen stapte op haar motor en zette haar helm op, waardoor ze tijdelijk onherkenbaar was. Ze draaide de contactsleutel om, testte de gashendel, schakelde en brulde de donkere straat in. Ze was blij dat ze van Emilia en Charlie af was. Ze had er genoeg van voor vandaag – meer dan genoeg.

Het spitsuur was allang voorbij en Helen reed soepel door de lege straten. Op zulke momenten voelde ze zich echt thuis in Southampton. Het was alsof de straten voor haar vrij waren gemaakt, alsof het haar stad was, een plek waar ze ongehinderd en ongestoord kon leven. Geleidelijk aan werd haar humeur beter. Niet alleen door waar ze was, maar ook door waar ze naartoe ging.

Nadat ze had geparkeerd liep ze naar de deur, belde drie keer en wachtte. De zoemer ging – als een warm welkom – en ze stapte over de drempel.

Jake stond op haar te wachten, met de deur wijd open. Helen wist dat hij dat niet voor andere cliënten deed – vanwege de gevaren van zijn beroep verifieerde hij de identiteit van zijn cliënten altijd door het kijkgaatje voordat hij de versterkte deur opende. Maar hij wist dat zij het was door hun code van drie keer bellen, en hij wist nu trouwens ook hoe ze de kost verdiende.

Dat was niet altijd zo geweest, natuurlijk. Ze had hem het eerste jaar dat ze met elkaar omgingen niets verteld, al had hij vaak geprobeerd een gesprek aan te knopen. De recente gebeurtenissen hadden daar verandering in gebracht – ook strenge meesters lezen de kranten. Gelukkig was hij professioneel genoeg om er niet over te beginnen. Hij kwam wel in de verleiding, voelde ze aan, maar hij wist hoe ze had geleden, hoe ze de belangstelling verafschuwde, dus hield hij zijn mond.

Dit was Helens eigen plek. Een plek waar ze het gesloten boek kon zijn dat ze was geweest. Een terugkeer naar de tijd toen haar leven nog van haar was. Misschien was ze toen niet gelukkig geweest, maar ze had wel rust gehad. En rust was waar ze nu naar smachtte. Het was een risico om hier te komen, dat zeker – veel andere politiemensen waren oneervol uit het korps ontslagen vanwege hun 'onconventionele' manier van leven – maar Helen was bereid het risico te nemen.

Ze trok haar leren motorkleding uit, toen haar mantelpak en blouse, die ze aan de dure hangers in Jakes kast hing. Ze stapte uit haar schoenen en nu had ze alleen haar ondergoed nog aan. Ze voelde haar lichaam al tot rust komen. Jake stond met zijn rug naar haar toe – zijn gebruikelijke, discrete zelf – maar Helen wist dat hij haar wilde zien. Ze vond het prettig – het streelde haar ego – en ze wilde dat hij naar haar keek, maar je kunt niet alles hebben. Privacy en intimiteit sluiten elkaar uit.

Helen wachtte met haar ogen dicht tot hij toesloeg. Op het randje van de ontlading staken duistere gedachten plotseling en ongevraagd de kop op, overdonderend en ontregelend. Gedachten aan Marianne en Charlie, aan de mensen die ze had gekwetst en bedrogen, de schade die ze had aangericht – de schade die ze nog stééds aanrichtte.

Jake liet de zweep met kracht op haar rug neerkomen. Toen nog eens, harder. Hij wachtte even op Helens reactie op de zweepslagen en net toen ze begon te ontspannen, sloeg hij nog eens. Helen voelde de scherpe pijnscheut overgaan in een tinteling over haar hele lijf. Haar hart pompte, haar hoofdpijn zakte nu de endorfine door haar brein pulseerde. Haar duistere gedachten sloegen op de vlucht – de straf was zoals altijd haar verlosser. Terwijl Jake de zweep voor de vierde keer liet neerkomen, besefte Helen dat ze zich voor het eerst in dagen echt ontspannen voelde. Meer dan dat zelfs: ze voelde zich gelukkig.

16

Hij had zijn trouwring nog om. Toen hij aan het stuur draaide om de auto over de Redbridgedijk te manoeuvreren, viel zijn blik op de gouden band om zijn ringvinger. Hij vervloekte zichzelf – wat was hij verdomme nog een groentje. Toen hij opkeek, zag hij dat ze zijn onbehagen had opgemerkt.

'Geeft niks, schat. De meesten van mijn klanten zijn getrouwd. Geen mens die je iets verwijt.'

Ze glimlachte naar hem en keek weer naar buiten. Hij wierp nog een blik op haar, iets langer. Ze zag er precies zo uit als hij had gehoopt. Jong en fit, haar lange benen in plastic laarzen tot aan haar dijen. Een kort rokje, een wijd topje dat haar grote borsten onthulde en lange handschoenen – moesten ze opwindend zijn of dienden ze alleen als bescherming tegen de ijzige kou? Een bleek gezicht met hoge jukbeenderen en dan dat opvallende haar: lang, zwart en steil.

Hij had haar opgepikt in Cemetery Road, vlak bij de Common. Er was geen mens te bekennen op dat late uur, wat hun allebei goed uitkwam. Ze waren in westelijke richting gereden, de rivier over, en hadden op haar aanwijzingen een smalle zijstraat genomen. Nu naderden ze Eling Great Marsh, een eenzame strook land die aan de achterkant op de haven uitkeek. Overdag kwamen er natuurliefhebbers, maar 's nachts kwam er een heel ander slag volk.

Ze stopten en bleven even zwijgend zitten. Ze diepte een condoom uit haar tas op en legde het op het dashboard.

'Je moet je stoel kantelen, anders kan ik niets doen,' zei ze vriendelijk.

Hij glimlachte, schoof zijn stoel met een ruk naar achteren en liet de rugleuning toen langzaam zakken voor meer speelruimte. Haar gehandschoende hand gleed al achteloos over zijn kruis, wat hem een erectie bezorgde.

'Mag ik deze aanhouden?' vroeg ze. 'Dat maakt het leuker.'

Hij knikte, sprakeloos van begeerte. Ze ritste zijn gulp open.

'Ogen dicht, schatje, laat me voor je zorgen.'

Hij deed wat ze zei. Zij had de leiding en hij vond het prettig. Het was fijn om je een keer over te geven, geen verantwoordelijkheid te dragen, jezelf te verwennen. Wanneer kreeg hij daar ooit de kans toe?

Zonder dat hij het wilde zag hij Jessica opeens voor zich. Al twee jaar zijn liefhebbende echtgenote, de moeder van zijn kind, nietsvermoedend, bedrogen... Hij zette de gedachte van zich af, verdrong die inmenging van het echte leven. Daar was hier geen plaats voor. Dit was zijn vleesgeworden fantasie. Dit was zijn moment. En ondanks het schuldgevoel dat hem nu besloop, zou hij ervan gaan genieten.

17

Het liep tegen middernacht toen hij thuiskwam. Het was donker en stil in huis, zoals het altijd leek te zijn. Nicola zou boven vredig liggen te slapen, met naast haar haar oppas die een boek las bij het licht van een zaklantaarn. Het was een beeld dat hem meestal opvrolijkte – een knusse cocon voor zijn vrouw – maar vanavond maakte het idee hem triest. Een fel gevoel van gemis trok door hem heen, plotseling en snijdend.

Tony Bridges gooide zijn sleutels op tafel en haastte zich naar boven om Anna af te lossen, die nu bijna anderhalf jaar hielp met Nicola. Opeens merkte hij dat hij te veel had gedronken. Hij had de auto bij het café laten staan en een taxi naar huis genomen om zichzelf een drankje te permitteren. Hij had zich laten meeslepen door de emotie rond Charlies terugkeer en een pint of vier, vijf gedronken, zodat hij nu een beetje wankel de trap op liep. Hij had natuurlijk recht op een leven, maar toch schaamde hij zich altijd als Anna – of, nog erger, Nicola's moeder – hem op drinken betrapte. Zou zijn stem hem verraden? Had hij een kegel? Hij deed zijn best om er nuchter uit te zien en liep Nicola's slaapkamer in.

'Hoe is het met haar?'

'Heel goed,' antwoordde Anna met een glimlach. Ze glimlachte altijd, goddank. 'Ze heeft gegeten en daarna heb ik haar een paar hoofdstukken voorgelezen.'

Ze hield *Het grauwe huis* op. Nicola was dol op Dickens – *David Copperfield* was haar uitgesproken favoriet – dus werkten ze zijn hele oeuvre af. Het was een project, een uitdaging voor Nicola, en ze leek te genieten van de verhalen met hun kranige helden en duivelse slechteriken.

'We waren net bij het spannende gedeelte,' vervolgde Anna, 'en ze wilde doorlezen, dus heb ik haar een paar bonushoofdstukken gegeven. Maar tegen het eind sukkelde ze zo'n beetje in slaap – misschien moet je het morgen nog eens lezen. Om te zorgen dat ze niets mist.'

Tony werd opeens overweldigd door ontroering om de tedere zorgen waarmee Anna zijn vrouw overlaadde. Bang dat zijn stem het zou begeven gaf hij een klopje op Anna's arm, bedankte haar snel en nam afscheid van haar.

Nicola was zijn jeugdliefde en ze waren jong getrouwd. Het leven zag er rooskleurig uit, tot Nicola twee dagen voor haar negenentwintigste verjaardag een zware beroerte kreeg. Ze had het overleefd, maar met ernstig hersenletsel; ze had het locked-in-syndroom en zat opgesloten in haar eigen lichaam. Ze kon zien en ze was bij kennis, maar ze kon alleen haar ogen nog bewegen; de rest van haar lichaam was verlamd. Tony zorgde liefdevol voor haar, leerde haar geduldig met haar ogen te communiceren en trommelde familieleden op of huurde hulp in wanneer hij moest werken, maar toch voelde hij zich vaak een slechte echtgenoot. Ongeduldig, gefrustreerd, egoïstisch. In feite deed hij alles voor haar wat hij kon, maar dat weerhield hem er niet van zichzelf te kastijden. Vooral wanneer hij zelf uit was geweest en het naar zijn zin had gehad. Dan voelde hij zich harteloos en onwaardig.

Hij streelde haar haar, drukte een zoen op haar voorhoofd en ging naar zijn eigen kamer. Zelfs nu, twee jaar na de beroerte, deed het nog pijn dat ze in afzonderlijke kamers sliepen. Gescheiden slapen was voor stellen die niet meer van elkaar hielden, voor schijnhuwelijken, niet voor Nicola en hem. Zij stonden daarboven.

Het was hem te veel moeite om zich uit te kleden, dus ging hij op zijn bed liggen en bladerde door *Het grauwe huis*. In het begin, toen ze nog verkering hadden, had Nicola hem passages uit boeken van Dickens voorgelezen. Het had hem aanvankelijk een onbehaaglijk gevoel bezorgd – hij was nooit zo'n lezer geweest en het deed pretentieus aan – maar op den duur was hij het heerlijk gaan vinden. Hij deed zijn ogen dicht en luisterde naar haar zachte stem die met de woorden speelde. Hij was nooit gelukkiger geweest en zou nu een moord doen voor een opname – eentje maar – van haar terwijl ze hem voorlas.

Maar die zou hij nooit krijgen en met dromen kom je nergens, dus behielp hij zich met het boek. Het was niet veel, maar hij zou het ermee moeten doen.

18

De lichtjes van de haven van Southampton schitterden in de
verte. De haven was altijd in bedrijf en het moest er nu druk zijn,
met reusachtige kranen die de containers uitlaadden die aankwa-
men uit Europa, het Caribisch gebied en nog verder weg. Vork-
heftrucks zouden over de kade heen en weer zoeven en mannen
zouden elkaar beledigingen toeroepen, genietend van de kameraadschap van de nachtploeg.

Op Eling Great Marsh heerste stilte. Het was een koude nacht
en de poolwind die over het water joeg, teisterde de auto die alleen en onbeschut in de leegte stond. Het portier aan de bestuur-
derskant hing wijd open en de binnenlichten, die aan waren,
wierpen een zwak schijnsel op het eenzame tafereel.

Ze pakte zijn enkels stevig vast en trok. Hij was zwaarder dan
hij eruitzag en ze had al haar kracht nodig om hem over het onef-
fen terrein te slepen. De grond was zacht, waardoor ze traag vorderde, en ze lieten een slakachtig spoor achter. Toen ze hem over
de rand van een greppeltje duwde, bleef zijn hoofd achter een kei
steken. Hij bewoog, maar niet genoeg – daarvoor was hij te ver
heen.

Ze keek weer snel om zich heen en toen ze zich ervan had verzekerd dat ze alleen waren, zette ze haar tas op de grond en ritste
hem open. Ze pakte er een rol ducttape uit en scheurde er een

stuk af. Ze drukte het stevig op zijn mond en streek er een aantal malen met haar gehandschoende hand over om te zorgen dat er geen ademruimte was. Haar hart begon sneller te slaan en de adrenaline gierde door haar lijf, dus ze treuzelde niet meer. Ze pakte zijn haar en trok zijn slap hangende hoofd achterover zodat zijn hals zichtbaar werd. Ze pakte het lange mes uit de tas en zette het diep in zijn keel. Zijn geest deed een wanhopige poging om een vorm van bewustzijn te herwinnen en hij kronkelde, maar het was allemaal te laat. Bloed spoot omhoog, haar borst en gezicht bespattend, hen aan elkaar bindend. Ze liet zijn warme bloed over zich heen komen tot ze ervan verzadigd was – ze had nog tijd genoeg om schoon te maken.

Ze dreef het lemmet diep in zijn buik en ging aan het werk. Binnen tien minuten had ze wat ze wilde. Ze stopte het bloedige orgaan in een gripzakje, richtte zich op en overzag haar werk. Haar eerste poging was slordig en moeizaam geweest, maar deze was soepel en efficiënt.

Ze begon de slag te pakken te krijgen.

19

'En, hoe ging het?'

Steve, die was opgebleven voor Charlie, liep naar haar toe. De tv murmelde op de achtergrond. De vier lege bierblikjes op de salontafel maakten duidelijk dat Steve net als Charlie behoefte had gehad aan een paar drankjes.

'Mijn dag of de "welkom terug"-borrel?'

'Allebei.'

'Best goed, eigenlijk. Ik ben goed bezig met een zaak en de anderen waren blij me te zien. Helen deed min of meer zoals ik had verwacht, maar daar kan ik niets aan veranderen, dus…'

Charlie zag tot haar opluchting dat Steve oprecht blij voor haar leek te zijn. Hij was er zo fel op tegen geweest dat ze weer aan het werk ging dat ze dankbaar was dat hij nu zijn best deed om positief te zijn en haar te steunen.

'Goed gedaan, hoor. Ik had toch gezegd dat je het fantastisch zou doen?' zei hij. Hij sloeg een arm om haar middel en gaf haar een kus om haar te feliciteren.

'De eerste dag terug,' zei Charlie schouderophalend. 'Ik ben er nog lang niet.'

'Stap voor stap, hè?'

Charlie knikte en nu kusten ze elkaar iets inniger.

'Hoeveel heb je op?' vroeg Steve met een ondeugende fonkeling in zijn ogen.

'Genoeg,' antwoordde Charlie met een glimlach. 'Jij?'

'Beslist genoeg,' zei Steve, die haar plotseling van de vloer tilde. 'Hou je hoofd omhoog. Pas op voor de trapleuning.'

Charlie liet zich glimlachend door Steve de trap op naar de slaapkamer dragen. Ze waren altijd een liefdevol stel geweest, maar het had de laatste tijd ontbroken aan echte intimiteit in hun relatie. Charlie was opgelucht en blij dat ze hun oude spontaniteit en begeerte terug leken te krijgen.

Misschien zou alles toch nog goed komen.

20

'Je kijkt naar een doe-het-zelfthoracotomie.'

Jim Grieves sprak het laatste woord genietend uit, in het besef dat het Helen weinig zou zeggen. Het was zeven uur 's ochtends en er was verder niemand in het politiemortuarium. Alan Matthews lag naakt op de snijtafel voor hen. Ze hadden al vastgesteld dat hij was doodgebloed en nu bespraken ze de verwijdering van het hart.

'De operatie is niet bepaald volgens het boekje uitgevoerd, maar de dader heeft dan ook niet onder ideale omstandigheden gewerkt. De adrenaline moet door zijn of haar lijf hebben gegierd, hij of zij zal bang zijn geweest betrapt te worden en we mogen niet vergeten dat het slachtoffer aan het begin nog in leven was. Niet echt de gebruikelijke procedure, dus alles in aanmerking genomen is het niet slecht gedaan.'

Veel mensen zouden hem de lichte bewondering in zijn stem kwalijk hebben genomen, maar Helen liet het lopen. Als je te veel tijd in een mortuarium doorbrengt, doet dat rare dingen met je en Jim was er relatief normaal onder gebleven. Hij was ook razend slim, dus lette Helen altijd goed op wat hij te zeggen had.

'De eerste incisie is vlak onder het borstbeen gemaakt. Met een lang lemmet, iets van twintig centimeter. Vervolgens zijn de ribben en het borstbeen doorgezaagd. Daarna open je de borstkas

69

meestal met een ribbenspreider, maar onze dader heeft iets interessanters gebruikt. Zie je die twee steekgaatjes daar?'

Helen boog zich over het lichaam om in de borstholte te kijken. In de rechterflap van wat ooit de borst was geweest zaten twee gaatjes, ongeveer vijftig centimeter uit elkaar.

'Ze zijn met een soort haak gemaakt. Een slagershaak misschien? Je zet opzij van de eerste incisie twee haken en vervolgens gebruik je gewoon brute kracht. De rechter helft is eerst opengetrokken, toen de linker. Als de borst eenmaal openligt en het hart zichtbaar is, is het alleen nog maar een kwestie van het lossnijden van het omringende weefsel en het uitnemen. Het is een beetje hakwerk, maar wel doelmatig.'

Helen liet de macabere details bezinken en vroeg: 'Dus waar hebben we het over? Een slagersmes en een vleeshaak?'

'Zou kunnen,' antwoordde Grieves schouderophalend.

'Hoeveel tijd zou het kosten?'

'Tien minuten tot een kwartier, afhankelijk van je bedrevenheid en hoe nauwkeurig je wilt werken.'

'Verder nog iets?'

'Het slachtoffer is verdoofd met chloroform – het is aangetroffen in zijn neus en mond. Het lab onderzoekt het nu, maar ik gok dat het zelfgemaakt is. Elke gek kan op internet opzoeken hoe je het maakt en het is niet meer dan bleekmiddel met aceton.'

'Heb je sporen van onze moordenaar gevonden?'

Jim schudde zijn hoofd. 'Zo te zien is het contact tussen dader en slachtoffer tot een minimum beperkt gebleven. Anderzijds moet het slachtoffer veel andere contacten hebben gehad in de loop der jaren.'

Jim zweeg even, wat hij altijd deed als hij de spanning wilde opvoeren. Helen zette zich schrap.

'Er zijn de nodige soa's geconstateerd. Meneer Matthews had in elk geval gonorroe – recent opgelopen, lijkt me. Dan is er nog *mycoplasma genitalium* gevonden, wat exotisch klinkt maar in feite vrij gangbaar is, en vermoedelijk nog schaamluis ook. Was ik maar lid van die kerk van hem – het moet er een dolle boel zijn.'

Hij liep weg om zijn handen te wassen. Helen liet de nieuwste informatie op zich inwerken – de eerste tip in een verder verbijsterende moordzaak.

Terug op het hoofdbureau vervolgde Helen haar ontleding van Alan Matthews. Het team had zich verzameld in de recherchekamer en iedereen vertelde wat hij aan de weet was gekomen.

'Het sporenonderzoek heeft vrijwel niets opgeleverd,' meldde Tony Bridges somber. 'De hele auto is uitgekamd, maar hij was niet verplaatst of aangeraakt – er is alleen DNA van het gezin Matthews aangetroffen. Op de pd in het huis daarentegen zijn zo veel verschillende DNA-sporen gevonden dat we makkelijker zouden kunnen bepalen wie er niet is geweest dan wel. Sperma, speeksel, bloed, huidcellen, alles. Het huis werd regelmatig gebruikt door sekswerkers en hun clientèle, en ook door drugsgebruikers. We zullen ze allemaal natrekken, zien of er interessante treffers tussen zitten, maar er zit niets bij wat bruikbaar is voor een rechtszaak.'

'Waarom zou je een zo drukbezocht huis kiezen? Was de dader niet bang dat hij betrapt zou worden?' vroeg Sanderson.

'Mogelijk wist de dader niet hoe regelmatig het werd gebruikt,' pareerde Tony, 'al lijkt dat niet aannemelijk, gezien de mate van zorgvuldigheid en voorbereiding van deze moord. In veel opzichten was het een ideale locatie: de achterdeur was stevig en van binnenuit vergrendeld en de ramen waren dichtgetimmerd, zodat alleen de voordeur toegang bood. Het slot was al heel lang kapot, maar er zat een stevige schuif aan de binnenkant. De moordenaar kon het huis makkelijk afsluiten zodra het slachtoffer uitgeschakeld was.'

'Toch lijkt het me gevaarlijk…' zei Sanderson, die nog steeds vond dat ze een goed punt had.

'Dat was het ook,' nam Helen het stokje van haar over. 'Wat leiden we daaruit af? Dat hij of zij verwachtte dat het lichaam snel gevonden zou worden? De locatie kan ook gewoon gekozen zijn om het slachtoffer niet ongerust te maken. Er zijn geen sporen gevonden die erop wijzen dat Alan Matthews tegen zijn zin het huis in is gesleept. Wat wil zeggen dat het een valstrik was. Hij moest erheen worden gelokt. Hij had soa's die duiden op veel wisselende contacten, dus mogelijk zag hij een hoer die hem wel beviel of een pooier die hij kende, ging mee naar binnen en *bam*! Misschien heeft de dader het huis gekozen omdat hij of zij wist dat Matthews zich er op zijn gemak zou voelen…'

'We hebben zijn computer eens goed bekeken,' mengde McAndrew zich in het gesprek, 'en veel aanwijzingen gevonden dat Matthews een ongezonde belangstelling had voor porno en prostituees. Hij had zijn zoekgeschiedenis niet bepaald verborgen, dus we konden zien dat hij regelmatig pornosites bezocht – veel gratis, maar ook een paar extremere waarvoor je per keer moet betalen. Hij was ook actief in chatrooms en op forums. We zijn er nog mee bezig, maar het komt neer op een stel sneue eikels die anekdotes uitwisselen over hun ervaringen met verschillende prostituees, die ze cijfers geven voor hun cupmaat, wat ze bereid zijn te doen en dat soort dingen…'

'Ze recenseren hun hoeren?' zei Helen lichtelijk ongelovig.

'In feite wel, ja. Het is zoiets als TripAdvisor, maar dan voor prostituees. Hij bezocht ook veel sites van escortbureaus,' vervolgde McAndrew. 'Al zijn er nog geen aanwijzingen dat hij ook gebruikmaakte van hun diensten. Wat erop zou kunnen wijzen dat zijn smaak iets… laag-bij-de-grondser was…'

'Zullen we bij de les blijven?' onderbrak Helen McAndrew. 'We zijn hier niet om Alan Matthews te bekritiseren, we willen alleen weten wie hem heeft vermoord. Wat we verder ook van hem mogen vinden, hij is een echtgenoot en vader, en we moeten de dader vinden.'

Voordat die weer toeslaat. Ze had het bijna gezegd, maar slikte het op het nippertje in.

'Laten we uitzoeken waar hij het geld vandaan haalde om zijn hobby te bekostigen. Hoe exotischer zijn praktijken, hoe meer geld hij nodig zal hebben gehad. Het gezin heeft geen eigen huis, er zijn vier kinderen die moeten worden grootgebracht en Alan is de enige kostwinner. Hij maakte duidelijk veel gebruik van prostituees en betaalde internetporno, dus waar deed hij het van? Was hij een pooier geld schuldig? Draait het daarom?'

Bij wijze van uitzondering reageerde het team niet – iedereen keek over Helens schouders naar de deuropening van de recherchekamer. Helen draaide zich om en zag een bloednerveuze politieman in uniform schoorvoetend in de deuropening staan. Ze zag aan zijn gezicht wat er komen ging, maar toch ging er een rilling over haar rug toen hij het echt zei: 'Er is weer een lichaam gevonden, inspecteur.'

21

Ze was weer veilig en wel thuis. Ze trok latex handschoenen aan om haar buit te inspecteren. Tweehonderd pond cash – ze stopte het meteen in haar tas en richtte haar aandacht toen op de creditcards. Ze knipte ze behendig doormidden, maar voor de extra zekerheid legde ze ze ook nog tien minuten onder de grill. Het was moeilijk om niet te blijven kijken hoe ze sputterend in een plastic smurrie veranderden – iemands leven smolt letterlijk weg.

Toen het rijbewijs. Ze aarzelde om naar de naam te kijken en richtte zich dus op de foto. Durfde ze niet te zien wiens leven ze had verwoest of stelde ze het moment opzettelijk uit om het spannender te maken?

Ze wierp een steelse blik op de naam. Christopher Reid. Onder de naam stond zijn adres. Ze keek er peinzend naar. Toen nam ze de rest van zijn portefeuille door: zijn visitekaartjes, klantenkaarten en bonnetjes van de stomerij. Een door en door gewoon leven.

Ze stond op, haar nieuwsgierigheid bevredigd. De tijd drong, ze zou snel moeten zijn. Ze maakte de oude kachel open, die nu lekker brandde dankzij het verse houtblok. Ze gooide zijn portefeuille erin en zag hem in vlammen opgaan. Ze kleedde zich snel uit en stopte haar beblode kleren erbij. De vlammen laaiden op en ze moest achteruitstappen om zich niet te branden.

Opeens voelde ze zich belachelijk zoals ze daar stond, naakt, met nog bloedspatten op haar gezicht en in haar haar. Ze haastte zich naar de douche, waste zich en trok schone kleren aan. Ze kon de badkamer en de vloeren later wel goed schoonmaken, nu moest ze doorwerken.

Ze trok de koelkast open, pakte het flesje sportdrank en dronk het in één teug leeg. Een half opgegeten quiche, een paar kipnuggets, een bakje magere yoghurt; ze verslond het allemaal, opeens uitgehongerd en duizelig. Toen ze verzadigd was, bleef ze even bij de koelkast staan. Daar, op de bovenste plank, lag haar trofee. Een menselijk hart, dat precies in het tupperwarebakje paste.

Ze haalde het uit de koelkast en zette het op de keukentafel. Toen pakte ze de doos, plakband en schaar en ging aan het werk.

Ze moest een pakketje bezorgen.

22

Jessica Reid, die haar dochtertje van anderhalf aan het voeren was, schrok van het geluid van de bel. Ze sprong op en haastte zich naar de voordeur. Toen ze die ochtend laat wakker was geworden en zag dat Chris' helft van het bed leeg was, had ze er niets van begrepen. Toen ze ontdekte dat niet alleen hij, maar ook zijn auto weg was, zonder een verklarend briefje, was ze echt ongerust geworden. Waar hing hij uit?

Ze had de politie nog niet gebeld, want ze hoopte dat er een simpele verklaring was voor zijn afwezigheid. En nu holde ze naar de deur in de verwachting haar schuldbewuste man op de stoep te zien staan, maar het was de postbode maar met een aangetekende brief.

Terug in de keuken smeet ze de brief op tafel en richtte haar aandacht weer op Sally, die meer appelmoes wilde. Ze lepelde de happen plichtmatig naar binnen, in gedachten elders. Hun verhouding was een beetje gespannen de laatste tijd – sinds haar ontdekking – maar Chris was niet harteloos. Hij zou haar niet zo in het ongewisse laten. Was hij bij haar weggegaan? Had hij zijn gezin in de steek gelaten? Ze schudde de gedachte van zich af. Het kon gewoon niet – al zijn spullen waren er nog en trouwens, hij was dol op Sally en zou haar nooit aan haar lot overlaten.

Hij was thuis geweest toen ze de avond ervoor naar bed ging.

Hij bleef altijd langer op dan zij om actiefilms te kijken waarvan hij wist dat zij er niets aan vond en hij was er handig in geworden in bed te kruipen zonder haar te wekken. Was hij gisteravond wel naar bed gegaan? Zijn pyjama lag netjes opgevouwen onder zijn kussen, waar zij hem gistermiddag had neergelegd, dus ze nam aan van niet.

Hij moest de deur uit zijn gegaan. Aan het werk? Nee, hij had de pest aan werken en dobberde al maanden doelloos rond – het was onwaarschijnlijk dat hij opeens de geest had gekregen. Kon hij naar zijn moeder of een vriend geroepen zijn vanwege het een of andere noodgeval? Nee, dat sneed ook geen hout. Zodra er moeilijkheden dreigden, zou hij haar erbij halen om mee te helpen.

Dus waar was hij dan? Vermoedelijk zocht ze er te veel achter. De spanning die hun huwelijk de laatste tijd kenmerkte, zette haar er vast toe aan bespottelijke onheilsscenario's te verzinnen. Hij kwam wel weer terug. Natuurlijk kwam hij terug.

Ondanks de angst en onzekerheid en ondanks alle problemen van de laatste tijd wist Jessica opeens één ding heel zeker. Ze wilde echt iets van hun huwelijk maken, ze hield echt van Christopher. Op dat moment besefte ze dat ze zielsveel van haar man hield.

23

De zon weigerde op te komen. Een dicht wolkendek hing over Eling Great Marsh, de gestalten omlijstend die daar rondkropen. Een tiental technisch rechercheurs in beschermende kleding onderzochten het vergeten gebied op handen en knieën op aanwijzingen, en lieten geen graspriet ongemoeid.

Terwijl Helen het tafereel overzag, dacht ze aan Marianne. De locaties en omstandigheden verschilden, maar het was hetzelfde verschrikkelijke gevoel. Een wrede, zinloze moord. Een dode man in een greppel, zijn kloppende hart uit zijn borst gerukt. Een bezorgde echtgenote die ergens op zijn veilige terugkeer wachtte en hoopte... Helen deed haar ogen dicht en probeerde een wereld voor zich te zien waarin dit niet gebeurde. De zilte moeraslucht voerde haar mee naar gelukkiger tijden, naar gezinsvakanties op het eiland Sheppey. Korte momenten van vreugde in het duister. Helen deed haar ogen weer open, boos op zichzelf omdat ze zich aan sentimentele mijmerijen overgaf terwijl er werk aan de winkel was.

Zodra ze het nieuws hoorde, had Helen iedereen van zijn taak gehaald. Alle teamleden, alle forensisch onderzoekers en iedereen van de uniformdienst die gemist kon worden had opdracht gekregen naar deze godvergeten reep drassige grond te komen. Het zou de aandacht van de pers trekken, maar er was niets aan te

doen. Helen wist dat dit een buitengewone zaak – een buitengewone dader – was en ze was vastbesloten alles te geven.

De auto werd nog onderzocht, maar de eerste fatsoenlijke aanwijzingen waren op de grond gevonden. Het lichaam van het
slachtoffer had indrukken in de zachte aarde achtergelaten toen
het van de auto naar de greppel werd gesleept, evenals de hakken
van degene die het sleepwerk had gedaan. De indrukken waren
diep en tenzij een man hen welbewust op een dwaalspoor wilde
brengen door hakken van vijftien centimeter te dragen bij het
moorden, leek de verklaring voor de hand te liggen.

Een prostituee die haar klanten vermoordde. Alan Matthews,
een hoerenloper, was vermoord en verminkt. Vierentwintig uur
later was er een tweede man vermoord op een afgelegen schier-
eiland, een beruchte cruise- en afwerkplek. Alles wees in dezelfde
richting, en toch gingen er nu al alarmbellen rinkelen. Prostituees
waren slachtoffers, geen moordenaars, dat was lang voor Jack the
Ripper al zo geweest en zo was het nog steeds. Aileen Wuornos
had met die trend gebroken, maar dat was in Amerika. Zou zoiets
hier ook kunnen gebeuren?

'Chef, we hebben een naam.'

Rechercheur Sanderson haastte zich naar Helen toe, waarbij ze
overdreven goed oppaste dat ze niet op iets relevants ging staan.

'De auto is van een zekere Christopher Reid. Hij woont in
Woolston met zijn vrouw Jessica Reid en hun dochter Sally.'

'Hoe oud is die dochter?'

'Nog klein,' antwoordde Sanderson, verbaasd door de vraag.
'Anderhalf, geloof ik.'

Helen werd nog somberder dan ze al was. Dit was nu haar taak:
de levenden over de doden vertellen. Als Christopher Reid echt
het slachtoffer was, hoopte ze tegen beter weten in dat hij hier onder dwang naartoe was gebracht. Ze wist dat het onwaarschijnlijk
was, maar het idee dat een kerel zijn jonge vrouw en dochtertje

achterliet voor een zweterige stoeipartij in een auto met een prostituee kwam Helen bespottelijk voor. Kon hij zich hier om een andere reden naartoe hebben laten lokken?

'Kijk of je een foto van Christopher Reid kunt krijgen om het slachtoffer mee te vergelijken. Als hij het is, moeten we het zijn vrouw vertellen voordat de pers het voor ons doet.'

Sanderson haastte zich weg om te doen wat Helen vroeg. Helens blik gleed naar het politielint dat klapperde in de bries. Ze waren nog niet ontdekt; de pers was de plaats delict nog niet komen verstoren. Het verbaasde Helen, vooral dat Emilia Garanita er nog niet was. Ze leek de helft van de uniformdienst in haar zak te hebben en was altijd in voor een sappige moord, maar nu niet. Helen gunde zichzelf een glimlachje – Emilia moest op haar retour zijn.

24

'De laatste keer dat ik hier zat, werd ik aan mootjes gehakt.'

Emilia Garanita leunde achterover op haar stoel, genietend van de zeldzame luxe van een bezoek aan het zenuwcentrum van bureau Southampton Central. Je werd niet elke dag gesommeerd je bij de bureauchef te vervoegen.

'Ik geloof niet dat hoofdinspecteur Whittaker zo dol op me was. Hoe gáát het trouwens met hem?' vervolgde ze, niet in staat het leedvermaak in haar vraag te verhullen.

'Je zult merken dat ik heel anders ben dan hij,' zei Ceri Harwood. 'Daarom heb ik je ook gevraagd hier te komen.'

'Voor een gesprek van meisjes onder elkaar?'

'Ik wil een andere omgang met de pers. Ik weet dat de relatie tussen de pers en een paar van mijn mensen in het verleden explosief is geweest. En dat je je vaak buitengesloten hebt gevoeld. Daar schiet niemand iets mee op, dus wilde ik je persoonlijk zeggen dat daar verandering in gaat komen. Als we elkaar helpen, profiteren we daar allemaal van.'

Emilia zei niet meteen iets terug. Ze probeerde te bepalen of het waar was. Nieuwe chefs zeiden dit altijd als ze er net waren, en daarna gingen ze gewoon door met het zo veel mogelijk dwarszitten van de plaatselijke pers.

'Wat houdt die verandering in?' vroeg ze uiteindelijk wantrouwig.

'Ik wil je op de hoogte houden van belangrijke ontwikkelingen en een beroep doen op je netwerk om ons bij onze onderzoeken te helpen. Te beginnen bij de moord in Empress Road.'

Emilia trok een wenkbrauw op – het was dus toch geen wassen neus.

'Ik heb binnenkort een naam voor je. En je krijgt alle relevante informatie over de zaak. Bovendien stellen we een tiplijn in en ik zou het op prijs stellen als je daarover zou willen uitweiden in je volgende stuk. Het is van cruciaal belang dat alle eventuele getuigen zich zo snel mogelijk melden.'

'Wat is er zo bijzonder aan deze moord?'

Harwood aarzelde even en antwoordde toen: 'Het was een uitgesproken wrede moord. De dader is heel gevaarlijk en heeft mogelijk een persoonlijkheidsstoornis. We hebben nog geen signalement, daarom hebben we jouw ogen en oren nodig. Dat zou alle verschil van de wereld kunnen maken, Emilia.'

Harwood glimlachte bij het uitspreken van de naam, van top tot teen de vriendin die vertrouwelijkheden uitwisselt.

'Heb je dit al met inspecteur Grace besproken?' repliceerde Emilia.

'Inspecteur Grace weet ervan. Ze weet dat we de bakens verzetten.'

'Geen afleidingsmanoeuvres meer? Geen leugens?'

'Absoluut niet,' antwoordde Harwood, en haar brede glimlach brak weer door. 'Ik heb zo'n gevoel dat wij zaken kunnen doen samen, Emilia. Ik hoop echt dat het geen desillusie voor me wordt.'

Het gesprek was afgelopen. Emilia stond op zonder dat het haar hoefde te worden gevraagd, onder de indruk van wat ze had gezien. Harwood ging slim te werk en ze leek Grace in de peiling te hebben. Het voelde alsof het tij was gekeerd en misschien was dat ook wel echt zo.

Emilia had sterk de indruk dat ze het leuk zou krijgen met die nieuwe.

25

'Dus, wat hebben we?'

Rechercheur Fortune gaapte terwijl hij het vroeg, en het geluid weergalmde door de recherchekamer. Charlie en hij waren een eiland in de lege ruimte, twee eenzame figuurtjes omringd door een massa papieren.

'Nou, Brookmire Health & Wellbeing is duidelijk een bordeel, maar het is wel chic,' antwoordde Charlie. 'Ik heb nog nooit een hoerenkast gezien die zo goed wordt geleid en zo discreet is. Er werken aantrekkelijke, ervaren meisjes die allemaal regelmatig op soa's worden gecontroleerd. Je kunt online een afspraak maken en ze hebben een soort overeenkomst met de cruisemaatschappijen. Zodra er een schip aanlegt, sturen ze een busje om klanten op te pikken. Ze beweren dat ze holistische gezondheidszorg verlenen, maar nu wordt het pas echt mooi: als je met een creditcard betaalt, komt op je afschrift te staan dat je kantoorartikelen hebt gekocht. Je vrouw komt er dus nooit achter en bovendien kun je het nog van de belasting aftrekken ook. Je hoeft de meisjes niet eens zelf te betalen.'

'En dat ben je allemaal in één gesprekje aan de weet gekomen?' zei Fortune, tegen wil en dank onder de indruk.

'Als je de juiste vragen stelt, kunnen mensen verrassend behulpzaam zijn.'

Charlie kon niet voorkomen dat er iets zelfvoldaans – de zelfvoldaanheid van de ervaring – in haar stem sloop.

'Ben je nog verder gekomen met die lijst die ik je had gegeven?'

Edina, Charlies onwillige informant bij Brookmire, had haar de namen gegeven van alle meisjes die er op dat moment werkten.

'Ik ben nog bezig. Veel meisjes komen regelrecht per bus en boot uit Polen, andere studeren in de buurt, maar er zijn er een paar, onder wie ons slachtoffer, die van de straat geronseld lijken te zijn.'

'Opgedirkt en opnieuw gelanceerd in Brookmire?'

'Waarom niet? Het is veiliger en naar Alexia's flat te oordelen verdient het ook goed.'

'Edina liet doorschemeren dat Alexia voor de familie Campbell tippelde voordat ze zich bij Brookmire aansloot. Meer meisjes?'

'Ja, de Campbells zijn er een paar aan Brookmire kwijtgeraakt. De Andersons ook.'

Charlie kreeg een angstig vermoeden. Prostitutieoorlogen waren nooit fraai en het waren altijd de meisjes die eronder leden, niet degenen voor wie ze werkten.

'Kunnen de Campbells Alexia hebben vermoord om iets duidelijk te maken?'

'Klinkt logisch, niet dat we het kunnen bewijzen.'

'Verder nog iets?'

Hier had Fortune op gewacht. Nu was het moment aangebroken om zijn troef op tafel te leggen.

'Nou, ik heb Brookmire gecheckt bij de Kamer van Koophandel en de Belastingdienst. Het kostte even, allemaal lege bv's en buitenlandse holdings, maar uiteindelijk kwam ik uit bij Top Line Management, een "evenementenbureau" dat in handen is van een zekere Sandra McEwan.'

Charlie had het kunnen weten. Sandra McEwan – of Lady

Macbeth, haar koosnaampje – was al meer dan dertig jaar in Southampton werkzaam in het prostitutie- en misdaadcircuit, al sinds ze het imperium van haar man had overgenomen, die ze naar verluidt had vermoord. Ze was gedreven en kende geen angst – ze had al drie steekpartijen overleefd – maar ze was ook geslepen en inventief. Had ze de prostitutie naar een hoger plan getild met Brookmire en haar rivalen daarmee aangezet tot een dodelijke reactie?

'Goed gedaan, Lloyd. Goed werk.'

Het was de eerste keer dat ze hem bij zijn voornaam noemde en het had het gewenste effect. Hij prevelde een verlegen bedankje en Charlie glimlachte. Misschien zouden ze toch een goed team worden.

'Ga zo door. Zie of je erachter kunt komen onder welke steen Sandra zich tegenwoordig verstopt, hm?'

Fortune haastte zich weg. Charlie was in haar nopjes. Het was fijn om je draai weer te vinden en ze hoopte oprecht dat ze nu gerechtigheid voor Alexia kon vinden en weer een gewelddadig stuk schorem achter de tralies kon zetten. Charlie zou een pluim verdienen. En Helen Grace zou het nakijken hebben.

26

Niemand let ooit op koeriers. In hun uniform van helm en leren jas worden ze gezien als robots, geprogrammeerd om aan te bellen, af te geven en weer te vertrekken, zonder persoonlijkheid of invloed. Radertjes in het uurwerk van de dagelijkse gang van zaken. Mensen denken dat je best onbeschoft tegen ze mag doen, alsof ze op de een of andere manier minder gevoel hebben dan anderen.

Zo ging het nu in elk geval wel. Ze stond geduldig bij de balie te wachten tot de twee receptionistes, die dwars door haar heen keken, klaar waren met hun privégesprek. Typerend – ze onderstreepten hun eigen ingebeelde gewichtigheid, maar maakten al doende duidelijk hoe volkomen nutteloos ze waren. Maar goed, ze zouden hun trekken wel thuis krijgen.

Ze kuchte en werd beloond met een geërgerde blik van de dikke receptioniste, die onwillig haar massa verplaatste.

'Wie?'

Niet eens beleefd genoeg om een complete zin uit te spreken.

'Stephen McPhail.' Ze hield haar stem neutraal.

'Bedrijf?'

'Zenith Solutions.'

'Derde verdieping.'

Ze aarzelde, in verwarring gebracht door het feit dat ze het gebouw in moest met haar kostbare vracht, maar ze vermande zich en liep naar de liften.

De receptioniste bij Zenith was niet hoffelijker dan de andere twee. 'Moet je een handtekening hebben?'

De koerier schudde haar hoofd en overhandigde het pakketje. Een simpele, bruine kartonnen doos, dichtgemaakt met duct-tape. De receptioniste wendde zich zonder een bedankje af en zette het pakketje op haar bureau voordat ze haar telefoongesprek voortzette.

De koerier glipte net zo anoniem weg als ze was gekomen. Ze vroeg zich af hoe lang de receptioniste zou blijven roddelen voordat ze haar werk eens deed en de algemeen directeur op zijn onverwachte pakje attendeerde. Ze hoopte dat het niet al te lang zou duren. Zulke dingen gaan rieken na een tijdje.

27

'Wat ik je vraag kan heel gevaarlijk zijn en als je nee zegt, respecteer ik die beslissing.'

Tony vermoedde al dat er iets aan de hand was zodra Helen hem had gevraagd of hij naar de Old White Bear wilde komen, een groezelig café om de hoek van het bureau waar je alleen naartoe ging als je niet afgeluisterd wilde worden.

'Ik weet dat je vaker undercoverwerk hebt gedaan en het klappen van de zweep kent,' vervolgde Helen, 'maar je omstandigheden zijn nu anders. Dat gezegd hebbende… Je bent wel de beste man die ik heb, dus…'

Tony bloosde een beetje van het compliment. 'Wat wil je precies?'

'Het lijkt erop dat onze moordenaar het gemunt heeft op mannen die rondrijden op zoek naar seks,' zei Helen. 'We kunnen een advertentie in de *Evening News* zetten waarin we hoerenlopers vragen zich te melden en ons te helpen, maar ik kan me niet voorstellen dat dat zou werken. De meisjes op straat willen McAndrew niets vertellen…'

'Dus moeten we een lokeend hebben.'

'Precies.'

Tony zei niets. Zijn gezicht stond neutraal, maar het vooruitzicht wond hem op. Zijn leven lag al zo lang aan banden dat het verleidelijk was om de frontlinie weer in te gaan.

'We kunnen niet alles met motief en werkwijze – deze dader laat geen sporen achter en gebruikt afgelegen locaties. We hebben dus iemand in het veld nodig die rondsnuffelt onder het mom dat hij een klant is. Ik weet dat je bedenktijd nodig hebt. En je zult wel heel veel willen vragen, maar ik moet het snel weten. Dit zou…' Helen dacht even na over haar formulering en vervolgde: '… dit zou iets groots kunnen worden. En ik wil het in de kiem smoren.'

Tony beloofde er een nachtje over te slapen, maar hij wist al dat hij ja ging zeggen. Het was gevaarlijk, zeker weten, maar als hij het niet deed, moest een ander het doen. Iemand met minder ervaring. Hij was nu brigadier en hij hoorde een tandje bij te zetten. Mark Fuller zou iets dergelijks niet uit de weg zijn gegaan en die had een kind gehad, godbetert.

Helen ging terug naar de recherchekamer. Tony bleef zitten en gunde zichzelf een biertje terwijl hij de uitdagingen doornam die voor hem lagen. Hoe moest hij het inkleden voor Nicola? Hoe kon hij haar angst de kop indrukken en haar ervan overtuigen dat hij zo goed als geen gevaar zou lopen?

Hij zat in zijn eentje zijn bier te drinken, in gedachten verzonken. Een laatste glas voor een gedoemd man.

28

Ze was geluidloos aan komen sluipen. Charlie ging zo op in haar werk, was zo enthousiast over haar ontdekkingen, dat ze Harwoods komst niet opmerkte.

'Hoe staat het ermee, Charlie?'

Charlie veerde op, geschrokken door de onverwachte stem achter haar. Ze keek om en hakkelde een antwoord – het was enerverend om de bureauchef opeens boven je uit te zien torenen.

'Heb je je draai al weer gevonden?' vervolgde Harwood.

'Ja, chef. Ik boek vooruitgang in de zaak en iedereen heeft me heel hartelijk verwelkomd. Degenen die er zijn tenminste.'

'Ja, je bent in een drukke tijd gekomen, maar ik ben heel blij dat je er weer bent, Charlie. Het zou zonde zijn geweest als we zo'n getalenteerd rechercheur kwijt waren geraakt.'

Charlie zei niets. Hoe moest je op zo'n ongegrond compliment reageren? Charlie was een jaar met ziekteverlof geweest nadat ze zich bijna had laten vermoorden – het was niet de beste aanbeveling voor de nieuwe bureauchef. In de nasleep van haar ontvoering had Charlie zich schrap gezet voor het telefoontje met het verzoek zich af te vragen of ze zich ergens anders niet prettiger zou voelen, maar dat was niet gekomen. In plaats daarvan was ze aangemoedigd weer aan het werk te gaan en werd ze nu geprezen door een vrouw die ze amper kende.

'Laat je niet opjutten,' vervolgde Harwood. 'Doe waar je goed in bent. En kom naar me toe als je problemen hebt, oké? Mijn deur staat altijd open.'

'Ja, chef. En dank u. Voor alles.'

Harwood gunde haar die brede, aantrekkelijke glimlach. Charlie was zich ervan bewust dat ze eigenlijk nog niet genoeg had gezegd en vervolgde: 'Ik weet dat u me helemaal niet kent en dat u het volste recht had gehad om uw handen van me af te trekken, maar ik wil u wel zeggen dat ik u heel dankbaar ben dat u me deze kans hebt gegeven' – Charlie wauwelde, maar ze kon niet meer ophouden – 'en ik wil u zeggen dat ik u niet teleur zal stellen. U zult er geen spijt van krijgen dat u me nog een kans hebt gegeven.'

Harwood, die zulke ontboezemingen duidelijk niet gewend was, nam haar bevreemd op en gaf haar toen een klopje op haar arm. 'Daar twijfel ik geen seconde aan.'

Ze wendde zich af en wilde weglopen, maar Charlie vervolgde: 'Er is nog iets. Een ontwikkeling in de zaak van Alexia Louszko.'

Harwood draaide zich geboeid om.

'Rechercheur Fortune heeft vastgesteld dat het chique bordeel waar Alexia werkte in handen is van Sandra McEwan.' Charlie zweeg, want ze wist niet of de naam Harwood iets zou zeggen.

'Die ken ik. Ga door.'

'Nou, het verbaasde me een beetje dat het gebouw van Brookmire van haar is, in volle eigendom. Ik wist niet dat ze zo veel geld had. Ik heb dus nog wat gespit om te zien of Sandra meer vastgoed in Southampton heeft.'

'En?'

Charlie aarzelde. Moest ze dit niet eerst aan Helen vertellen? Maar het was te laat om haar mond nog te houden – Harwood verwachtte duidelijk iets van haar.

'Ze heeft ook onroerend goed in Empress Road.'

Nu had ze Harwoods onverdeelde aandacht. Charlie pakte een

kopie van de stratenkaart die ze van het kadaster had gedownload en gaf die aan haar.

'Namelijk deze rij vervallen huizen. Alan Matthews' lichaam is in het vierde van de rij gevonden.'

Harwood liet het bezinken. Charlie vervolgde: 'Alexia is vermoord en verminkt, waarschijnlijk door de Campbells – Alexia tippelde voor ze voordat ze overliep naar Brookmire. Een dag later wordt er een hoerenloper vermoord en verminkt in een pand van Sandra McEwan gevonden.'

'Je denkt dat Sandra ze een boodschap stuurt. Dat het oog om oog is?'

'Zou kunnen. Het verleden leert dat als je Sandra McEwan de oorlog verklaart, je maar beter voorbereid kunt zijn op de consequenties.'

Harwood fronste haar voorhoofd. Niemand zat op een prostitutieoorlog te wachten – ze waren meestal lang en bloedig en haalden altijd de kranten.

'Laat haar naar het bureau komen.' Harwood was al op weg naar de deur.

'Moet ik het aan inspecteur Grace vertellen voordat ik…'

'Laat haar komen, rechercheur Brooks.'

29

Ze stonden angstig op een kluitje, als vee in het slachthuis. Het was verbazend hoe dun het laagje professionele onverstoorbaarheid was. De medewerkers van Zenith Solutions hadden hun heil in de centrale hal gezocht, te geschrokken om nog te kunnen werken, te nieuwsgierig om naar huis te gaan. Helen liep langs hen heen en haastte zich naar de derde verdieping.

Stephen McPhail, de algemeen directeur van Zenith, deed zijn best om beheerst over te komen, maar hij was duidelijk van zijn stuk gebracht door de gebeurtenissen van die ochtend. Hij had zich in zijn kamer teruggetrokken, samen met zijn trouwe secretaresse Angie. De doos stond nog op Angies bureau, waar ze hem uit haar handen had laten vallen. Hij was gekanteld, en het bloedige hart was op haar bureau gerold. Daar lag het nog, streng bewaakt door een paar man van de uniformdienst, die weigerden ernaar te kijken. Het deksel was omgeklapt, zodat het woord TUIG, met bloed geschreven, zijn simpele boodschap kon uitschreeuwen.

'Ik begrijp dat je erg overstuur moet zijn door het gebeurde, maar het is noodzakelijk dat ik u wat vragen stel nu de herinnering nog vers is, goed?' zei Helen tegen Angie, die tussen het snuffen door een knikje wist op te brengen.

'Van welk bedrijf kwam die koerier?'

'Dat zei ze niet. Ze had geen logo op haar kleren.'

'Je weet zeker dat het een vrouw was?'

'Ja. Ze zei niet veel, maar… ja.'

'Kon je haar gezicht zien?'

'Niet echt. Ze had haar helm op. Eerlijk gezegd heb ik niet zo op haar gelet.'

Helen vloekte inwendig. 'Lengte?'

'Dat weet ik eigenlijk niet. Een meter zeventig, een meter vijfenzeventig?'

'Haarkleur?'

'Ik zou het niet kunnen zeggen.'

Helen knikte. Haar strakke glimlach verhulde haar ergernis om Angies onopmerkzaamheid. Had de koerier geweten dat ze onopvallend naar binnen en weer weg kon glippen of was het stom geluk geweest?

'Ik ga een politietekenaar vragen er met je voor te gaan zitten. Als je haar een volledige beschrijving geeft van de kleren van de koerier, haar helm, haar gezicht, kunnen we een vrij nauwkeurig beeld krijgen van wie we zoeken. Is dat goed?'

Angie knikte heldhaftig en Helen richtte zich tot Stephen McPhail. 'Ik moet een lijst met namen en adressen van alle medewerkers hebben, zowel degenen die er vandaag bij waren als degenen die afwezig waren.'

'Maar natuurlijk,' zei McPhail. Hij sloeg een paar toetsen aan en de printer kwam gonzend tot leven. 'We hebben twintig vaste medewerkers en er waren er maar een paar afwezig vandaag. Helen Baxter is met vakantie en Chris Reid… Tja, ik weet eigenlijk niet waar hij is.'

Helen hield haar gezicht in de plooi. 'Is er een bewakingscamera op kantoor?'

'Jammer genoeg niet, maar op de receptie beneden wel. Ik weet zeker dat de beheermaatschappij u zal willen helpen.'

Hij wilde zo wanhopig graag helpen, deze toestand ophelderen. Helen wilde hem uit zijn lijden verlossen, maar kon het niet.

'We hebben geen reden om aan te nemen dat dit specifiek tegen u is gericht, maar kunt u iemand bedenken die u misschien op deze manier te grazen zou willen nemen? Iemand die u kortgeleden hebt ontslagen? Een ontevreden klant? Een familielid?'

'We zijn een IT-onderneming,' antwoordde McPhail op een toon alsof daarmee alles verklaard was. 'Het is geen bedrijfstak waarin je vijanden maakt. Al onze jongens – en meiden – werken hier al maanden, zo niet jaren. Dus nee, ik... ik kan niemand bedenken die zoiets zou doen...' Zijn stem stierf weg.

'Probeer het u niet al te erg aan te trekken. Het is vast een grap. De komende dagen zal de politie hier met het personeel komen praten, maar u moet proberen gewoon te doen wat u anders ook doet. Waarom zou een gestoorde grap u geld moeten kosten?'

McPhail knikte. Hij leek een beetje gerustgesteld te zijn, dus Helen haastte zich naar de receptie beneden. Charles Holland, de vertegenwoordiger van de beheermaatschappij, was gearriveerd en wachtte haar op. Hij zocht haastig de bewakingsbeelden van de ochtend bij elkaar om de verantwoordelijkheid voor dit onaangename incident maar zo snel mogelijk af te kunnen schuiven. De technische recherche was gearriveerd en op weg naar boven om het hart op te halen, wat de belangstelling van het verbannen personeel van Zenith wekte. Het was een interessante ontwikkeling, het hart van het slachtoffer niet bij hem thuis bezorgen, maar op zijn werkplek. Het was riskanter, zeker, maar het zou gegarandeerd meer opschudding veroorzaken. Ging het daarom? Wat was dit voor spelletje?

En waar hield het op?

30

Helen liet er geen gras over groeien. Ze scheurde door de stad, de grote wegen mijdend. Ze was overdreven voorzichtig, maar het was goed mogelijk dat een van de geschrokken werknemers van Zenith de pers zou informeren, en Helen wilde pertinent niet gevolgd worden. Ze was op weg naar de Reids – om geluk te verwoesten en leed toe te brengen – en ze wilde er absoluut zeker van kunnen zijn dat ze alleen was.

Toen Jessica Reid Helens penning zag, trok ze zo snel wit weg dat Helen bang was dat ze flauw ging vallen. Alison Vaughn, een ervaren familierechercheur die op Helens verzoek ook was gekomen, reageerde adequaat. Ze legde een troostende hand op een arm en loodste de ontzette Jessica naar binnen. Helen liep erachteraan en trok de voordeur behoedzaam achter zich in het slot.

Jessica's dochtertje Sally van anderhalf zat midden in de woonkamer en knorde welwillend naar de onverwachte bezoekers. Het was een levendig, speels kind en zonder dat iemand het haar hoefde te vragen, tilde Alison haar op en nam haar mee naar haar speeltoestel.

'Is hij dood?' vroeg Jessica botweg. Ze trilde over haar hele lijf en kon haar tranen nauwelijks bedwingen. Helens blik gleed naar de familiefoto's op de schoorsteenmantel. Het leed geen twijfel dat Jessica's echtgenoot het nieuwe slachtoffer was.

'We hebben vanochtend het lichaam van een man gevonden. We denken dat het Chris is, ja.'

Jessica liet haar hoofd zakken en barstte in snikken uit. Ze probeerde zich in te houden, haar verdriet voor haar dochtertje te verbergen, maar de schok was te groot.

'Jessica, de komende paar dagen zullen verwarrend worden, verschrikkelijk, beangstigend, maar je moet weten dat we je bij alles zullen steunen. Alison zal je helpen met Sally, alle ondersteuning bieden die je nodig hebt en je vragen beantwoorden. Als je familie of vrienden hebt die je kunnen bijstaan, moesten we die nu maar bellen. Je zou ook kunnen overwegen een paar dagen ergens anders naartoe te gaan. Ik kan niet uitsluiten dat de pers je hier zal opzoeken.'

Jessica keek verwonderd op. 'Waarom?'

'We denken dat Chris is vermoord. Ik weet dat het moeilijk te bevatten is… dat het allemaal een afgrijselijke nachtmerrie lijkt, maar ik kan de feiten niet voor je achterhouden. Het is belangrijk dat ik je alles vertel wat we weten, zodat jij ons kunt helpen degene te vinden die dit heeft gedaan.'

'Hoe…? Waar?'

'Hij is op Eling Great Marsh gevonden. Hij moet er vanochtend in de kleine uurtjes naartoe zijn gereden.'

'Waarom? Wat had hij daar te zoeken? We komen daar nooit… We zijn er nog nooit geweest.'

'We denken dat hij met iemand anders was. Een vrouw.'

'Wie?' Er sloop woede in Jessica's stem.

'We weten niet hoe ze heet, maar ze zou een prostituee kunnen zijn.'

Jessica deed vol afgrijzen haar ogen dicht. Helen zag met een diep medeleven dat er weer een dragende muur van haar leven instortte. Helens eigen leven was meer dan eens ingestort en ze kende de ondraaglijke pijn die Jessica nu voelde. Desondanks moest ze haar de waarheid vertellen, de hele waarheid, zonder haar te ontzien.

'Sommige prostituees gebruiken Eling Great Marsh als afwerkplek. We denken dat Chris er daarom naartoe is gegaan. Ik vind het echt heel erg voor je, Jessica.'

'Die stomme klootzak.' Jessica sprak de woorden zo woest uit dat het stil werd in de kamer. Sally, die nu pas merkte dat er iets aan de hand was, keek op van haar spel.

'Die stomme, laffe, egoïstische… zák.'

Jessica snikte nu vrijelijk, heftig en lang. Helen liet haar uithuilen tot ze ten slotte tot bedaren kwam.

'Had Chris vaker prostituees bezocht, voor zover jij weet?'

'Nee! Denkt u dat ik dat over mijn kant zou laten gaan? Waar ziet u me voor aan, een voetveeg?' Jessica's ogen schoten vuur.

'Natuurlijk niet. Ik weet dat je zoiets niet goed zou vinden, maar soms heb je als vrouw je vermoedens, angsten, dingen die je diep wegstopt. Maakte je je zorgen om Chris? Was er iets wat je niet lekker zat?'

Jessica sloeg haar ogen neer, niet in staat Helen recht aan te kijken. Helen wist zeker dat ze een gevoelige snaar had geraakt en moest wel doorzetten.

'Jessica, als je me iets wilt vertellen…'

'Ik dacht niet dat het…' Jessica kon bijna geen woord uitbrengen nu de schok op zijn hevigst was. Ze snakte naar adem en Helen gebaarde naar Alison dat ze een glas water moest halen.

'Hij… hij had… hij had het beloofd.'

'Wat had hij beloofd, Jessica?'

'Sinds de geboorte van Sally hebben we niet zo vaak meer… u weet wel.'

Helen zei niets. Ze wist dat er iets kwam en dat ze Jessica beter haar eigen woorden kon laten vinden.

'We zijn altijd zo moe,' vervolgde Jessica, 'en we moeten altijd zo veel doen.' Ze ademde diep in en vervolgde toen: 'Een paar maanden geleden leende ik Chris' laptop omdat de mijne kapot was.' Ze ademde weer diep in. 'Ik opende de browser, want ik wilde online boodschappen bestellen, en… en toen zag ik al die opgeslagen sites. Die stomme zak had niet eens geprobeerd ze te verbergen.'

'Porno?' vroeg Helen.

Jessica knikte. 'Ik klikte er een aan. Ik moest het zelf zien. Het was… weerzinwekkend. Een jong meisje, niet ouder dan zeventien… en allemaal kerels… Ze stonden verdomme in de rij om…'

'Heb je hem erop aangesproken?'

'Ja. Ik heb hem op zijn werk gebeld. Hij kwam meteen naar huis.' Ze vervolgde op iets mildere toon: 'Hij ging door de grond. Hij schaamde zich. Hij vervloekte zichzelf omdat hij mij had gekwetst. Ik kon hem wel wat doen omdat hij naar die… troep keek, maar hij bezwoer me dat hij het nooit meer zou doen. En hij meende het. Hij meende het echt.' Ze keek smekend naar Helen op, alsof ze haar woordeloos vroeg haar man niet te veroordelen.

'Dat geloof ik meteen. Hij was vast een goede man, een goede vader…'

'Dat is hij, ja. Dat was hij. Hij was dol op Sally, dol op míj…' Jessica kon niet meer. Het werd haar eindelijk duidelijk hoe ingrijpend de gebeurtenissen waren. Ze was beroofd van haar echtgenoot en haar herinnering aan hem was voorgoed bezoedeld. Zijn roekeloze acties waren hem duur komen te staan, maar degenen die achterbleven moesten de bittere gevolgen dragen. Zij stonden voor een zwart gat, zonder licht aan het eind van de tunnel.

Opeens werd Helen woest. Degene die dit op zijn geweten had, wist wat hij of zij deed. De dader was erop gebrand die onschuldige gezinnen zo veel mogelijk leed te berokkenen, hun incasseringsvermogen tot het uiterste te beproeven, ze kapot te maken, maar dat zou Helen niet toestaan. Ze zou de dader desnoods zélf kapotmaken.

Helen nam afscheid. Alison bleef om hulp van familieleden in te roepen. De aanzegger van een sterfgeval is nooit welkom. Bovendien was er werk aan de winkel.

31

Helen liep kordaat het huis uit in de overtuiging dat Alison Jessica langzaam maar zeker weer op de been zou krijgen. Alison deed haar werk uitstekend; ze was geduldig, vriendelijk en wijs. Wanneer de tijd er rijp voor was, zou ze er met Jessica voor gaan zitten en haar alles vertellen over de moord op haar man. Jessica moest het weten, moest begrijpen dat haar man openbaar bezit zou worden, dat er over zijn dood geroddeld en gespeculeerd ging worden. Maar het was nog te vroeg, de schok was nog te groot, en Helen liet het aan Alison over wanneer het juiste moment was aangebroken.

'Jaag je weer op een seriemoordenaar, Helen?'

Helen draaide zich als door een wesp gestoken om, maar ze had de stem al herkend.

'Het zit je niet mee, hè?' Emilia Garanita sloeg het portier van haar Fiat dicht en liep op Helen af. Hoe was ze hier zo snel gekomen?

'Voordat je me aanraadt naar de hel te lopen, moet je denk ik weten dat ik vandaag een onderonsje met je chef heb gehad. Ceri Harwood is een verademing na Whittaker, vind je ook niet? Ze heeft me beloofd dat ze open en eerlijk tegen ons zal zijn – de ene hand wast de andere en zo – en ze zei dat jij ervan wist. Zullen we het dus maar over een andere boeg gooien? Wat kun je me vertellen over die moordenaar en hoe kan de *Evening News* helpen bij het onderzoek?'

Emilia hield haar opschrijfboekje en pen in de aanslag en haar gezicht was een toonbeeld van onschuldig enthousiasme. God, wat had Helen een zin om haar een stomp te geven – ze had nog nooit iemand gezien die zo intens kon genieten van het leed van anderen. Ze was een jakhals – alleen was zij zich er terdege van bewust.

'Als hoofdinspecteur Harwood heeft aangeboden je de relevante informatie te geven, zal ze dat vast wel doen. Ze is een vrouw van haar woord.'

'Niet zo bijdehand, Helen. Ik wil details. Ik wil een exclusief interview.'

Helen nam Emilia taxerend op en zag dat het haar menens was. Op de een of andere manier had ze Harwood aan haar kant gekregen – op wiens initiatief? Bovendien was ze bijna net zo snel bij huize Reid geweest als Helen zelf. Ze was geen tegenstander meer die je kon vermorzelen. Helen zou het slimmer moeten spelen.

'Vanavond heb ik een naam en een foto voor je. Nog voor de krant ter perse gaat. De moord in Empress Road was wreed en langgerekt en er kwamen martelpraktijken aan te pas. We onderzoeken mogelijke verbanden met de georganiseerde misdaad, met de nadruk op drugs en prostitutie. We vragen mogelijke getuigen de anonieme tiplijn te bellen met hun informatie. Daar zul je het voorlopig mee moeten doen.'

'Dat zal wel lukken. Zie je nou dat het geen pijn doet?'

Helen beantwoordde Emilia's glimlach. Ze was verbaasd dat Emilia niet naar Christopher Reid had gevraagd. Verbaasd en opgelucht. Maar ze was niet van plan zich nog langer te laten uithoren. Ze stapte op haar Kawasaki, raasde weg en zag Emilia kleiner en kleiner worden in haar achteruitkijkspiegels.

Ze kwam pas tot rust toen ze op de snelweg zat. Helen had lang met plezier in Southampton gewoond, maar het begon een vijandig, bloedig oord te worden. Helen had sterk het gevoel dat er zwaar weer op komst was en voelde de grond onder haar voeten wegzakken. Waarom praatte Harwood achter haar rug om met Emilia? Wat hadden ze voor dealtje gesloten? Op wie kon ze nog bouwen in de donkere dagen die haar te wachten stonden? Vroeger had ze Mark en Charlie in het heetst van de strijd aan haar zij gehad; wie had ze nu nog?

Zonder erbij stil te staan reed ze naar Aldershot. Gek hoe sterk de aantrekkingskracht was, al wist Robert Stonehill niet eens van haar bestaan. Een stemmetje vanbinnen waarschuwde haar dat ze zich moest bedenken, dat ze moest omkeren, maar ze overschreeuwde het en voerde haar snelheid op.

Ongezien reed ze in het donker het stadje in. Ze wist dat Robert die dag niet thuis was, dus reed ze regelrecht naar de Tesco Metro waar hij werkte. Ze parkeerde haar motor in de buurt van de supermarkt en ging op de uitkijk zitten in het internetcafé aan de overkant. Hier kon ze hem goed zien terwijl hij de koeling met sterkedrank bijvulde in afwachting van de avonddrukte. Hij was niet de meest ijverige werknemer; hij liep de kantjes ervanaf en had altijd tijd om met zijn collega's te kletsen. Er was er een bij – Alice? Anna? een knappe jonge meid met bruin haar – die vaak een praatje met hem leek te maken. Helen prentte zich in dat ze het in de gaten moest houden.

De tijd tikte voorbij. Het werd acht uur, negen uur, tien uur. Naarmate Helens trek en vermoeidheid toenamen, verslapte haar aandacht. Verdeed ze haar tijd hier niet? Wat wilde ze hiermee bereiken? Zou ze de rest van haar leven een voyeur blijven, heimelijk een band cultiverend die niet echt bestond?

Robert haastte zich de winkel uit, de straat in. Helen telde zoals altijd tot vijftien voordat ze uit haar schuilplaats kwam en hem onopvallend en stilletjes volgde. Robert keek een paar keer om zich heen alsof hij verwachtte of bang was iemand tegen te komen, maar hij keek niet achterom en Helen kon hem ongezien blijven schaduwen.

Ze waren nu in het centrum. Robert schoot zonder enige waarschuwing de Red Lion in, een spelonkachtige uitgaansgelegenheid waar hij vaker kwam. Helen wachtte even en ging toen ook naar binnen, met haar smartphone tegen haar oor gedrukt alsof ze in gesprek was. Ze zag hem nergens, dus hoefde ze niet meer te doen alsof ze aan het bellen was. Ze zocht overal beneden en ging toen naar de tussenverdieping. Daar was hij ook niet. Had hij haar gezien en deze tent gebruikt om haar af te schudden? Ze haastte zich naar het zaaltje in het souterrain en uiteraard was hij op de allerlaatste plek waar ze zocht, in een nis diep in de ingewanden van het gebouw. Zijn maten en hij zaten er als haringen in een ton en de stemming was somber. Het wekte Helens nieuwsgierigheid, maar ze kon niet dicht genoeg bij de nis komen om te horen waar ze over praatten, dus haalde ze iets te drinken en ging zitten wachten. Het was al elf uur geweest, maar de Red Lion had een nachtvergunning en mocht tot twee uur schenken. De jongens waren die avond vreemd matig in hun drankgebruik, en ze zagen er gespannen uit. Helen vroeg zich af wat er aan de hand was.

'Heeft je date je laten zitten?'

Helens gepeins werd wreed verstoord door een dikke zakenman die duidelijk al sinds hij uit kantoor was gekomen zijn dorst zat te lessen.

'Nee, ik wacht op mijn man,' loog Helen.

'Hij komt altijd zo laat, hè? Als ik met je getrouwd was, zou ik wel op tijd komen.'

'Hij heeft een wedstrijd gehad vanavond. Het verkeer vanuit Londen is altijd verschrikkelijk.'

'Een wedstrijd?'

'Kooivechten. Er is een groot gala in de Docklands. Blijf anders nog even, dan kun je een praatje met hem maken. Hij vindt het altijd leuk om zijn fans te spreken en hij kan er elk moment zijn.'

'Heel vriendelijk…'

Maar de man deinsde al achteruit. Helen onderdrukte een glimlach en richtte haar aandacht weer op Robert – die haar recht aan bleek te kijken. Ze sloeg snel haar ogen neer en deed alsof ze het druk had met haar telefoon. Had hij haar betrapt? Voorkomen is beter dan genezen, dus Helen wachtte nog even, deed alsof ze iemand belde en nam de benen. Ze posteerde zich onopvallend op de begane grond.

Twintig minuten later liepen Robert en zijn maten rakelings langs haar heen naar buiten, zich schijnbaar niet bewust van haar bestaan. Het liep tegen middernacht en de straten waren uitgestorven. Toen Helen achter de jongens aan liep, drong het opeens tot haar door hoe stom ze deed en hoe kwetsbaar ze was, 's nachts alleen in de donkere straten. Ze stond haar mannetje wel, maar een hele groep kon ze niet aan. Stel dat ze merkten dat ze hen volgde en er een punt van maakten?

Ze liet de afstand tussen haar en de groep groter worden en overwoog het bijltje erbij neer te gooien, maar toen hielden de jongens plotseling hun pas in. Ze bleven staan, keken om zich heen en sleepten een rolcontainer uit een zijstraatje. Davey, de aanvoerder, klom erop om bij een klein raam te komen. Hij haalde een breekijzer uit zijn rugzak en begon het raam open te wrikken terwijl de anderen op de uitkijk stonden.

Helen drukte zich tegen de muur. Ze was woedend – waarom had ze zich in deze positie gemanoeuvreerd? Het raam was open en Davey liet zich erdoor zakken. Robert volgde. Hij sprong op de container en gleed met de geoefende gratie van een turner door het raam. De anderen bleven gespannen uitkijken naar voorbijgangers.

Een geluid trok hun aandacht, maar het was maar een weglopende vrouw, die hen duidelijk niet had gezien.

Helen versnelde haar pas. Nu het allemaal zo in de soep was gelopen, wilde ze hier alleen nog maar weg. Bij elke stap gaf ze zichzelf op haar donder. Er werd op dit moment ingebroken bij een onschuldige burger en het was haar plicht het te melden en het een halt toe te roepen.

Maar dat deed ze natuurlijk niet, en ze vervloekte zichzelf erom. Ze haastte zich weg, opgaand in het duister van de nacht.

Ze had hier niet naartoe moeten gaan.

32

Het appartement was een lege huls. Een kale, functionele ruimte die niet veel liefde kreeg, zoals de meeste huurwoningen. Jason Robins zat in zijn eentje aan de IKEA-eettafel en voelde zich net zo leeg en onbemind. Zijn ex, Samantha, was twee weken met hun dochter Emily naar Disneyland – samen met Sean, de nieuwe man in haar leven. En hoewel hij zijn best deed om het te verdringen – door zich op zijn werk te storten, naar voetbal te kijken, oude maten op te zoeken – dacht hij er eigenlijk continu aan. Hoe die drie plezier maakten – suikerspinnen eten, gillen in de achtbanen, tegen elkaar aan kruipen en in slaap vallen na een drukke dag vol pret – pret waar hij buiten werd gehouden. Hij had nooit de dienst uitgemaakt in het huwelijk en nu het voorbij was, was hij nog steeds de underdog. Hij had al zijn energie gestoken in het grootbrengen van Emily en zorgen dat het Samantha aan niets ontbrak, zozeer zelfs dat hij zijn vrienden en familie had verwaarloosd. Toen Samantha haar verhouding opbiechtte en het huwelijk beëindigde, had hij niemand meer om op terug te vallen, in elk geval niemand die er echt voor hem was. De mensen trokken een meelevend gezicht en stelden een paar vragen, maar ze meenden het niet. Hij had wel door dat niemand Samantha haar keuze verweet. Jason was niet moeders mooiste en bepaald geen briljante gesprekspartner, maar hij had zich wel uit de naad gewerkt om het Samantha naar de zin te maken. En wat was zijn dank? Alleen in een flatje zitten en vechten om de voogdij.

Jason schraapte de resten van zijn magnetronmaaltijd in de afvalbak en liep naar wat het verhuurbureau de studeerkamer noemde en hij een kast. Je kon er je kont niet keren, maar hier was hij het liefst, in de enige kamer die niet leeg leek. Met het prettige gevoel dat de ruimte hem omhelsde nestelde hij zich in zijn stoel en startte zijn computer.

Hij keek naar de nieuwssite van de BBC, toen naar het sportnieuws en toen op Facebook. Een snelle blik was genoeg – hij wilde niet zien hoe gelukkig andere mensen waren. Hij checkte zijn e-mail – spam, spam en weer een nota van de advocaat. Hij slaakte een verveelde zucht. Eigenlijk kon hij beter naar bed gaan. Hij vroeg zich af of hij wel zo vroeg onder de wol zou kruipen, want hij wist dat hij toch geen oog dicht zou doen, maar het was niet echt een vraag. Hij was helemaal niet van plan naar bed te gaan. Hij opende Safari en klikte zijn bladwijzers aan. Tientallen pornosites dienden zich aan. Ooit waren ze spannend geweest, nu waren ze oud en vertrouwd.

Hij zat aan zijn bureau, verveeld en mistroostig. De tijd tikte tartend langzaam voorbij. God, het was pas elf uur. Nog minstens negen uur voordat hij zich op zijn werk kon vertonen. De nacht strekte zich voor hem uit als een lange leegte.

Hij dacht even na en tikte toen 'escortbureau' in de zoekbalk. Er flitsten meteen allemaal opzichtige advertenties op met de vraag of hij meisjes wilde ontmoeten in Southampton. Hij aarzelde even, want hij vond het raar en verontrustend dat ze wisten waar hij woonde, maar nam de advertenties toch door. Het waren allemaal verkapte uitnodigingen tot prostitutie – van meisjes die deden alsof ze gezelschap zochten, maar in feite klanten wilden werven. Zou hij het doen? Hij had nog nooit zoiets gedaan en als hij eerlijk was, vond hij het eng. Stel dat iemand erachter kwam?

Hij nam meer advertenties door, met stijgende opwinding. Hij had er het geld voor, dus waarom niet? Als hij een soa opliep, kon hij zich laten behandelen – hij had niemand meer die hij kon besmetten. Waarom zou hij niet eens iets spannends doen voor de afwisseling?

Zijn hart ging sneller slaan terwijl hij in gedachten scenario's doornam. Hij keek naar escortsites, forums, filmpjes – er was daar een hele wereld die erop wachtte door hem verkend te worden. Waarom zou hij het heft niet eens in handen nemen? Zijn geld gebruiken om anderen eens te laten doen wat hij wilde in plaats van andersom? Wat kon het voor kwaad?

Jason pakte zijn portefeuille, liep de kamer uit en deed in het voorbijgaan het licht uit. De nacht riep en deze keer zou hij aan de lokroep toegeven.

33

Hij omklemde de rijzweep stevig en liet hem zwiepen. Hij kwam met een voldoening schenkende knal op haar rug neer. Haar schouders kromden zich en zakten, maar ze gaf geen kik. Hoeveel pijn ze ook voelde, ze slikte het in. Ze hief haar schouders weer, zich schrap zettend voor meer, haar meester uitdagend. Jake nam de uitdaging aan en liet de zweep weer striemen. Ze maakte nog steeds geen geluid.

Er waren een paar maanden verstreken sinds ze de draad van hun relatie weer hadden opgepakt. Het was nu onmiskenbaar anders – hij wist veel meer van haar, en hoewel hij nooit nieuwsgierige vragen stelde, moedigde hij haar indirect aan hem meer toe te vertrouwen door haar zijn eigen levensverhaal te vertellen. Hij was zo ver gegaan als hij kon – hij had niemand anders verteld dat zijn ouders nog leefden maar weigerden met hem te praten – maar had er weinig voor teruggekregen. Hij begreep dat dit haar veilige plek was en dat moest zo blijven, maar hij wilde hun relatie verdiepen. Hij had gevoelens voor haar – het had geen zin het te ontkennen. Het had voor hem het sein moeten zijn om de banden te verbreken – dat zou iedere professionele meester die het zout in de pap waard was doen – maar hij had het al eens geprobeerd en het was niet gelukt.

Het was geen liefde. Hij dacht althans niet dat het liefde was.

Maar het was meer dan hij in lange tijd voor iemand had gevoeld. Wanneer je zo weinig liefde hebt gekregen, zo afgedankt bent in het leven, stop je je gevoelens goed weg. Jake had vanaf zijn puberteit veel relaties gehad, met mannen en vrouwen, jong en oud, maar er was altijd één constante geweest: zijn verlangen naar vrijheid. Alleen had hij steeds minder zin om op jacht te gaan. Monogamie was nooit zijn ding geweest, maar nu begreep hij wat er zo aantrekkelijk aan was. Het was gestoord, gezien het feit dat Helen en hij nooit ook maar in de buurt waren gekomen van een vrijpartij, maar daar ging dit ook niet om. Ze had iets waardoor hij haar wilde beschermen, haar wilde redden. Stond ze het hem maar toe.

Ze had deze keer vrijwel geen woord gezegd. Het voelde als een ontmoedigende stap terug naar de tijd toen ze elkaar nog maar net kenden. Er was iets gebeurd waardoor ze van streek was. Net toen Jake zich afvroeg of hij ernaar moest vragen, zei ze plotseling: 'Heb jij wel eens het gevoel dat er een vloek op je rust?'

De vraag kwam zo onverwacht dat Jake er even sprakeloos van was. Toen sloeg hij door naar de andere kant en probeerde haar met veel omhaal van woorden op haar gemak te stellen en tegelijkertijd uit te horen zonder dat het opviel. Ze ging er niet op in.

Hij liep naar haar toe en pakte haar hand. Hij praatte aan één stuk door, maar Helen bleef strak voor zich kijken, alsof ze hem nauwelijks opmerkte. Uiteindelijk keek ze naar beneden, alsof het nu pas tot haar doordrong dat hij haar hand had gepakt. Ze keek hem aan, niet onvriendelijk, en trok haar hand weg.

Ze liep door de kamer, kleedde zich aan en vertrok. Bij de deur bleef ze even staan en fluisterde: 'Dank je.'

En weg was ze. Jake was gekwetst, verwonderd en bezorgd. Wat was er in godsnaam met haar aan de hand? En waarom dacht ze dat er een vloek op haar rustte?

Er was zo veel ongezegd gebleven, zo veel wat ze opkropte, en

Jake snakte ernaar om haar te helpen waar hij kon. Hij wist zeker dat ze verder niemand had om mee te praten. Toch wist hij dat hij niets mocht forceren, hoe wanhopig hij ook was. Hij was machteloos in deze relatie en kon nooit het voortouw nemen. Hij zou moeten wachten tot Helen uit zichzelf naar hem toe kwam.

34

Lady Macbeth woonde in een kast van een villa aan de rand van Upper Shirley, tot groot ongenoegen van haar buren. Die waren allemaal accountant of jurist, en Sandra McEwan niet. Zij verdiende elk jaar een fortuin met de handel in drugs en seks. Southampton was het zenuwcentrum van haar bedrijf, dat ze leidde vanuit haar luxueuze optrekje. Sandra kwam oorspronkelijk uit Fife, maar was uit haar pleeghuis weggelopen toen ze pas veertien was. Voordat het jaar om was, tippelde ze, en ze werkte zich naar het zuiden tot ze aan de kust kwam, waar Malcolm Childs, ook een Schot, haar pooier werd. Ze werd eerst zijn geliefde, toen zijn vrouw, en vervolgens, zo wilde de onderwereldlegende, had ze hem tijdens een sm-sessie verstikt. Zijn lichaam was nooit gevonden. Ze had zijn imperium naadloos overgenomen en iedereen die probeerde het haar af te pakken vermoord of verminkt. Ze was zeker tien keer vrijgesproken voor de rechtbank, had drie liquidatiepogingen overleefd en baadde nu in weelde aan de zuidkust. Het was in alle opzichten ver verwijderd van Fife.

Haar dienstmeisje verzette zich hevig – het was pas zeven uur 's ochtends – maar Charlie had een aanhoudingsbevel en was niet van plan te wachten en de dame des huizes de kans te geven ervandoor te gaan. Elke centimeter van haar terrein werd bestreken door bewakingscamera's en waarschijnlijk kon Sandra hen zien aankomen. Nu sliep ze gelukkig nog, zoals Charlie ontdekte toen ze de deuren van Sandra's vorstelijke slaapvertrek opende.

Sandra's minnaar – een grote, gespierde man – sprong uit bed zodra de deur openging. Hij wilde de confrontatie met Charlie aangaan, maar aarzelde toen hij haar penning zag.

'Rustig maar, jongen. Niets aan de hand.'

Sandra's minnaar was een voormalig bokser die niet van haar zijde week. Hij zei bijna nooit iets – dat deed Sandra graag voor hem.

'Klim er maar weer in. Ik kan dit zelf wel oplossen.'

'Sandra McEwan, ik heb hier een aanhoudingsbevel…'

'Niet zo snel, rechercheur Brooks. Het is toch Brooks, hè?'

'Ja,' antwoordde Charlie kortaf.

'Ik herkende je van de krantenfoto's. Hoe is het nu met je? Beter, hoop ik?'

'Mijn leven loopt op rolletjes, Sandra, dus hou je kop en kom uit bed, ja?' Ze reikte Sandra een badjas aan.

Sandra nam haar op. 'Hoe lang ben je al weer aan het werk, rechercheur Brooks?'

'Mijn geduld begint op te raken.'

'Geef antwoord, dan sta ik op.'

Charlie aarzelde even. 'Twee dagen.'

'Twee dagen…' Sandra liet de woorden in de lucht hangen. Ze hees haar gezette lichaam uit het reusachtige bed zonder de badjas van Charlie aan te nemen. Ze deed geen enkele poging om haar naaktheid te bedekken. 'Twee dagen pas en je wilt je graag bewijzen. Al die vrouwen hatende sceptici het nakijken geven, hè?'

Charlie keek haar strak aan, niet bereid toe te geven dat ze het bij het rechte eind had.

'Nou, daar heb ik respect voor, Charlie, echt. Maar laat mij erbuiten, verdomme. Oké?' Sandra grauwde nu onmiskenbaar.

Er was niets over van haar jovialiteit. 'Tenzij je mijn advocaten de komende week dag en nacht achter je lekkere kontje aan wilt hebben, zou ik maar gauw omkeren en teruggaan naar Ceri Hardpik, goed?'

Sandra was dichterbij gekomen en haar naakte lijf raakte Charlies keurige mantelpak bijna, maar ze gaf geen krimp, weigerde zich te laten intimideren.

'Je gaat mee naar het bureau, Sandra. Je moet ons helpen bij een kleinigheid, het oplossen van een dubbele moord. Dus wat wil je? Loop je als een dame mee of moet ik je in de boeien slaan?'

'Jullie leren het ook nooit, hè?'

Sandra liep vloekend als een ketter naar haar inloopkast om kleren uit te zoeken. In Sandra's geval loonde de misdaad wel degelijk, zoals ze nu bewees door Charlie te onderwerpen aan een absurde vertoning waarbij ze telkens een dure outfit uitkoos en dan toch weer verwierp: Prada, Stella McCartney, Diane von Furstenberg… Uiteindelijk werd het een Armani-jeans met een trui erop.

'Klaar?' zei Charlie, die probeerde haar ergernis te maskeren.

'Klaar.' Sandra lachte twee gouden tanden bloot. 'Het spel kan beginnen.'

35

'Waarom is mij dat niet verteld?'

'Sla niet zo'n toon aan, Helen.'

'Waarom is mij dat niet verteld, chef?'

Helens sarcasme was nauwelijks verhuld; haar woede won het van haar zelfbeheersing. Harwood stond op en deed behoedzaam de deur dicht om te voorkomen dat haar meeluisterende secretaresse nog meer zou horen.

'Het is jou niet verteld,' vervolgde Harwood, 'omdat je er niet was. McEwan is een kei in het verdwijnen, dus we moesten snel zijn. Ik heb rechercheur Brooks gevraagd haar naar het bureau te halen en gezegd dat ik het wel aan jou zou uitleggen. Wat ik nu doe.'

Harwoods redelijke verklaring maakte Helens humeur er niet beter op. Was haar woede omdat ze niet bij de beslissing betrokken was gerechtvaardigd of baalde ze gewoon omdat het om Charlie ging? Als ze eerlijk was, moest ze toegeven dat ze het niet wist.

'Dat begrijp ik, chef, maar als er informatie is met betrekking tot de moord op Alan Matthews, moet ik die als eerste horen.'

'Je hebt gelijk, Helen, en het is mijn schuld. Als je iemand verwijten wilt maken, neem mij dan.'

Wat Helen natuurlijk niet kon doen, zodat ze geen poot meer

had om op te staan, maar toch deed ze nog een laatste poging: 'McEwan zou de hand kunnen hebben gehad in de moord op Louszko, maar ik zie niet in wat ze met de moord op Matthews te maken zou kunnen hebben.'

'We moeten alle mogelijkheden openhouden, Helen. Je hebt zelf gezegd dat die moord deel zou kunnen uitmaken van een territoriumstrijd. Misschien was hij nevenschade. Charlie heeft iets boven water gekregen wat echt de moeite waard is en ik wil het graag grondig onderzoeken.'

'Het voelt niet goed. Dit is te doorwrocht, te persoonlijk. Het heeft alle kenmerken van een dader die…'

'Een dader met intelligentie, ambitie en verbeeldingskracht. Iemand die zonder scrupules of wroeging kan moorden en bedreven is in het misleiden van de politie. Ik zou zeggen dat dat Sandra ten voeten uit is, nietwaar?'

Verzet had geen zin meer, dus gaf Helen toe en ging naar de verhoorkamer. Daar zat Charlie op haar te wachten en tegenover haar, geflankeerd door haar advocaat, zat Lady Macbeth.

'Wat enig je te zien, inspecteur.' Sandra McEwan grijnsde van oor tot oor. 'Hoe staan de zaken?'

'Dat kan ik jou ook vragen, Sandra.'

'Kan niet beter. Maar je ziet er goed uit. Je wilt toch niet beweren dat je een vent hebt gevonden?'

Helen deed of ze de hoon niet hoorde. 'Rechercheur Brooks onderzoekt de moord op Alexia Louszko. Ze werkte voor je in Brookmire, dacht ik, onder de naam Agneska Suriav.'

Sandra sprak haar niet tegen, dus vervolgde Helen: 'Ze is vermoord en verminkt in de open kofferbak van een afgedankte auto gevonden. De moord moest een boodschap overbrengen. Misschien kun jij die voor ons vertalen?'

'Ik wil je dolgraag helpen, maar ik kende het meisje amper.

Ik had haar maar een paar keer gezien.'

'Ze werkte voor je, je moet haar persoonlijk hebben gekeurd, haar hebben gesproken…'

'Ik ben de eigenaar van het pand waarin Brookmire is gevestigd. Ik zou je niet kunnen zeggen wie het bedrijf leidt.'

Sandra's advocaat zei geen boe of bah. Hij zat er eigenlijk alleen maar voor de sier bij. Sandra wist precies hoe ze het wilde spelen.

'Je hebt haar van de straat geplukt,' bleef Charlie haar onder druk zetten. 'Je hebt haar opgeleid, bijgeschaafd. Maar dat lieten de Campbells niet over hun kant gaan, hè? Ze hebben haar ontvoerd. Vermoord. En haar op straat achtergelaten, waar ze thuishoorde.'

'Als jij het zegt.'

'Jouw meisje. Ze hebben haar onder je neus vandaan gekaapt en vermoord. Hoe vinden je andere meisjes dat? Ik wil wedden dat ze in hun broek schijten van angst.'

Sandra zei niets.

'Je wist dat je iets moest doen,' vervolgde Charlie. 'Dus waarom niet twee vliegen in één klap slaan? Vertel me eens over je vastgoed in Empress Road.'

Eindelijk een reactie. Het was niet veel, maar het was er. Hier had Sandra niet op gerekend. 'Ik heb geen…'

'Kijk hier eens naar, Sandra,' onderbrak Charlie haar. 'Een lijst van holdings die financiële banden met elkaar hebben. Laten we er niet meer omheen draaien en toegeven dat ze allemaal van jou zijn. Deze' – Charlie wees een bedrijfsnaam aan – 'heeft bijna twee jaar geleden een rij van zes vervallen huizen in Empress Road gekocht. Waarom wilde je die hebben, Sandra?'

Het bleef lang stil en toen knikte de advocaat bijna onmerkbaar.

'Om ze te renoveren.'

'Waarom zou je dat willen? Ze zijn verkrot, rijp voor de sloop, en het is niet bepaald een buurt die toe is aan een opleving.'

Opeens snapte Helen het. 'Je wilt ze helemaal niet renoveren,' mengde ze zich in het gesprek. 'Je wilt ze slopen.'

Sandra knipperde met haar ogen. Meer bevestiging dat ze op het goede spoor zaten zouden ze niet krijgen.

'Niemand wil die huizen in de tippelzone hebben – ze worden elke nacht door prostituees gebruikt. Maar als je ze koopt, sloopt en niet herbouwt, wat moeten de meisjes dan? Hun leven wagen en bij de klanten in de auto stappen of hun heil elders zoeken? Ergens waar het veiliger is. Bij Brookmire, bijvoorbeeld. Ik wil wedden dat als we verder zoeken, we zullen ontdekken dat er de laatste tijd wel meer vastgoed in Empress Road van eigenaar is gewisseld. Heb ik gelijk?'

Sandra's blik werd hard.

Charlie maakte gebruik van het feit dat ze in het voordeel waren. 'Maar stel dat je nog een stap verder wilt gaan? De Campbells hebben je aangevallen, geprobeerd je personeel bang te maken. Stel dat je besluit de inzet te verhogen? Je had kunnen terugslaan door een van hun meisjes te vermoorden, maar het is veel vindingrijker om een paar klanten af te maken. De aandacht in de pers alleen zou al genoeg zijn om de klanten van de Campbells met bosjes te verjagen. Ik moet het je nageven, Sandra, dat heb je slim gespeeld.'

Sandra glimlachte alleen maar.

'Had je het speciaal op Alan Matthews gemunt of heeft hij gewoon pech gehad?'

'Mijn cliënte heeft geen idee waar u het over hebt en ontkent categorisch betrokkenheid bij wat voor geweldpleging dan ook.'

'Dan kan ze me misschien vertellen waar ze op achtentwintig november tussen negen uur 's avonds en drie uur 's nachts was,' stootte Charlie door, vastbesloten Sandra onder druk te blijven zetten.

Sandra keek Charlie lang en indringend aan en zei: 'Ik was op een expositie.'

'Waar?' blafte Charlie.

'In een verbouwd pakhuis in een zijstraat van Sidney Street. Een plaatselijke kunstenaar, een levende installatie waarin de bezoekers deel uitmaken van het kunstwerk en ga zo maar door. Het is natuurlijk gebakken lucht, maar ze zeggen dat de kunstenaar duur gaat worden, dus besloot ik een kijkje te gaan nemen. En nu het gekke: ik ben niet zo technisch, maar die jongen weet wat hij doet en hij legt me uit dat alles live naar internet wordt gestreamd. Zoiets kun je niet vervalsen – controleer het maar. En als je dan nog steeds twijfelt, kun je mijn alibi laten bevestigen door een paar andere aanwezigen. De voorzitter van het stadsbestuur was er, en de redacteur kunst van BBC South... O, en ik was het bijna vergeten... de voorzitter van de bond voor hoger politiepersoneel was er ook. Hoe heet hij ook alweer... Anderson? Een mannetje met hazentanden dat per se zo'n afgrijselijke pruik wil dragen – geen vergissing mogelijk.'

Sandra leunde achterover op haar stoel en keek van Charlie naar Helen.

'Goed, als we hier klaar zijn, moest ik maar snel gaan. Ik heb vanavond een afspraak die ik heel graag wil nakomen.'

'Waar ben jij in godsnaam mee bezig, rechercheur Brooks?'

Het leek nu heel lang geleden dat Helen haar Charlie had genoemd.

'Wat bezielde je om haar naar het bureau te halen zonder na te gaan of ze ook maar in de verte een verdachte zou kunnen zijn?'

'Dat is ze nog steeds. Ze heeft een motief, gelegenheid...'

'En een waterdicht alibi. Ze heeft ons voor schut gezet. Dus hou op met loopjongen spelen voor Harwood en ga je eigen werk eens doen, verdomme. Zoek uit wie Alexia Louszko heeft vermoord.'

Helen beende weg. Ze zouden Sandra's alibi moeten controleren, natuurlijk, maar Helen twijfelde er niet aan dat Sandra de waarheid had verteld. Het was te mooi om verzonnen te zijn. Ze had natuurlijk mensen kunnen inhuren om Matthews en Reid te vermoorden, maar was het aannemelijk dat ze die klus aan een vrouw alleen zou geven terwijl ze een leger mannen had die naar haar pijpen dansten? Nee, dat sneed geen hout.

De dag was slecht begonnen en het werd alleen maar erger. Voor het eerst in haar carrière had Helen sterk de indruk dat haar collega's haar tegenwerkten in plaats van haar te helpen. Deze zaak was al bizar en lastig genoeg zonder dat Charlie en Harwood haar doodlopende weggetjes in stuurden en haar telkens op het verkeerde been zetten.

Het kwam erop neer dat ze geen steek verder waren gekomen. Er waren twee levens vernietigd en er zouden er meer volgen. En Helen kon er niets tegen doen.

36

Angie was eraan gewend geraakt audiëntie te houden. Ze had een week verlof gekregen van Zenith Solutions en er alles uit ge haald wat erin zat: ze had thuis vrienden en familie ontvangen en het hele afgrijselijke incident keer op keer herkauwd en verfraaid als ze de geest kreeg, maar zelfs Angie kreeg een keer genoeg van het vertellen van haar verhaal, dus reageerde ze niet op het hard-nekkige rinkelen van de bel. De gordijnen waren dicht, *The Jere my Kyle Show* was op tv en ze zat een kop instantkoffie te drinken.

Er werd weer gebeld. Angie zette de tv harder. Dan konden ze buiten maar horen dat ze thuis was, ze was niet verplicht de deur open te doen als ze daar geen zin in had. Het bellen hield op en Angie glimlachte.

Ze richtte al haar aandacht op de tv – de uitslag van het DNA-onderzoek zou worden onthuld. Ze had te laat ingeschakeld om te weten waar het conflict van de gasten over ging, maar het werd altijd matten als de uitslag van het DNA-onderzoek bekend werd gemaakt. Ze was gek op dit onderdeel van de show.

'Hallo?'

Angie schoot overeind. Er was iemand binnen.

'Ben je daar, Angie?'

Angie was al van de bank af en op zoek naar een wapen. Een zware glazen vaas was het beste wat ze kon vinden. Toen de deur van de woonkamer openging, hief ze de vaas boven haar hoofd.

'Angie?'

Angie verstijfde. Haar angst sloeg om in verbazing. Ze herkende het gehavende gezicht van de vrouw meteen. Emilia Garanita was een soort beroemdheid in Southampton.

'Sorry dat ik zo binnen kom vallen, maar de achterdeur was open en ik móét je gewoon spreken. Angie. Ik mag toch wel Angie zeggen?'

Angie was te geschrokken om Emilia uit te foeteren wegens huisvredebreuk en Emilia zag haar kans schoon om de kamer in te lopen en meelevend een hand op Angies arm te leggen.

'Hoe gaat het nou, Angie? Ik heb gehoord dat je vreselijk bent geschrokken.'

Een van de meiden op het werk moest een boekje open hebben gedaan. Angie was zowel geërgerd als blij. Het kwam niet vaak voor dat de plaatselijke pers haar benaderde, en het was heel bevredigend. Emilia loodste Angie moeiteloos terug naar de bank en ging naast haar zitten.

'Ik sla me er wel doorheen,' antwoordde Angie dapper.

'Ja, natuurlijk. Je bent een sterke vrouw, dat hoor ik van alle kanten.'

Angie betwijfelde het sterk, maar was in haar nopjes met het compliment.

'En dat zal ook uit het artikel spreken.'

Angie knikte. Opwinding vermengde zich met onbehagen.

'De *Evening News* wil een dubbele pagina aan je wijden. Je leven, je belangrijke werk bij Zenith Solutions en de moed waarmee je zo'n akelig incident het hoofd hebt geboden. We willen er een eerbetoon van maken, goed?'

Angie knikte.

'Goed, laten we dan eerst wat dingen op een rijtje zetten. Je cv komt straks wel, laten we ons eerst eens op de dag zelf concentreren. Je kreeg een pakketje voor je baas…'

'Meneer McPhail.'

'Meneer McPhail. Ik neem aan dat jij zijn post openmaakt?'

'Natuurlijk. Ik ben zijn secretaresse. Het was een pakketje dat door een koerier was afgegeven en die maak ik altijd meteen open.'

Emilia noteerde het ijverig. 'En in dat pakje…'

'In het pakje… zat een hart. Het stonk ontzettend.'

'Een hart?' herhaalde Emilia, die haar best deed niet al te opgewonden te klinken. Ze had niet verwacht dat het waar zou zijn, maar het was dus echt zo.

'Ja. Een hart, van een mens.'

'En kun jij een reden bedenken waarom iemand meneer McPhail zoiets zou sturen?'

'Nee,' antwoordde Angie gedecideerd. 'Hij is een geweldige baas.'

'Vast wel. En de politie heeft met je gepraat?'

'Ik heb inspecteur Grace gesproken.'

'Die ken ik wel. Ze doet haar werk goed. Vroeg ze naar iets in het bijzonder?'

Angie aarzelde.

'Ik begrijp het best als je het niet prettig vindt om te vertellen waar het gesprek over ging,' vervolgde Emilia. 'Ik wil alleen maar zeggen dat ik de hoofdredacteur alleen kan overhalen om dit verhaal de twee pagina's te geven die het verdient als ik álle details heb.'

Het bleef lang stil, maar toen zei Angie: 'Wat ze vooral leek te willen hebben, was een lijst van al het personeel van Zenith, en met name degenen die er die dag niet waren.'

Emilia hield even op met schrijven en ging toen snel door. Ze wilde niet laten merken hoe spannend ze deze boeiende ontwikkeling vond. Alles viel keurig op zijn plaats en het zou goed uitpakken voor Emilia.

Er was haar weer een dijk van een verhaal in de schoot gevallen.

37

Violet Robinson nam haar schoonzoon wantrouwig op. Ze twijfelde niet aan zijn liefde voor Nicola, maar wel aan zijn toewijding. Hij was een man, en mannen letten niet op details en hadden de neiging de kortste weg te kiezen. Nicola had het goed thuis en Tony voorzag in haar basisbehoeften, of Anna als hij moest werken, maar Nicola verdiende zo veel meer. Ze was een mooie, intelligente en sprankelende jonge vrouw. Nicola had, net als haar moeder, altijd veel zorg besteed aan haar uiterlijk. Ze ging nooit de deur uit zonder make-up en er mocht geen haartje verkeerd zitten. Violet had te vaak het heft in eigen hand moeten nemen, ontzet over de bleekheid van haar dochter, haar warrige haar, haar onopgemaakte gezicht. Tony wist domweg niet hoe je zulke dingen doet en Anna, tja, Anna was een onopvallend meisje dat duidelijk vond dat het om de binnenkant ging.

'Hoe lang blijf je weg?' vroeg ze aan Tony.

Ze stonden samen in de woonkamer, buiten gehoorsafstand van Nicola's slaapkamer.

'Ik ga niet wég,' zei Tony, zijn woorden en toon met zorg kiezend. 'Ik ben hier overdag, misschien zelfs wel vaker dan anders. Het gaat alleen om de avonden. Anna heeft aangeboden het leeuwendeel van het werk 's avonds over te nemen, maar als jij op de een of andere manier zou…'

'Ik heb al gezegd dat ik wil bijspringen, Tony. Ik doe het graag. Ze kan het beste familie om zich heen hebben.'

Tony knikte en glimlachte, maar Violet had wel door dat hij het er niet mee eens was. Hij had Anna liever dan haar en als Anna bereid was geweest zeven avonden achter elkaar te werken, had hij haar daar ongetwijfeld graag voor betaald als hij dan geen beroep op zijn schoonmoeder hoefde te doen.

'Hoe lang gaat dit… nachtwerk duren?'

'Niet lang, hoop ik.'

Weer zo'n ontwijkend antwoord.

'Nou, ik wil met plezier helpen zolang het nodig is, maar je weet hoe ik erover denk. Ik vind het een akelig idee dat Nicola een wildvreemde aan haar bed ziet zitten als ze wakker wordt.'

Violet werd opeens overmand door het onderliggende gevoel van gemis en haar stem haperde. Tony knikte meelevend, maar ging er verder niet op in. Had hij Nicola opgegeven? Violet had zo'n donkerbruin vermoeden. Had hij andere vrouwen? Violet was opeens niet meer zo zeker van zijn trouw en het stak.

'Is het gevaarlijk? Wat ga je doen?'

Het bleef lang stil, en toen volgde een onnodig lange geruststelling. Het was dus echt gevaarlijk. Was het onredelijk van haar dat ze hem zijn luchthartigheid kwalijk nam? Hij was tenslotte rechercheur en hij moest zijn werk doen – dat begreep ze wel. Maar had hij zich niet uit de frontlinie kunnen terugtrekken, iets veiligers gaan doen? Stel dat hem iets overkwam? Violets eigen man – die waardeloze zak – was er jaren geleden al vandoor gegaan. Hij woonde nu in Maidstone met zijn tweede vrouw en drie kinderen en kwam nooit meer op bezoek. Als er iets met Tony gebeurde, zouden Nicola en Violet alleen achterblijven, aan elkaar vastgeketend, wachtend en hopend.

Violet liep in een opwelling naar Tony toe, legde een hand op zijn arm en zei vriendelijk: 'Nou, Tony, wees voorzichtig. Pas goed op jezelf.'

En deze ene keer leek hij het eens te snappen. Het was voor hen allebei een moeilijk moment – Tony's overstap van intensieve zorgverlening thuis naar een meer naar buiten gericht leven – en bij wijze van uitzondering waren ze het met elkaar eens.

'Ga jij maar, Tony. Nicola en ik redden ons hier wel.'

'Dank je, Violet.'

Tony liep de kamer uit om voorbereidingen te treffen en Violet ging naar haar dochter. Ze diepte haar lippenstift uit haar tas op en stiftte Nicola's lippen. Ze fleurde er even van op, maar haar zenuwen waren nog tot het uiterste gespannen. Ze had zo'n akelig voorgevoel dat krachten waar zij geen invloed op had zich bundelden om haar wereld op zijn kop te zetten.

38

Terwijl het team de recherchekamer binnendruppelde, probeerde Helen haar gedachten te ordenen. Ze had zich nog nooit zo alleen gevoeld tijdens een onderzoek. Charlie wilde zichzelf bewijzen door Sandra McEwan de moorden in de schoenen te schuiven en Harwood leek haar te steunen. Helens chef weigerde haar sterker wordende overtuiging over te nemen dat ze met een seriemoordenaar te maken hadden. Harwood was een politiek dier, iemand die zich aan de regels hield en nog nooit zo'n dader tegenover zich had gehad. Helen wel, door toedoen van haar verleden en haar ervaring. Daarom moest zij de leiding nemen, zorgen dat het team zich richtte op wat belangrijk was.

'Laten we er voorlopig van uitgaan,' begon Helen, 'dat onze dader inderdaad een prostituee is die mannen vermoordt die voor seks betalen. Dit zijn geen ongelukjes – uit niets blijkt dat de slachtoffers hebben geprobeerd haar te verkrachten of dat er sprake is geweest van een worsteling. Ze heeft die mannen dus opzettelijk naar een afgelegen plek gelokt en ze daar vermoord. Het is iets waar ze op heeft gebroed, waar ze plannen voor heeft beraamd. Niets wijst erop dat ze een handlanger heeft, dus we hebben te maken met een zwaar gestoorde, uiterst gevaarlijke vrouw die waarschijnlijk ooit is verkracht of mishandeld, die een geschiedenis van psychische problemen zou kunnen hebben en duidelijk een vurig mannenhater is. We moeten navraag doen in ziekenhuizen, inloopklinieken, opvangcentra, slaaphuizen, zien of ze daar het afgelopen jaar iemand hebben gehad die aan die beschrijving voldoet. Laten we ook in de database naar recente onopgeloste zedenmisdrijven zoeken. Iets moet haar hebben getriggerd. Hoe gewelddadig ze ook is, iets moet deze verschrikkelijke razernij hebben opgewekt. Zoek ook naar misdrijven die zíj kan hebben gepleegd – geweldpleging, steekpartijen die een eerste aanzet kunnen zijn geweest tot haar besluit te gaan moorden. Rechercheur Sanderson, wil jij dat voor je rekening nemen?'

'Doe ik, chef.'

'Goed, dus wie zoeken we?' vervolgde Helen. 'Het is duidelijk dat ze het wereldje hier kent – Empress Road, Eling Great Marsh – dus waarschijnlijk heeft ze recentelijk als prostituee gewerkt. Dat ze zowel het woord "kwaat" als het adres van het gezin Matthews verkeerd heeft gespeld, doet vermoeden dat ze laagopgeleid is, of mogelijk dyslectisch, maar ze is beslist niet dom. Ze laat vrijwel geen sporen na – de technische recherche heeft een zwarte haar gevonden in Reids auto, maar die was synthetisch, waarschijnlijk van een pruik – en ze heeft lef. Ze is Zenith Solutions in en uit gelopen zonder dat ze iemand is opgevallen. Dat ze zo'n risico wil nemen, doet vermoeden dat ze een missie heeft. Ze wil iets duidelijk maken.'

Het team liet Helens woorden zwijgend bezinken.

'We richten onze aandacht nu dus in de eerste plaats op prostituees. We moeten het op alle niveaus zoeken: van chique escorts tot studentes, illegalen en de heroïnehoeren bij de haven, al moeten we ons met name op de onderkant van de markt richten. Matthews en Reid leken een voorliefde te hebben voor slonzige, onsmakelijke, goedkope meiden. We moeten het in de hele stad zoeken, maar ik ga onze mankracht vooral in het noorden aan het werk zetten. Bevois Valley, Portswood, Highfield en Hampton

Park. Onze dader pikt haar klanten op op plekken waar geen bewakingscamera's zijn, maar we hebben zowel Matthews' als Reids auto kunnen traceren via verkeerscamera's. Het lijkt erop dat ze Matthews in Empress Road heeft opgepikt en Reid ergens bij de Common. Vermoedelijk kiest ze die plekken omdat ze dicht bij huis zijn, omdat ze ze kent, omdat ze "veilig" zijn. Laten we dus niets uitsluiten, maar ik hou het erop dat ze in het noorden van de stad woont of werkt. McAndrew zal ons onderzoek daar leiden.'

'Ik heb al een team samengesteld, chef,' zei McAndrew, 'en we hebben het gebied in sectoren opgedeeld. We gaan vanmiddag aan de slag.'

'De volgende vraag is: waarom heeft ze Matthews en Reid uitgekozen? Is het toeval of was er een reden om die twee te nemen? De dader kan Matthews vaker hebben gezien en zo iets aan de weet zijn gekomen over zijn gewoonten en slippertjes, maar Reid was een stuk jonger en lijkt betrekkelijk nieuw te zijn geweest in het circuit. Als hij doelbewust is uitgekozen, moet dat op een subtielere manier zijn gebeurd. Het waren allebei huisvaders, wat een belangrijke overeenkomst kan zijn, maar ze bewogen zich in zeer verschillende kringen en waren in verschillende stadia van het gezinsleven: Matthews had vier kinderen in de tienerleeftijd en ouder, Reid had een dochtertje van anderhalf.'

'Ze moeten haar online hebben gevonden. Als je tegenwoordig gepijpt wilt worden, googel je daar toch gewoon even op?' merkte Sanderson op, en er werd besmuikt gegrinnikt.

'Vermoedelijk wel, dus laten we Reids en Matthews' digitale gangen nagaan. Grounds, misschien kun jij dat coördineren? Laten we maar eens uitzoeken of de dader juist die mannen wilde hebben of dat ze gewoon op het verkeerde moment op de verkeerde plek waren. Duidelijk, iedereen?'

Helen was al weer op weg naar de recherchekamer. Ze borrelde over van energie en vastberadenheid – ze had echt een doel voor ogen. Maar op weg naar de deur bleef ze plotseling als aan de grond genageld staan. Ze voelde haar hernieuwde optimisme als sneeuw voor de zon verdwijnen. Iemand had de tv in de hoek aan laten staan en alleen het geluid uitgeschakeld, maar nu pakte Helen snel de afstandsbediening en hield de volumeknop ingedrukt. Ze keek naar het middagjournaal van BBC South. Graham Wilson, de vaste presentator, hield een diepte-interview. En zijn gast van die dag was Eileen Matthews.

Brandend van woede en frustratie scheurde Helen naar huize Matthews. Eileen was radeloos van verdriet, dat begreep Helen wel, maar haar directe bemoeienis met het onderzoek zou alles kunnen saboteren. Eileen had besloten dat Alan zich niet met prostituees inliet en had, in de overtuiging dat de politie op het verkeerde spoor zat, besloten zelf de jacht op de dader te openen. 'Help me alstublieft de man te vinden die Alan dit heeft aangedaan,' had ze een aantal malen gezegd tijdens het interview. Godallemachtig. Vijf minuten middag-tv en de hele stad joeg op een niet-bestaande moordenaar.

Eileen was nog maar net terug van de studio toen Helen aankwam. Ze was zichtbaar uitgeput door het in het openbaar over de dood van haar man spreken en wilde de deur in Helens gezicht dichtslaan, maar Helen was te woest om dat toe te staan. Het duurde niet lang of de toon werd vijandig.

'Je had eerst met ons moeten overleggen, Eileen, zoiets kan ons onderzoek echt belemmeren.'

'Ik heb niet overlegd omdat ik wel wist wat jullie zouden zeggen.'

Eileen had geen greintje berouw. Helen moest haar uiterste best doen om niet driftig te worden.

'Ik weet dat je de afgelopen dagen veel voor de kiezen hebt gekregen, dat je je geen raad weet van pijn en verdriet en dat je snakt naar antwoorden, maar dit is niet de manier om die te krijgen. Als je gerechtigheid wilt voor jezelf, voor je kinderen, moet je óns de leiding geven.'

'En Alan door jullie zwart laten maken? Zijn gezin door het slijk laten halen?'

'Ik kan de waarheid niet voor je verzwijgen, Eileen, hoe pijnlijk die ook mag zijn. Je man bezocht prostituees en ik ben ervan overtuigd dat het zijn dood is geworden. Hij is vermoord door een vrouw, daar zijn we voor negenennegentig procent zeker van, en alles wat de aandacht van het publiek afleidt, kan haar de kans geven nog eens toe te slaan. De mensen moeten waakzaam zijn, dus moeten we ze de juiste informatie geven. Begrijp je?'

'Nog eens toeslaan?'

Eileens stem was niet meer zo schel. Helen aarzelde. Hoeveel kon ze prijsgeven?

'Er is vannacht weer een man vermoord. We denken dat het dezelfde dader is.'

Eileen gaapte haar aan.

'Hij is op een afwerkplek gevonden…'

'Nee.'

'Het spijt me…'

'Ik laat jullie niet doorgaan met die… die hetze. Alan was een goed mens. Een vroom mens. Ik weet dat hij niet altijd gezond was… Hij had bepaalde infecties, maar die kun je vaak ook in het zwembad oplopen. Alan zwom fanatiek…'

'In godsnaam, Eileen, hij had een druiper. Die krijg je niet van het zwemmen.'

'Néé! Hij wordt morgen begraven en nu kom jij hier met die leugens aanzetten… Néé! Néé! Néé!'

Eileen schreeuwde het uit, Helen het zwijgen opleggend. Toen kwamen de tranen. Helen werd overspoeld door emoties: medeleven, woede, ongeloof. In de geladen stilte die volgde, liet ze haar blik door de kamer glijden, over de familiekiekjes die Eileens beeld van Alan leken te bevestigen. Hij was het toonbeeld van het degelijke gezinshoofd, zoals hij voetbalde met zijn zoons, trots naast dochter Carrie stond bij haar diploma-uitreiking, het kerkkoor dirigeerde en zijn bruid toedronk bij hun huwelijk, al die jaren geleden. Maar het was allemaal schone schijn.

'Eileen, je moet dit aan ons overlaten. Je moet het grotere geheel zien. Anders zullen er onschuldige mensen sterven. Begrijp je dat?'

Eileen keek niet op, maar ze leek enigszins tot bedaren te komen.

'Ik wil je geen verdriet doen, maar je moet de waarheid onder ogen zien. Uit Alans zoekgeschiedenis blijkt dat hij zich bezighield met porno en prostituees. Tenzij iemand anders – jij of een van je zoons – die pc gebruikte, moet het Alan zijn geweest die die sites bezocht.'

Eileen had eerder al verteld dat Alan niemand in zijn werkkamer toeliet, laat staan dat iemand zijn pc zou mogen gebruiken, dus Helen wist dat dit binnen zou komen. 'Die sites zijn niet per ongeluk aangeklikt. Hij had de pagina's opgeslagen... We hebben zijn financiën ook onder de loep genomen.'

Eileen was stil.

'Hij beheerde een rekening die bestemd was voor het onderhoud van de kerk. Twee jaar geleden stond er een paar duizend pond op. Het meeste daarvan is nu weg, de afgelopen anderhalf jaar opgenomen in porties van tweehonderd pond, maar er is niets aan jullie kerk gedaan. Ik heb een van mijn mensen ernaartoe gestuurd en hij heeft met de dominee gepraat. We weten dat Alan geen riant salaris had en het heeft er alle schijn van dat hij zijn bezigheden bekostigde met geld van de kerk.'

Helen wachtte even en vervolgde vriendelijker: 'Ik weet dat je nu niet meer weet waar je het zoeken moet, maar de enige manier voor je kinderen en jou om uit deze… nachtmerrie te komen is de waarheid recht in de ogen te kijken. Je zult me wel niet geloven, maar ik weet wat je doormaakt. Ik heb verschrikkelijke dingen meegemaakt, ondraaglijke pijn geleden, en je kop in het zand steken is het ergste wat je kunt doen. Je moet dit tot je laten doordringen, in het belang van je dochters, je zoons en jezelf. Zie Alan zoals hij was, goed én slecht, en probeer ermee in het reine te komen. Het is goed mogelijk dat je kerk zelf een financieel onderzoek wil instellen en ik weet zeker dat wij je nog meer vragen zullen komen stellen. Je tegen ons verzetten is niet de manier om je hierdoorheen te slaan. Je moet ons helpen, dan helpen we jou ook.'

Nu keek Eileen eindelijk op.

'Ik wil Alans moordenaar pakken,' vervolgde Helen. 'Meer dan wat ook. Ik wil Alans moordenaar pakken en jou de antwoorden geven die je nodig hebt. Maar dat gaat me niet lukken als jij je tegen me verzet, Eileen. Dus help me, alsjeblieft.'

Helens smeekbede was oprecht en kwam uit de grond van haar hart.

Het bleef lang stil. Ten slotte zei Eileen: 'Ik beklaag u, inspecteur.'

'Pardon?'

'Ik beklaag u omdat u geen gelóóf hebt.'

Ze rende zonder om te kijken de kamer uit en Helen keek haar na. Haar woede was gezakt en ze voelde alleen nog medelijden. Eileen had een onwrikbaar vertrouwen in Alan gehad en zou nooit echt kunnen accepteren dat haar leidsman, haar rots in de branding, in feite een zwakkeling was geweest.

39

Rechercheur Rebecca McAndrew was pas een paar uur op jacht, maar ze voelde zich nu al bezoedeld en ontmoedigd. Ze was in de dure bordelen begonnen met haar team. Het was er veel drukker geweest dan in haar herinnering. De recessie had meer en meer vrouwen de seksindustrie in gedreven en de plotselinge toestroom van prostituees uit Polen en Bulgarije had de markt nog verder verzadigd. Er was veel concurrentie, wat betekende dat de prijzen waren gezakt. De branche verhardde.

Vervolgens waren ze naar de studentencampussen gegaan, waar het beeld deprimerend hetzelfde was geweest. Alle jonge vrouwen die ze spraken kenden minstens één medestudente die haar toevlucht tot de prostitutie had genomen om haar studie te bekostigen. Het werd steeds gewoner nu er op studiebeurzen werd gekort en studenten zich zonder financiële steun door een studie van jaren moesten zien te worstelen. De verhalen over alcoholverslaving en automutilatie deden echter vermoeden dat dit nieuwe fenomeen zijn tol eiste.

Nu was McAndrew met haar team in inloopcentrum Claymore, een gratis dokterspost die draaiend werd gehouden door een combinatie van medisch personeel en ruimhartige vrijwilligers. Iedereen kon er terecht voor een gratis behandeling, maar de kliniek stond in een achterbuurt, de rijen waren lang en je moest altijd bedacht zijn op zakkenrollers, dus de patiënten waren voornamelijk dronkenlappen en wanhopigen. Er kwamen ook veel jonge prostituees – meisjes met infecties, meisjes die waren afgetuigd en gehecht moesten worden, meisjes met baby's die het domweg niet meer trokken. Het was moeilijk om je hun vreselijke verhalen niet aan te trekken.

Rebecca McAndrew vervloekte de lange dagen die bij haar werk hoorden vaak – ze was nu al meer dan twee jaar single, wat deels te wijten was aan de nachtdiensten – maar ze besefte dat de offers die zij bracht niets waren vergeleken bij die van de vrijwilligsters van het Claymore. Hoe uitgeput ze ook waren, hoe pijnlijk het gebrek aan middelen ook was, ze werkten onvermoeibaar door om die meisjes te helpen het vol te houden, zonder ze ooit te veroordelen of hun geduld te verliezen. Zij waren de heiligen van deze tijd, niet dat ze daar erkenning voor kregen.

Terwijl het team praatte en vragen stelde, werd Rebecca getroffen door een tegenstrijdigheid: het leek steeds moeilijker om een echte band met een ander te smeden – liefde, huwelijk, gezin – maar het was nog nooit zo makkelijk geweest om betaald gezelschap te krijgen. De wereld was in mineur, het land nog in de greep van de recessie, maar één ding was glashelder: Southampton verzoop in de seks.

40

De straten waren somber, net als Charlies humeur. Nadat ze van Helen op haar kop had gekregen had ze het liefst haar penning ingeleverd en de benen naar huis genomen, maar iets had haar ervan weerhouden en daar was ze nu blij om. Ze schaamde zich voor haar lichtgeraaktheid. Wat had ze dan verwacht? Helen wilde haar niet terug en Charlie had haar in de kaart gespeeld door haar onderzoek naar Sandra McEwan in gevaar te brengen met haar enthousiasme.

Ze gloeide van schaamte – waar was die getalenteerde rechercheur van vroeger gebleven? – en die schaamte was nu haar motor. Nadat haar eerste poging om de moordenaar van Alexia te ontmaskeren was mislukt, was Charlie terug naar af gegaan, de straat op om informatie in te winnen. Misschien kon een gesprek met de tippelaarsters die de kern leken te vormen van McEwans vete met de Campbells een aanwijzing opleveren. Schoolkinderen drentelden naar huis; het was nog maar net vier uur geweest, maar de schemering viel al in. Dat sluipende, verstikkende half-duister waar de winter zo goed in is. Charlies stemming zakte nog iets verder.

Toen de tippelaarsters die bij de haven rondhingen eenmaal doorhadden dat Charlie ze niet kwam aanhouden, wilden ze best een blik op de foto van Alexia werpen die Charlie ze liet zien.

Ze herinnerden zich de meeste dingen maar vaag, maar uiteindelijk verwees een meisje dat al heel lang in het vak zat Charlie naar het Liberty, een smerig, aftands hotel waar kamers per uur werden verhuurd in plaats van per dag. Charlie was er vaker geweest en zag ertegen op om er weer naartoe te moeten. Het was een plek vol eenzaamheid en wanhoop.

Ze drukte op de zoemer. Nog eens en nog eens, en toen werd de deur eindelijk op een kier gezet. Ze hield haar politielegitimatie onder de neus van de Poolse ploert die haar met een grom begroette, zich omdraaide en de trap op beende. Charlie wist dat ze weinig aan hem zou hebben – het was zijn werk alles te zien, maar niets te zeggen – dus richtte ze haar aandacht op de meisjes die met een indrukwekkende regelmaat van achter de vele dichte deuren tevoorschijn kwamen. Het hotel was gevestigd in een groot herenhuis met drie verdiepingen. Als je erbij stilstond hoeveel hier dagelijks werd gecopuleerd, duizelde het je. De vloer lag bezaaid met gebruikte condooms.

Charlie sprak een meisje dat Denise heette en hooguit zeventien was. Haar vriend en zij waren verslaafd en kennelijk was het aan Denise om genoeg geld te verdienen om hun beider verslaving in stand te houden. Waarom hadden die meiden zo weinig zelfrespect? Dit was de onderkant van de markt; de duurdere meisjes oefenden hun beroep in het noorden van de stad uit. Bij de havens werd je geacht alles te doen voor een paar pond, hoe pijnlijk of onaangenaam ook.

Veel politiemensen behandelden prostituees als oud vuil, maar Charlie had altijd de neiging ze te helpen. Ze was al op Denise in aan het praten om haar weg te krijgen bij haar uitvreter van een vriend, naar een opvanghuis dat ze kende, toen de hel opeens losbrak.

Een schreeuw. Lang, luid en radeloos. Vervolgens donderende voetstappen over de trap naar beneden, slaande deuren, tumult.

Charlie sprong overeind en rende de trap op. Toen ze de bocht nam, botste ze tegen een verwilderde prostituee op. Charlie was even buiten adem, maar het geschreeuw ging door, dus sleepte ze zich verder naar boven, langs meer angstige gezichten, de lucht haar longen in dwingend terwijl ze de treden nam. Toen ze boven aankwam, zag ze tot haar verbazing dat er bloed op haar blouse zat.

Het geschreeuw kwam uit de laatste kamer aan de rechterkant. Charlie trok haar wapenstok en schoof hem uit, gevechtsklaar, maar zodra ze de kamer in kwam, wist ze dat ze hem niet nodig zou hebben. De strijd was al gestreden en verloren. In een hoek van de kamer zat een tienerhoertje aan één stuk door te schreeuwen, verlamd van schrik. Op het van bloed doorweekte bed lag een man. Zijn borst was opengescheurd, zijn nog kloppende hart aan de lucht blootgesteld.

Opeens was het duidelijk. Charlie had bloed op haar blouse gekregen toen ze tegen de moordenaar op botste, die de plek van haar nieuwste aanval ontvluchtte. Charlie draaide zich verbijsterd om en wilde de achtervolging inzetten, maar bedacht zich. De man leefde nog.

Charlie had een fractie van een seconde om een beslissing te nemen. Ze haastte zich naar het bed, trok haar jas uit en drukte hem op de borst van de man in een poging het bloeden te stelpen. Ze ondersteunde zijn hoofd en spoorde hem aan zijn ogen open te houden, tegen haar te praten. Charlie wist dat de moordenaar zo'n voorsprong had dat ze waarschijnlijk weg was gekomen. Informatie uit het slachtoffer peuteren voordat het niet meer kon was haar enige kans om erachter te komen wie de dader was.

'Bel het alarmnummer,' blafte ze het schreeuwende meisje toe voordat ze haar aandacht weer op de man richtte. Die hoestte een golf bloed op. De nevel sloeg in Charlies gezicht.

'Kun je me zeggen hoe je heet, schat?'

De man gorgelde, maar bracht geen woord uit.

'De ambulance is onderweg, het komt allemaal goed.'

Zijn ogen vielen dicht.

'Kun je me vertellen wie je dit heeft aangedaan?'

De man deed zijn mond open. Charlie leunde naar voren en bracht haar oor naar zijn mond om te horen wat hij te zeggen had.

'Wie heeft dit gedaan? Kun je zeggen hoe ze heet?'

De man moest moeite doen om adem te halen, maar hij was vastbesloten iets te zeggen.

'Hoe heet ze? Zeg me hoe ze heet, alsjeblieft.'

Maar de man zei niets. Charlie hoorde alleen de laatste adem die aan zijn lichaam ontsnapte. De moordenaar was gevlucht en Charlie hield haar nieuwste slachtoffer in haar armen.

41

Helen liep door de straat voor het Liberty Hotel, zoekend naar bewakingscamera's aan de gevels van de sjofele rijtjeshuizen. Ze hadden een meevaller gehad – Charlie was de moordenaar letterlijk tegen het lijf gelopen – en dankzij haar verklaring en het weinige wat ze uit de Poolse prostituee hadden kunnen peuteren die de moord had verstoord, hadden ze hun beste signalement van de verdachte tot nu toe. Ze was blank, vermoedelijk in de twintig en lang, langer dan gemiddeld, met lange, gespierde benen. Ze droeg donkere kleding, waarschijnlijk van leer, had een bleek gezicht en lang zwart haar met een pony. Maar niemand had haar gezicht goed genoeg gezien om het gedetailleerd te kunnen beschrijven. De man die het geld van de meisjes aanpakte maakte zich kennelijk nooit lang genoeg los van de tv om echt te zien wie het hotel in en uit liepen. De andere meisjes zeiden dat ze niet vaak in het hotel kwam – een paar van hen waren haar tegengekomen toen ze met haar klant naar boven liep, maar ze had haar hoofd gebogen gehouden en niemand aangekeken, en bovendien moesten ze zich op hun eigen klanten richten. Het was gekmakend om zo dichtbij te zijn en toch zo weinig te hebben. Beelden van een bewakingscamera zouden daar verandering in kunnen brengen, dus tastte Helen de gevels af met haar blik. Het was een gebied met veel criminaliteit, dus veel mensen hadden extra beveiliging, maar ze vond maar één camera, boven de deur van een verlopen slijterij. Hij hing slap, met de lens naar de muur, duidelijk slachtoffer geworden van vandalisme. Was dit het werk van kinderen of had de moordenaar de camera onklaar gemaakt? Ze zouden er hoe dan ook weinig aan hebben.

Op de terugweg naar de ingang van het hotel kreeg Helen Charlie in het vizier, die nu een operatiehemd en een deken droeg. Haar kleren waren meegenomen door de technische recherche en er lette een jonge politievrouw op haar.

'Zal ik Steve voor je bellen?'

Charlie keek op en zag Helen boven zich uittorenen.

'Lloyd Rechercheur Fortune heeft hem al gebeld.'

'Goed zo. Ga naar huis, Charlie. Je hebt een zware schok gekregen en je hebt al het mogelijke gedaan. We spreken elkaar later wel.'

Charlie knikte, nog zwijgzaam van de schrik. Helen legde een troostende hand op haar schouder en liep door, benieuwd wat de plaats delict te bieden had. Op weg naar de bovenste verdieping bleef ze staan om een stel technisch rechercheurs uit te horen die zich rond een gedeeltelijk schoenspoor hadden verzameld. De omtrek van een hak en neus stond in bloed op het hout van de traptree.

'Is die van haar?' vroeg Helen.

'Nou, hij is niet van Charlie, dus...'

'Kun je me de maat doorgeven?'

De technisch rechercheur knikte en Helen liep door. Zulke kleine details konden verrassend belangrijk zijn. Ze fleurde er even van op, maar haar goede humeur ging in rook op zodra ze de plaats delict in zich opnam. Die droop van het bloed. Het slachtoffer lag op het bed, zijn polsen en enkels nog aan de spijlen vastgebonden, zijn borst geopend als een sardineblikje. Zijn hart, dat een half uur eerder nog krachtig had geklopt, lag nu stil. Helen boog zich over het lichaam, waarbij ze ervoor zorgde dat ze het niet aanraakte. Ze keek naar de wond en zag dat het weefsel rond het hart onaangeroerd was. De moordenaar was kennelijk in haar werk gestoord voordat ze haar trofee had kunnen pakken. Helen keek naar het gezicht van het slachtoffer – geen bekende – en wendde snel haar blik af. Het was in doodsnood verwrongen.

Ze trok zich uit de kamer terug en keek naar de technisch rechercheurs die hun werk deden. Afgezien van de sporen die ze op het lichaam van het slachtoffer aantroffen zouden ze ook een tupperwarebakje onderzoeken dat vergeten op de vloer lag. Stopte de dader daar de harten in? Een tupperwarebakje. Het was zo gewoon, zo alledaags, dat het bijna grappig was. Het kon overal in Southampton gekocht zijn, dus ze zouden moeten hopen dat de moordenaar er een spoor van haar identiteit op had achtergelaten, al wist Helen dat ze er niet van uit mocht gaan – de dader had tot nog toe vrijwel geen fouten gemaakt.

Terwijl Helen naar de plaats delict keek, kwamen de vragen op haar af. Vanwaar die plotselinge verandering van werkwijze? De moordenaar was tot nu toe zo voorzichtig geweest – waarom was ze met haar meest recente slachtoffer naar een plek gegaan waar ze gestoord kon worden of, nog erger, geïdentificeerd? Was ze slordig aan het worden? Of was het moeilijker om een slachtoffer op een afgelegen plek te krijgen? Hadden de geruchten over het gevaar zich verspreid? Beschermden de klanten zichzelf door plekken te zoeken waar meer mensen kwamen? De dader was overdag met de man naar het hotel gegaan, terwijl ze wist dat er meer mensen zouden zijn. Was er iets bijzonders met dit slachtoffer? Kon ze hem alleen op dit uur van de dag treffen? Het was een vreemde wending.

Waar Helen in elk geval zeker van was, was dat de moordenaar nu van slag zou zijn. Ze was tijdens haar bezigheden gestoord en met lege handen gevlucht. Bovendien was ze ook nog eens tegen een rechercheur met een penning op gebotst en was het zuiver geluk dat ze was ontkomen. Ze moest nu bang zijn dat de politie een goed signalement en vermoedelijk ook sporen van haar had. De ervaring had Helen geleerd dat de moordenaar op twee manieren op die schrik kon reageren: óf ze zou voorgoed van het toneel verdwijnen, óf ze zou nog actiever gaan moorden. Wat ging ze doen? De tijd zou het leren.

42

Het was tijd om afscheid te nemen. Tony had het zo lang mogelijk uitgesteld, maar het begon laat te worden. Hij aarzelde even op de drempel van Nicola's kamer voordat hij naar binnen liep.

'Wil je ons even alleen laten, Anna?'

Anna hield op met voorlezen en keek op van haar boek. Ze schrok toen ze Tony zag, maar herstelde zich snel. 'Natuurlijk.'

Ze trok zich discreet terug. Tony keek naar zijn vrouw. Ze knipperde met haar rechteroog, haar manier om haar man te begroeten.

'Ik moet nu weg, schat. Anna blijft vannacht hier slapen. Ik zie je morgenochtend weer, goed? We kunnen een stukje Dickens lezen als je daar zin in hebt. Anna zegt dat je het bijna uit hebt.'

Geen reactie van Nicola. Had ze hem niet begrepen? Of was ze boos en weigerde ze te reageren? Tony werd weer overspoeld door schuldgevoelens.

'Zal ik tegen Anna zeggen dat ze vanavond lang mag blijven voorlezen? Wil je dat? Je kunt morgen altijd uitslapen. Ik zal het opklapbed naast je zetten, dan kunnen we knuffelen. Net als vroeger.' Tony's stem haperde. Waarom rekte hij het afscheid terwijl hij wist dat hij beter gewoon kon gaan?

Hij boog zich over zijn vrouw en drukte een kus op haar voorhoofd. Toen kuste hij haar nog eens, nu op haar mond. Haar lippen voelden droog aan, een beetje gebarsten, dus pakte hij de lippenbalsem van het nachtkastje en smeerde behoedzaam haar lippen in.

'Ik hou van je.'

Tony draaide zich om en liep weg. Een halve minuut later viel de voordeur zacht achter hem in het slot.

Tony sloeg de hoek om naar zijn burgerwagen, een gebutste vierdeurs Vauxhall, het type auto waarin vertegenwoordigers het liefst het land doorkruisten. Hij piepte hem open. Toen hij wilde instappen, zag hij zichzelf weerspiegeld in de zijruit en schrok. Hij droeg een verfomfaaid pak, had grijze lokken in zijn haar en een strenge bril op zijn neus. Hij was het, maar ook weer niet. Hij bood de aanblik van een man die eenzaam, moe en onbemind is. Er school meer dan een beetje waarheid in dat beeld, maar daar wilde Tony niet bij stilstaan. Hij moest aan het werk.

Hij stapte in, startte en reed weg. Tijd voor een dans met de duivel.

43

Uw HART, HAAR MOORDKUIL.

Emilia keek met onverhuld genoegen naar de kop. Ze was er erg mee in haar sas, net als de hoofdredacteur, die hem groot op de voorpagina had gezet. Zou dit de best verkopende editie van de *Evening News* aller tijden worden? Ze hoopte het van harte. Met een beetje geluk zou het haar opstapje van de regionale journalistiek naar iets beters kunnen zijn.

De krant was een paar uur uit. Het gerucht ging duidelijk als een lopend vuurtje rond: haar telefoon stond roodgloeiend en haar twitterfeed stond op springen. Niets verkoopt een krant beter dan een seriemoordenaar en Emilia was van plan er alles uit te halen wat erin zat. Met de stukken die ze een jaar eerder over de reeks moorden van Marianne had geschreven had ze plaatselijk naam gemaakt, maar doordat Grace haar toen had gesaboteerd, was ze er te laat bij geweest. Die fout zou ze niet nog eens maken.

Emilia hoopte dat de moordenaar niet al te snel gepakt zou worden, al voelde ze zich daar een beetje schuldig bij. Ze wist dat je zo niet mocht denken, maar als ze heel eerlijk was, moest ze toegeven dat ze het leuk vond dat Grace zich geen raad wist, dat de dader lukraak leek toe te slaan zonder sporen achter te laten, en trouwens, wie had er nu echt medelijden met de slachtoffers? Het waren typisch mannen: leugenachtig, achterbaks, gedreven door hun lage lusten. Uit de berichten op het forum van de krant en op Twitter begon al door te schemeren dat de gewone burger vond dat die kerels hun verdiende loon hadden gekregen. Prostituees werden al honderden jaren slachtoffer van mannelijk geweld zonder dat er veel aandacht aan werd besteed, dus was het zo erg dat de rollen eens werden omgedraaid? 'Zet 'm op, meid,' zei Emilia in zichzelf, en ze onderdrukte een glimlach.

Er was maar één domper, en dat was dat het Emilia niet was gelukt Jessica, de weduwe van Christopher Reid, te interviewen. Ze had de nodige pogingen gedaan, maar de familierechercheur kende Emilia's tactieken en had haar afgepoeierd. Ze was weer teruggegaan en had een briefje door de bus gegooid waarin ze een bedrag bood voor een interview en uitlegde dat het geld goed van pas kon komen in de moeilijke maanden die zouden volgen en dat ze een sympathiek stuk zou schrijven, maar ze had nog niets gehoord en betwijfelde of het er nog van zou komen. Grace zou haar uit de openbaarheid houden zolang de moordenaar nog vrij rondliep. Emilia had echter wel voor hetere vuren gestaan en zou gewoon vindingrijk moeten zijn. Er zijn meer wegen die naar Rome leiden.

De redactie begon leeg te lopen. Emilia had ook geen reden meer om te blijven hangen; de complimenten en vleierijen hielden op nu haar collega's een voor een vertrokken. Emilia pakte haar jas en tas en zette koers naar de liften. Er was een nieuw café aan het water waar ze al een tijdje een kijkje wilde nemen en dit leek er het ideale moment voor.

Ze was nog maar net weg toen haar mobiele telefoon ging. Het was een van haar politiecontacten – hij leverde haar al een paar maanden waardevolle informatie. Terwijl Emilia zijn ademloze verslag aanhoorde, trok er een brede glimlach over haar gezicht. Weer een moord en nu was er een bekend gezicht bij betrokken:

rechercheur Charlie Brooks. Emilia maakte rechtsomkeert en haastte zich terug naar haar bureau.

Dit verhaal werd beter en beter.

44

'Ze slaapt. Je kunt haar niet spreken.'

Steve kon niet goed liegen, maar Helen liet het erbij. Er vonkte echte woede in zijn ogen en ze wilde hem niet provoceren.

'Ik moet haar dringend spreken, dus wil je vragen of ze me belt zodra ze wakker is?'

'Jij weet ook van geen ophouden, hè?' zei Steve met een wrang lachje.

'Ik moet mijn werk doen, Steve. Ik wil jou niet op stang jagen en ik wil Charlie niet storen, maar ik moet mijn werk doen en dat laat ik niet in de weg staan door vriendschap.'

'Vriendschap? Die is goed. Ik geloof niet dat jij in staat bent een vriendschap te onderhouden.'

'Ik ben hier niet gekomen om met je te bekvechten...'

'Jij geeft alleen iets om jezelf en de rest kan barsten, hè? Als jij maar krijgt wat je hebben...'

'Hou op.'

Ze keken allebei om naar Charlie. Die had niet in bed gelegen, maar meegeluisterd vanuit de woonkamer, zoals Helen de hele tijd al vermoedde. Er flitste woede over het gezicht van Steve, die zich ervoor geneerde dat hij als leugenaar was ontmaskerd, maar hij herstelde zich en haastte zich naar Charlie toe. Die keek echter langs haar vriend naar Helen.

'Kom maar liever binnen.'

'Denk na, Charlie. Herinner je je verder nog iets? Haar gezicht? Haar geur? Hoe ze keek?'

'Nee, dat had ik toch al gezegd?'

'Zei ze iets toen ze tegen je op botste? Heb je een accent opgevangen?'

Charlie deed haar ogen dicht en dacht met tegenzin terug aan het bewuste moment. 'Nee, ze gromde alleen maar zo'n beetje.'

'Ze gromde?'

'Ja, ze was buiten adem door de botsing, dus…'

Charlie voelde Helens ergernis en teleurstelling en brak haar zin af. De Poolse prostituee die de verkeerde kamer in was gelopen en de moord had onderbroken, sprak slecht Engels en wantrouwde de politie hartgrondig. Haar signalement van de moordenaar was vaag, vandaar dat Helen Charlie onder druk zette om een konijn uit de hoge hoed te toveren. Een half vergeten detail kon net het aanknopingspunt bieden dat ze zo hard nodig hadden.

'Oké, we houden erover op. Het is wel duidelijk dat je moe bent,' zei Helen, en ze maakte aanstalten om weg te gaan. 'Misschien herinner je je morgen meer, als je een beetje uitgerust bent.'

Ze was halverwege de deur toen Charlie zei: 'Hier.'

Helen draaide zich om en zag dat Charlie haar penning in haar uitgestoken hand hield.

'Je had gelijk.'

'Waar heb je het over?'

'Ik kan dit niet. Ik dacht dat ik het kon, maar ik kan het niet.'

'Charlie, je hoeft geen overhaaste beslissing…'

'Er is vandaag iemand in mijn armen gestorven,' riep Charlie met een beverige stem. 'Hij ging dood waar ik bij was, ik moest zijn bloed van mijn gezicht wassen, uit mijn haar. Ik moest zijn bloed uit mijn…'

Ze barstte in huilen uit, een hevig, adembenemend snikken, en sloeg haar handen voor haar gezicht om Helen niet te hoeven aankijken. Ze had haar penning op de salontafel laten vallen.

Het was dus zover. Helen hoefde de penning alleen maar te pakken. Charlie zou haar vertrekpremie krijgen en dat was dat. Helen had haar zin gekregen.

Maar ze wist meteen dat ze hem niet ging pakken. Ze had Charlie weg willen hebben, maar nu, op het randje van de overwinning, schaamde Helen zich voor haar egoïsme en lafheid. Had zij het recht Charlie te verdrijven, haar over te leveren aan verbittering en spijt? Ze werd geacht mensen te helpen. Te redden, niet te verdoemen.

'Het spijt me, Charlie.'

Charlie hield even op met snikken en ging toen zachter door. Helen kwam naast haar zitten.

'Ik ben een kreng geweest. En het spijt me. Het is... het is mijn zwakte, niet de jouwe... Ik heb Marianne nog op mijn huid, in mijn bloed. Ik kan haar niet afschudden. En Mark. Jou. Die dag. Ik heb gegild en geschreeuwd, ben ervoor weggerend in de hoop de herinneringen te kunnen wissen door alles en iedereen van me af te duwen. Ik wilde jou van me af duwen. Wat wreed en zelfzuchtig was. Het spijt me echt, Charlie.'

Charlie keek op. Er hingen tranen in haar wimpers.

'Ik wist wat er in je omging, maar ik heb je niet geholpen. Ik heb je een trap na gegeven en dat is onvergeeflijk, maar ik zou het fijn vinden als je het me toch kon vergeven. Het lag niet aan jou.' Helen zweeg even en vervolgde toen: 'Als je met het korps wilt kappen, een gezin stichten, een gewoon leven leiden, zal ik je niet tegenhouden. Ik zal zorgen dat je alles krijgt wat je nodig hebt om opnieuw te beginnen. Maar als je je bedenkt, wil ik je terug... Ik heb je nodig.'

Charlie huilde niet meer, maar ze weigerde nog steeds op te kijken.

'We maken jacht op een seriemoordenaar, Charlie. Ik heb het nog niet eerder hardop gezegd omdat ik niet wilde dat het waar was. Ik geloofde niet dat het nog eens kon gebeuren. Maar het is gebeurd en nu… nu kan ik haar geen halt toeroepen.'

Helens stem begaf het even, maar ze vermande zich. Ze vervolgde zacht, maar met vaste stem: 'Ik kan haar geen halt toeroepen.'

Kort daarna vertrok Helen. Ze had te veel gezegd, maar het was nog steeds niet genoeg. Ze was tekortgeschoten als leidinggevende, rechercheur en vriendin. Was het te laat om nog iets uit het puin te redden? Ze was Mark al kwijt, het zou stom zijn als ze Charlie ook verspeelde. Maar misschien had ze dat eerder moeten bedenken en meer moeten doen. Misschien was het haar lot om deze moordenaar in haar eentje te bestrijden. Ze dacht niet dat het een strijd was die ze kon winnen, maar ze zou er niet voor terugdeinzen.

45

Waarom had ze het niet voor haar verborgen gehouden? Het was toch zeker haar taak om alle ellende die op haar afkwam op te vangen en haar te beschermen? Maar Alison was opgegaan in haar spel met Sally en had de brievenbus niet horen klepperen, had de krant niet op de mat horen vallen. Jessica had hem dus gepakt.

UW HART, HAAR MOORDKUIL. Jessica liet de krant vallen alsof ze zich eraan brandde en vluchtte naar boven. Ze voelde zich duizelig worden toen ze op de overloop kwam en de verschrikking zich plotseling weer aan haar opdrong. Ze kokhalsde en slikte. Ze strompelde naar de badkamer, viel naar binnen en braakte in het bad. Haar maag bleef zich omdraaien. Toen het eindelijk achter de rug was, was ze uitgeput. Ze maakte zich klein op de badmat en sloeg haar handen voor haar gezicht.

Ze wilde dood. Het was gewoon te erg. Ze haatte Christopher al niet meer om zijn bedrog en zijn stompzinnigheid en nu miste ze hem alleen nog maar, wilde ze alleen nog maar dat hij terugkwam. Dat was nog makkelijk – het was de rest die ze niet kon afschudden. De gewelddadige manier waarop hij om het leven was gekomen, het feit dat ze hem nog niet kon begraven, het feit dat zijn hart… zijn arme hart… ergens in een laboratorium lag…

Jessica kokhalsde weer, maar ze had niets meer in haar maag en bleef liggen waar ze lag, gestrand op de badkamervloer.

Waarom was de wereld zo wreed? Ze had wel woede en onbegrip verwacht van haar familie – en allemachtig, die had ze gekregen ook – maar buitenstaanders? De politie had haar aangeraden niet naar e-mails of Twitter te kijken, maar zo kun je toch niet leven? Nu had ze er spijt van dat ze die raad niet had opgevolgd. Een paar minuten nadat het verhaal bekend was gemaakt, waren de internettrollen begonnen. Ze e-mailden haar rechtstreeks, postten op forums en droegen hun haat uit. Het was Christophers verdiende loon dat hij was vermoord. Jessica was een frigide trut die haar man de dood in had gedreven. Christopher was een aidslijder en een smeerlap die moest branden in de hel. Hun dochter zou blind worden van de syfilis.

De politie had gezegd dat ze er voor haar waren, dat ze haar zouden beschermen, maar wie wilden ze in de maling nemen? Er was geen mededogen meer op de wereld, geen goedheid. Er waren alleen aasgieren die het karkas verscheurden, zich voedend met pijn en verdriet.

Jessica was altijd een optimist geweest, maar nu zag ze in hoe naïef dat was.

Lawaai van beneden. Sally die op haar xylofoon beukte. Toen een kinderlach en ze speelde door. Het was alsof haar dochter in een parallel universum leefde, ergens waar geluk en onschuld nog bestonden. Jessica kwam in de verleiding de deur dicht te doen en haar vingers in haar oren te stoppen, maar ze deed het niet. Dat parallelle universum was het enige wat ze nog had en misschien kon het haar redden. In de eenzame uren van de nacht wilde Jessica dood, maar ze wist nu dat ze moest blijven leven. Ze moest haar pijn verbijten en Sally grootbrengen met vertrouwen en plezier in het leven.

Haar eigen leven was voorbij, maar dat van Sally begon nog maar net. En dat zou Jessica voorlopig op de been moeten houden.

46

Christopher Reid lag op de snijtafel met glazige ogen naar het vlekkerige systeemplafond te staren. Geen van de slachtoffers verdiende zijn lot, maar Helen had tegen wil en dank het gevoel dat Christopher het minder verdiende dan Matthews. Matthews was een naar, schijnheilig mannetje dat graag vrouwen domineerde; Reid was gewoon een vent die te weinig seks kreeg. Waarom had hij niet met zijn vrouw gepraat? Een manier gevonden om de intimiteit te hervinden in plaats van het in de betaalde seks te zoeken? Dacht hij dat zijn vrouw te preuts was, te onschuldig? Helen wist uit ervaring dat vrouwen net zo inventief waren op seksueel gebied als mannen, als ze de kans kregen zich te uiten. Had een simpel gebrek aan communicatie Christopher gedoemd tot een weerzinwekkende dood?

'Zo, dus deze jongen is hetzelfde als, maar toch anders dan je eerste slachtoffer,' meldde Jim Grieves terwijl hij aan kwam lopen. 'Hij is verdoofd met chloroform, waarschijnlijk op een doek die op zijn gezicht is gedrukt. Misschien kan het technisch onderzoek je er meer over vertellen. In dit geval lijken er geen boeien gebruikt te zijn en er is ook niets wat op het gebruik van een kap wijst.'

'Hij moet zich dus bij haar op zijn gemak hebben gevoeld.'

'Dat laat ik aan jou over,' zei Grieves schouderophalend. 'Ik kan alleen zeggen dat de "operatie" deze keer vakkundiger is uitgevoerd, dus mogelijk wordt de dame die je zoekt er beter in en hoeft ze niet meer zo veel kracht te gebruiken bij de overmeestering en de verminking.'

Helen knikte. 'Doodsoorzaak?'

'Tja, hij is in de auto verdoofd, maar in de greppel vermoord. Daar is zo veel bloed aangetroffen dat hij nergens anders gedood kan zijn. De doodsoorzaak is een enkele messteek in de keel die de halsslagader heeft doorgesneden.'

'Was er maar één wond?'

'Ja. Ze heeft niet meer tijd dan nodig aan hem besteed. Het hart is betrekkelijk netjes verwijderd, al is ze er waarschijnlijk mee begonnen voordat hij dood was.'

Helen deed haar ogen dicht – het verschrikkelijke beeld nestelde zich in haar brein en weigerde zich te laten verjagen. Ze verwachtte dat Jim verder zou gaan, maar hij zei niets. Ze deed haar ogen weer open en zag onmiddellijk waarom hij niets meer zei.

Hoofdinspecteur Ceri Harwood was erbij komen staan.

Grieves verontschuldigde zich en ging weg – hij had het niet op lastige vrouwen. Harwood kookte bijna over en Helen zette zich schrap voor de aanval.

'Heb je de krant gezien?' begon Harwood, en ze legde UW HART, HAAR MOORDKUIL met een klap op een lege snijtafel.

'Ja,' antwoordde Helen kernachtig. 'Ik heb hem op weg hierheen gekocht.'

'Ik heb versterking bij het regiokorps West Sussex moeten aanvragen – onze mediawoordvoerders kunnen de belangstelling naar aanleiding van die rottige kop niet meer aan. En het zijn niet alleen de Britse media – we hebben Frankrijk, Nederland en, godbetert, zelfs Brazilië aan de lijn gehad. Wie paste er op Angie? Hoe heeft Garanita haar te pakken gekregen?'

'Er heeft een familierechercheur met haar gepraat, maar ze was geen slachtoffer van een misdrijf en ik kon het me niet veroorloven iemand van de uniformdienst op haar te laten letten, niet nu er zo veel speelt…'

'Wat heb je tegen Garanita gezegd? Ze citeert je woordelijk.'

'Niets bijzonders. Ik heb haar de kale feiten gegeven en onze medewerking toegezegd, op jouw verzoek.'

'Heb je gezegd dat we jacht maakten op een seriemoordenaar? Heb jij die woorden in de mond genomen?'

'Nee.'

'Nou, Garanita wel, verdomme. Het is het gesprek van de dag. Een prostituee die haar klanten vermoordt. Wraak op de Ripper. Het gaat maar door, verdomme.'

'Het is niet ideaal. Maar het is de waarheid, chef.'

Harwood wierp Helen een blik toe. 'Heb je Sandra McEwan van verdenking uitgesloten?'

'Ja.'

'Wat kunnen we ze dan geven?'

'Wie?'

'Hou je niet van den domme, Helen. De pers. Wat kunnen we die verdomde pers geven?'

'Nou, we hebben een gedeeltelijk signalement dat we openbaar kunnen maken. En ik denk dat we mogelijke slachtoffers moeten waarschuwen dat ze beter thuis kunnen blijven. Ik wil met alle plezier…'

'En het risico lopen dat ze ondergronds gaat?'

'Het is een kwestie van levens redden, we hebben geen keus. Er zijn al drie mannen gestorven.'

'Dus we kunnen ze niets geven?' Harwood was nu openlijk woedend.

'Tja, we onderzoeken van alles, maar ik geloof niet dat het zal helpen als we ons op die manier blootgeven aan de pers en met alle respect,' vervolgde Helen, over Harwoods poging haar te onderbreken heen pratend, 'ik vind niet dat we ons moeten laten leiden door wat de pers zegt.'

'Word eens volwassen, Helen,' luidde Harwoods vernietigende reactie. 'En waag het niet ooit nog "met alle respect" tegen me te zeggen. Ik kan je met een vingerknip van deze zaak halen.'

'Maar dat zou ook niet zo goed vallen bij de pers, hè?' sloeg Helen terug. 'Ik ben rechercheur, chef, geen spindoctor. Ik trek aanwijzingen na en jaag op moordenaars. Ik váng moordenaars. Dat doe je niet met protocollen, pr of politiek. Je doet het met intelligentie, door risico's te nemen en gewoon keihard te werken.'

'En dit gesprek is zonde van je kostbare tijd?' repliceerde Harwood, Helen tartend ja te zeggen.

'Ik wil me nu graag weer op mijn taak richten,' zei Helen alleen maar.

Kort daarna stapte ze op haar motor en reed snel terug naar het bureau. Ze vervloekte zichzelf omdat ze deze strijd weer had aangewakkerd, maar ze had weinig keus. Het was moeilijk te zeggen hoe dit verder zou gaan. Het enige wat vaststond, was dat Harwood haar vriendin niet meer was, maar haar vijand.

47

Tony had eindelijk beet. Hij had uren met een slakkengangetje rondgereden, langzaam groeiend in zijn rol van eenzame zaken man op zoek naar seks. In Bevois was het vreemd stil op straat geweest. Het was weliswaar dinsdag – nog lang geen betaaldag – maar toch had hij meer bedrijvigheid verwacht.

Hij had Empress Road geprobeerd, maar daar was het ook uitgestorven. De vele politiebezoeken van de afgelopen tijd waren niet bevorderlijk voor een levendige nachthandel. Hij was dus iets verder naar het noorden uitgeweken, naar Portswood. Daar zag het er veelbelovender uit, maar de meisjes die hun hoofd door zijn raampje staken waren niet wat hij zocht. Ze waren niet blank, of ze waren Pools, te klein, te dik, te oud of te transgender. Het signalement van de dader was niet al te gedetailleerd, maar het sloot vrijwel al die meisjes uit. Hij had de onderhandelingen afgebroken en was snel weggereden, wat hem op een scheldkanonnade was komen te staan.

Toen was hij gefrustreerd naar de haven gereden. Dat hij geen resultaat boekte maakte hem boos, maar het was ook een opluchting. Hij wilde die meid vinden, dit afsluiten, maar toch had hij een bonzend hart van angst en spanning. Hij was ervan uitgegaan dat hij zich wel tegen haar kon verweren, maar hoe kon hij daar zeker van zijn? Ze was alert, genadeloos en gewelddadig. Stel dat ze sterker was dan hij?

Tony schudde de gedachte uit zijn hoofd. Hij moest zich op zijn taak blijven concentreren. Terwijl hij door de zijstraten bij de Western Docks reed, keek hij zoekend heen en weer. De meisjes die hier werkten hadden het het drukst, want ze bedienden een eindeloze stroom klanten van de cruiseschepen en de marinebasis. Af en toe dook er een groepje prostituees op, maar hij zag al van een afstand dat ze niet voldeden aan het signalement.

Toen zag hij haar. Ze ijsbeerde heen en weer door de verlaten straat en toen Tony naast haar reed, zag hij dat ze geagiteerd was, gespannen. Zijn intuïtie zette hem ertoe aan gas te geven, zo snel mogelijk bij dit meisje uit de buurt te komen, maar zijn verstand nam het over en hij zette de auto in zijn vrij.

'Ben je aan het werk?' riep hij met neutrale stem.

Het meisje schrok op, alsof ze de auto op de een of andere manier niet had horen aankomen. Ze had een zwarte legging aan die haar lange, gespierde benen flatteerde. Haar bovenste helft was in een legerjas gewikkeld die te groot voor haar leek en niet bij de rest van haar outfit paste – had ze hem gestolen? Maar haar gezicht was frappant: donkerbruine ogen, een krachtige neus en volle lippen. Ze herwon haar zelfbeheersing, nam hem op – alsof ze een afweging maakte – en liep toen langzaam, behoedzaam naar hem toe.

'Wat zoek je?' vroeg ze.

'Gezelschap.'

'Wat voor gezelschap?'

'Niets bijzonders.'

'Een uur of een nacht?'

'Een uur, alsjeblieft.'

Tony vervloekte zichzelf in stilte. Welke hoerenloper zegt nou 'alsjeblieft'?

Het meisje kneep haar ogen tot spleetjes, alsof ze zich afvroeg of hij echt zo'n groentje was, en zei: 'Vijftig pond.'

Tony knikte en het meisje trok zonder iets te vragen het portier aan de passagierskant open en stapte in. Tony schakelde en reed weg.

'Ik ben Samantha,' zei het meisje plompverloren.

'Peter,' zei Tony.

'Heet je echt zo, Peter?' reageerde het meisje.

'Nee.'

Ze grinnikte. 'Ben je getrouwd?'

'Ja.'

'Dacht ik al.'

Het gesprek was afgelopen. Ze zei tegen hem waar hij naartoe moest en de auto reed de nacht in.

48

De recherchekamer barstte bijna uit zijn voegen toen Helen aankwam. Het was pas half zeven, maar ze had om een vroege start gevraagd en het team had haar niet teleurgesteld. Toen ze zich in de briefingruimte verzamelden, zag Helen tot haar verbazing dat Charlie er ook was. De beide vrouwen wisselden een snelle blik. Charlie had haar besluit genomen. Helen vroeg zich af wat het haar had gekost.

'Goed, één ding is duidelijk,' begon Helen. 'De slachtoffers moeten aan de kaak worden gesteld. De dader wil ze te schande maken, ze blootstellen aan bespotting, uitdrukking geven aan haar walging van hen. Hun hart uitsnijden en naar hun huis sturen, in het geval van Alan Matthews, of naar hun werk, in het geval van Christopher Reid, zou gegarandeerd opschudding veroorzaken. We mogen ervan uitgaan dat de koppen in de *Evening News* van gisteren haar hebben gegeven wat ze hebben wilde. Het privéleven van haar slachtoffers zal breed worden uitgemeten. De media hebben zich al uitgeleefd op Alan Matthews – ouderling in zijn doopsgezinde kerk, onaangename seksuele voorkeuren – en ze doen nu hetzelfde met Christopher Reid – het verborgen leven van de keurige huisvader enzovoort. Het gaat dus om ontmaskering. Dit is iets persóónlijks.'

'Denken we dat ze haar slachtoffers kende?' onderbrak rechercheur Fortune haar.

'Mogelijk, al blijkt nergens uit dat ze eerder van haar diensten gebruik hadden gemaakt. Desondanks hebben rechercheur Grounds en zijn team een interessante vondst gedaan. Andrew?'

'We hebben een concrete link tussen de slachtoffers ontdekt,' vertelde Grounds. 'Ze hadden allebei een forum bezocht dat Bitchfest heet.' Hij kromp een beetje in elkaar toen hij de naam uitsprak, maar vervolgde kordaat: 'Het is in feite een forum waarop mannen hun ervaringen in de lokale prostitutie delen. Ze bespreken waar je bepaalde meisjes kunt vinden, hoe ze heten, wat ze kosten. Ze jureren de borstomvang van meisjes, hun seksuele bekwaamheid, hoe strak hun... vagina is... Het is een eindeloze lijst.'

Grounds leek blij te zijn dat hij het eerste deel achter de rug had. Hij was getrouwd en vader van drie kinderen en het viel hem niet mee om zulke dingen aan jongere vrouwelijke collega's te vertellen.

'Matthews leverde zijn bijdragen onder de schuilnaam BigMan. Reid leverde geen bijdragen, maar voerde als BadBoy gesprekken met andere mannen op het forum. Het forum heeft een lange geschiedenis, waar we ons nog doorheen ploegen, maar het schijnt dat anderen op het forum recentelijk een nieuw meisje hadden gerecenseerd met wie je "alles" mocht doen.'

Grounds keek naar de meewarige gezichten rondom hem. Het was een goed aanknopingspunt, maar het getuigde ervan hoe triest de mensheid eraan toe was. Helen voelde dat het moreel zakte en nam het van hem over.

'We hebben ook wat informatie gekregen uit het forensisch lab. Het bloed van Charlies kleren' – hoofden draaiden Charlies kant op – 'was afkomstig van het derde slachtoffer. Volgens het legitimatiebewijs in zijn zak heet hij Gareth Hill. We checken het zorgvuldig voordat we contact opnemen met zijn nabestaanden en ik zal het zo snel mogelijk bevestigen. We hadden dus niets aan het bloed, maar op de pd zijn ook DNA-sporen gevonden van de dader, denken we. De technische recherche heeft gisteravond laat monsters genomen.'

Er klonk geroezemoes.

'We hebben geen match gevonden, maar het is de eerste concrete aanwijzing die we hebben en het zou van essentieel belang kunnen zijn voor een veroordeling. Wat net zo belangrijk is, is dat het ons iets over onze dader vertelt. Het DNA is aangetroffen in speeksel op het gezicht van het slachtoffer. Het was in een reeks dunne laagjes neergekomen. Ze heeft hem dus niet opzettelijk bespuugd of zo af en toe wat speeksel verloren terwijl ze bezig was; het patroon doet vermoeden dat ze tegen hem heeft gepraat, of waarschijnlijker geschreeuwd, gezien de hoeveelheid speeksel en het verspreidingspatroon. Schold ze hem uit terwijl ze hem vermoordde? Liet ze hem haarfijn weten hoe ze over hem dacht? Mogelijk. Op de eerste twee slachtoffers is geen speeksel aangetroffen, wat kunnen we daaruit opmaken?'

'Dat de andere moorden met meer haast zijn gepleegd? Dat ze minder tijd had om zich te vermaken?' opperde Charlie.

'Ja. Of dat ze de andere slachtoffers heeft schoongemaakt. Ze hadden sporen van een schoonmaakmiddel op alcoholbasis op hun gezicht – we weten nog niet of het afkomstig is van henzelf, van hun eigen toiletartikelen, of dat zij het heeft gebruikt om sporen te vernietigen. In dat laatste geval zou onze dader niet alleen een diepe, echte woede ten opzichte van haar slachtoffers voelen, maar ook nog eens heel geraffineerd zijn.'

Er leek zich een zekere vastberadenheid van de teamleden meester te maken – het leek eindelijk de goede kant op te gaan. Helen greep die opleving aan.

'We gaan al die aanwijzingen natrekken, maar we moeten ook lateraal denken. Als ze die mannen haat en ze aan de kaak wil stellen, zal ze vast ook willen zwelgen in haar triomf. Ik heb extra mankracht gevraagd om de familie van de slachtoffers in de gaten te houden voor het geval ze zich daar vertoont. Ik wil dat er geobserveerd wordt bij de uitvaarten, bij de huizen, de werkplekken – ik heb rechercheur Fortune gevraagd dit voorlopig op zich te nemen. Verder hebben jullie ongetwijfeld de afwezigheid van brigadier Bridges opgemerkt. Hij is bezig met undercoverwerk in het kader van deze zaak dat ik coördineer en waar jullie voorlopig niet meer van hoeven te weten. Als het relevant wordt voor jullie onderzoek, worden jullie ervan op de hoogte gesteld, maar doe voorlopig maar alsof hij niet bestaat – rechercheur Brooks zal hem tijdelijk vervangen.'

Weer keek iedereen naar Charlie, die plotseling promotie had gekregen van Helen, al was het op tijdelijke basis. Zouden de anderen dit besluit steunen of erop tegen zijn? Charlie keek strak voor zich.

'Tot slot – we moeten onze dader een beetje op stang jagen. Ze zal er al wel van geschrokken zijn dat ze bijna was gepakt en ik wil de druk opvoeren. Ik ga de pers laten weten dat we haar DNA hebben en dat het nog maar een kwestie van tijd is voordat we weten wie ze is. Ik wil haar kwaad maken, ik wil haar roekeloos maken.'

Helen zweeg even en besloot toen: 'Het is tijd dat we in de aanval gaan.'

49

Caffè Nero zat tjokvol; daarom had Helen het ook gekozen. Het stond in de hoofdstraat van Shirley, een chique buitenwijk. Kilometers ver weg van de groezelige bordelen en slecht verlichte straten waar de sekswerkers van Southampton hun klanten oppikten.

Helen was blij te zien dat Tony al op haar zat te wachten, weggedoken in een nis achterin, zoals ze hadden afgesproken.

'Hoe gaat het, Tony?'

Hij zag er afgepeigerd, maar vreemd monter uit.

'Goed. Met mij gaat het... goed.'

'Mooi zo. Dit wordt onze vaste evaluatieplek. We spreken af per sms en zien elkaar alleen hier. Laat ik er meteen bij zeggen dat als je op een gegeven moment het gevoel krijgt dat het niet werkt of dat deze manier van rechercheren je leven in gevaar brengt, je me mag bellen en onmiddellijk kunt ophouden. Jouw veiligheid heeft mijn hoogste prioriteit.'

'Ik ken het klappen van de zweep, baas, en je hoeft niet zo ernstig te kijken. Echt, het lukt wel. Ik scheet in mijn broek van angst vannacht, maar het is prima gegaan. Ik denk zelfs dat ik beet zou kunnen hebben.'

'Vertel.'

'Nou, ik had eerst niet veel geluk, ik had zonder resultaat door Bevois, Portswood en Merry Oak gereden, dus toen ging ik naar de haven en heb daar een meisje opgepikt. Samantha. Begin twintig maar een ouwe rot in het vak.'

Hij had Helens onverdeelde aandacht.

'Zij wist een hotel waar we naartoe konden. Ik zei tegen haar dat ik graag keek, dus ik liet haar haar ding doen en daarna heb ik op de terugweg in de auto wat met haar gepraat. Ze wilde eerst niet veel loslaten, maar ze had natuurlijk geruchten gehoord over een meisje dat klanten vermoordde. Ze wist er zelf niets van, maar een ander meisje dat wel eens bij de haven werkt had er iets over gezegd. Ze zei dat ze het meisje had gezien. Ze schijnt gezocht te worden voor een paar dingen, dus ze gaat zich niet melden, maar als ik haar te pakken kan krijgen…'

Helens hart ging sneller slaan, maar ze beteugelde haar opwinding. 'Oké, zoek het uit, maar wees voorzichtig, Tony. Het zou doorgestoken kaart kunnen zijn – we hebben geen idee hoe mensen deze situatie kunnen uitbuiten – maar… het klinkt veelbelovend.'

Helen kon een glimlachje niet onderdrukken, en Tony glimlachte terug.

'Hoe dan ook, ga naar huis, slapen. Je hebt het verdiend.'

'Bedankt, chef.'

'Hoe is het trouwens met Nicola?'

'Goed. We bekijken het per dag.'

Helen knikte. Ze respecteerde en waardeerde Tony om de gewetensvolle, geduldige manier waarop hij voor zijn vrouw zorgde. Het moest zwaar zijn om een leven te leiden waar je niet om had gevraagd nadat het leven dat je voor ogen stond je zo wreed was ontnomen. Hij was een goed mens en ze wenste Nicola en hem het beste toe.

Helen liep met verende tred het café uit. De koers die ze volgden was vol gevaren, maar Helen had het gevoel dat ze eindelijk dichter bij de moordenaar kwamen.

50

Charlie pakte een burgerauto en reed gehaast door de achteringang de politiegarage uit. Ze wilde dit zo snel mogelijk achter de rug hebben. Jennifer Lees, de familierechercheur die haar vergezelde, zou in eerste instantie het woord doen, maar Charlie moest de pijnlijke vragen stellen. Normaal gesproken hoorde Helen de nabestaanden van slachtoffers als eerste, maar ze was zonder opgaaf van redenen verdwenen en had Charlie voor deze klus laten opdraaien.

Ze stopten bij een slecht onderhouden rijtjeshuis in Swaythling. Hier had Gareth Hill met zijn moeder gewoond – verleden tijd, want zijn verminkte lichaam lag op een snijtafel in Jim Grieves' mortuarium. Wie het derde slachtoffer was, stond formeel pas vast als de naaste verwanten hem hadden geïdentificeerd, maar ze wisten dat ze de juiste man hadden. Hij was veroordeeld voor kleine vergrijpen als winkeldiefstal, openbare dronkenschap en zelfs een sneue poging tot exhibitionisme, dus ze hadden al een dossier met een politiefoto. Nadat de formaliteiten waren afgehandeld, zou er 'overleden' op dat dossier worden gezet en zou het ter evaluatie naar de recherchekamer gaan.

Een kolossale vrouw van in de zeventig deed open. Ze had vlekkerige, opgezwollen enkels, een ver vooruitstekende buik en een bol gezicht met hangwangen, maar vanuit al dat vet keken twee onverwacht ratachtige oogjes Charlie fel aan.

'Aan de deur wordt niet ge…'

Charlie liet haar politielegitimatie zien. 'Het gaat over Gareth. Mogen we binnenkomen?'

Het hele huis stonk naar kattenpis. Het wemelde van de katten en alsof ze gevaar roken, verdrongen ze zich rond hun baasje, luidkeels om aandacht schreeuwend. Ze aaide de grootste – een rode kater die ze Harvey noemde – terwijl Charlie en Jennifer haar het nieuws vertelden.

'Die kleine smeerlap.'

Jennifer, die perplex stond van de onverwachte reactie, keek vragend naar Charlie.

'Mevrouw Hill, begrijpt u wat we zeggen?' vroeg Charlie.

'Ik ben geen mevrouw. Ik ben nooit getrouwd geweest.'

Charlie knikte meelevend. 'Gareth is vermoord en ik…'

'Dat zeg je steeds. Wat had hij gedaan – probeerde hij weg te rennen zonder te betalen?'

Haar toon was moeilijk te duiden. Ze klonk boos, maar klonk er niet ook verdriet in haar stem? Deze vrouw had een hard pantser, ondoordringbaar geworden door een lange reeks teleurstellingen, en ze liet zich niet kennen.

'We doen nog onderzoek naar de omstandigheden, maar we vermoeden dat hij zijn belager geen aanleiding heeft gegeven.'

'Geen aanleiding? Wie met pek omgaat…'

'Waar ging Gareth gisteravond naartoe, zei hij?' onderbrak Charlie haar.

'Hij zei dat hij naar de film ging. Hij had zijn uitkering net binnen, dus… Ik dacht dat hij thuis was gekomen toen ik al sliep. Ik dacht dat die luie donder nog in bed lag…'

Het drong nu pas tot haar door dat haar zoon echt dood was en haar stem haperde. Wanneer haar verdedigingsmuur uiteindelijk instortte, zou dat een harde klap geven, dus bleef Charlie nog even praten, verontschuldigde zich toen en ging naar boven. Ze wist wat ze weten moest en wilde weg van het snijdende verdriet van het mens. Charlie wist dat het zwak van haar was om het leed van een ander zo sterk te vereenzelvigen met haar eigen gevoel van gemis, maar ze kon er niets aan doen.

Ze duwde de deur van Gareths kamer open en was even verbijsterd. Het was echt een bijzonder schouwspel. De vloer lag bezaaid met lege snackverpakkingen, gebruikte tissues, oude tijdschriften en vuile kleren. Het rook er net zo smerig als het eruitzag, alsof er niet was geleefd, maar gevegeteerd. Het was muf. Muf en leeg.

Gareth was geen aantrekkelijke man en hij had hier hoe dan ook moeilijk meisjes mee naartoe kunnen nemen. De troep was al erg genoeg, maar zou hij de ballen hebben gehad om met een andere vrouw langs zijn moeder te lopen, ervan uitgaand dat hij een vrouw zo gek had kunnen krijgen dat ze met hem mee naar huis ging? Charlie dacht het niet. Uit de verslagen van de reclassering bleek dat hij leerproblemen en een verlammend gebrek aan eigenwaarde had. Daar leek zijn huiselijk leven van te getuigen. Dit was een huis dat mensen opsloot in plaats van ze beschutting te bieden.

Tussen de rotzooi was maar één object van enige waarde te vinden: de laptop die trots, in vorstelijke afzondering, op het goedkope bureau prijkte. De aluminium behuizing met het bekende logo zag er fris uit, alsof dit vereerde voorwerp was gekoesterd en schoongehouden terwijl al het andere was verslonsd. Het leed geen twijfel dat dit Gareths poort naar de buitenwereld was en Charlie twijfelde er dan ook niet aan dat de sleutel tot zijn dood erin te vinden was.

51

Bij de Bull & Last maakten ze het lekkerste broodje bief van Southampton. Bovendien kenden de meeste politiemensen deze ontmoetingsplaats voor milfs en yuppies niet, zodat Helen er ongestoord kon zitten als ze wat tijd voor zichzelf nodig had. Na haar afspraak met Tony had ze zich opeens uitgehongerd gevoeld. Ze leefde al dagen op koffie en sigaretten, zonder veel te eten, en nu snakte ze naar brandstof. Ze zette haar tanden in de dikbelegde sandwich en voelde zich meteen beter; de eiwitten en koolhydraten deden hun werk.

Ze moest de zaak even uit haar hoofd zetten. Wanneer je diep in een onderzoek van deze omvang duikt, raak je compleet geobsedeerd. De zaak achtervolgt je dag en nacht. Hoe langer dat zo blijft, hoe makkelijker je sneeuwblind kunt worden, je gevoel voor perspectief en scherpe blik kwijtraken. Het was gezond om hier een tijdje mensen te kijken, te gissen naar het gevoelsleven van de rijke vrouwen die zich vermaakten door met de knappe obers te flirten.

Een plaatselijk krantje lag vergeten op tafel. Ze had het opzettelijk niet gepakt en nu haar nieuwsgierigheid het eindelijk won, bladerde ze nog snel de eerste pagina's voorbij, die vol nieuws stonden over de recente moorden en uitbazuinden dat de politie het DNA van de moordenaar had. Zij dook liever dieper in die suf-

173

ferdjes, waar de particuliere advertenties stonden, de kleine vergrijpen in de rechtbankverslagen, de horoscoop – en alle andere
onzin waarmee de pagina's werden gevuld.

Blader, blader, blader, en toen verstijfde Helen plotseling. Ze
wendde haar blik af en keek nog eens, in de hoop dat ze het zich
verbeeldde, maar nee. Het stond er echt. Een foto van een huis.
Hetzelfde huis waar Helen Robert en zijn maat Davey twee dagen
eerder had zien inbreken.

En daarboven de vernietigende kop: BEJAARDE VECHT VOOR
LEVEN NA BETRAPPEN INDRINGERS.

Ze reed in een recordtijd naar Aldershot, gedreven door instinct
en bezorgdheid. Het krantenartikel was akelig geweest om te lezen: een negenenzeventigjarige voormalige docent die indringers
had betrapt was zwaar mishandeld. Hij lag nu met een schedel-
fractuur in een kunstmatig coma in het Southampton General.
Zijn toestand was kritiek.

Helen had het erop gewaagd en was naar Roberts huis gegaan
met een smoes over een aanval op een van zijn collega's in de supermarkt in de aanslag, maar er was niemand. Toen had ze vergeefs in de Red Lion, de Railway Tavern en een handjevol andere
cafés gekeken. Vervolgens was ze bij hun vaste drankzaken langs-
gegaan en ten slotte was ze naar de speelhal gegaan, waar het eindelijk raak was. Ze speelden op de gokautomaten – ongetwijfeld
met de opbrengst van hun laatste misdaad.

Toen ze er na een tijdje genoeg van hadden, ging ieder zijns
weegs, na een overdaad aan boksen. Helen volgde Robert behoedzaam, wachtend op een geschikt moment om hem aan te spreken.
Er liepen veel winkelende mensen op straat, maar toen Robert af-
sloeg, het park in, zag Helen haar kans schoon.

'Robert Stonehill?'

Hij draaide zich vliegensvlug om en keek haar vol wantrouwen
aan.

'Politie.' Helen liet haar penning zien. 'Kan ik je even spreken?'

Maar hij had zich al weer omgedraaid.

'Het gaat over Peter Thomas. De man die Davey en jij half dood hebben geslagen.'

Nu aarzelde hij.

'En haal het niet in je hoofd ervandoor te gaan. Ik heb wel snellere jongens dan jij gepakt, neem dat maar van me aan.'

'Ik ben niet gekomen om je aan te houden, maar ik wil dat je me de waarheid vertelt.'

Ze waren op een bank in het park gaan zitten.

'Je moet me vertellen wat er is gebeurd.'

Robert dacht lang na over wat hij kwijt wilde en zei toen: 'Het was Daveys idee. Fuck, het is altijd Daveys idee.' Hij klonk verbitterd en gedeprimeerd. 'Hij had vroeger les gehad van die ouwe. Hij zou schatrijk zijn.'

'En Davey dacht dat het een eitje zou zijn?'

Robert schokschouderde. 'Davey zei dat hij niet thuis zou zijn. Dat hij op donderdagavond altijd ging kaarten in de Green Man. Hij zei dat we met een kwartier weer buiten zouden staan.'

'Maar…'

'Maar die ouwe kwam binnen. Hij had een grote pook in zijn hand.'

'En?'

Robert aarzelde. 'En wij renden weg. We renden terug naar het raam, maar die ouwe kwam achter ons aan. Hij heeft me een rotklap verkocht.' Robert trok zijn broek naar beneden om de grote blauwe plek op zijn heup te laten zien. 'Toen was Davey niet meer te houden. Hij schopte, trapte, weet ik veel.'

'En jij stond erbij te kijken?' vroeg Helen ongelovig.

'Ik heb hem ook wel een trap gegeven, maar Davey… Tering, hij stond op zijn hoofd te stampen. Ik heb hem weggetrokken, anders had hij die gast vermoord.'

'Misschien heeft hij dat al gedaan. Die man ligt in coma, Robert.'

'Weet ik. Ik kan lezen, ja?'

Het klonk opstandig, maar Helen zag aan de jongen dat hij bang en van streek was.

'Is de politie bij je geweest? Of bij Davey?'

'Nee,' zei hij, haar niet-begrijpend aankijkend. 'Gaat u me arresteren?'

De hamvraag. Natuurlijk moest ze Davey en hem arresteren. 'Ik weet het niet, Robert. Ik denk erover na, maar... laten we afwachten hoe het met meneer Thomas gaat. Hij zou weer helemaal beter kunnen worden...' Het klonk slap en dat wist Helen zelf ook. 'En ik weet dat er in jouw geval verzachtende omstandigheden zijn, dus... dus geef ik je nog een kans.'

Robert keek Helen verbijsterd aan, waardoor ze nog sterker het gevoel kreeg dat ze een zielig geval was en hier helemaal verkeerd aan deed.

'Je bent een fatsoenlijke jongen, Robert. Je bent niet dom en als je iets ging doen wat de moeite waard was, zou je een goed leven kunnen krijgen, maar je bent op het verkeerde pad geraakt, gaat met de verkeerde mensen om, en als je zo doorgaat, kom je wel degelijk in de gevangenis terecht. Ik wil dus een deal met je maken. Jij laat Davey en zijn maten voortaan links liggen. Je gaat hard werken en proberen hogerop te komen. Je gaat je best doen om fatsoenlijk te leven. Als je dat doet, laat ik dit lopen, maar als je het verkloot, draai je de bak in, oké?'

Robert knikte opgelucht, al snapte hij er niets van.

'Ik ga een oogje op je houden. En ik wil dat jij mij net zo vertrouwt als ik jou. Als je het moeilijk hebt of het gevoel hebt dat je je in de nesten gaat werken, moet je mij bellen.' Ze noteerde haar mobiele nummer achter op een van haar officiële kaartjes. 'Dit is een grote kans voor je. Verpest het niet, Robert.'

Hij nam het kaartje aan en keek ernaar. Toen hij weer opkeek, zag Helen dankbaarheid en opluchting op zijn gezicht.

'Waarom? Waarom doet u dit voor mij?'

Helen aarzelde en antwoordde uiteindelijk: 'Omdat iedereen een beschermengel moet hebben.'

Helen liep snel het park uit. Nu ze het achter de rug had, wilde ze alleen nog maar weg. Ze had een groot risico genomen door hiernaartoe te gaan en iets gedaan wat ze zich vast had voorgenomen nooit te doen: contact met Robert maken. Ze was te ver gegaan. Desondanks, en in weerwil van alle gevaren die in het verschiet lagen, had ze er geen spijt van. Zolang er nog een kans was om Robert te redden, was het de moeite waard.

52

Jessica Reid haastte zich weg. De tranen prikten in haar ogen. Ze slikte telkens om haar snikken binnen te houden – ze gunde die vrouwen niet de voldoening haar te zien instorten.

Ze had zich afgevraagd of ze Sally nog wel naar de peuterspeelzaal zou brengen. Haar eerste ingeving was er niet meer heen te gaan, zich voor de wereld te verstoppen, maar Sally vond het er leuk, dus had Jessica moed verzameld en haar erheen gebracht. Sally had behoefte aan stabiliteit, dus het was beter om alles zo te houden als anders.

Zodra ze was aangekomen, had ze geweten dat ze een vergissing had begaan. Sally was meteen gaan spelen, maar niemand lette op haar. Alle ogen waren op Jessica gericht. Een paar vrouwen hadden schaapachtig naar haar geglimlacht bij wijze van steunbetuiging, maar er was niemand naar haar toe gekomen. Kennelijk wist niemand zich raad met de stomme, gedupeerde echtgenote.

Toen ze wegliep, hoorde ze het gesmiespel op gang komen. Ze moest er niet aan denken waar het over ging. De onsmakelijke belangstelling, de speculaties. Had ze ervan geweten? Had ze het goedgevonden? Was hij met ziektes thuisgekomen?

Het was allemaal zo gemeen. Zíj had niets verkeerds gedaan. Sálly had niets verkeerds gedaan. Toch waren zij nu gebrandmerkt als medeplichtigen aan zijn gedrag. Hoe had ze zo verdomde stom kunnen zijn? Ze had Christopher haar hart geschonken, het aan hem toevertrouwd, ook na hun eerste ruzie over zijn pornoconsumptie. Ze had gedacht dat hij zijn leven had gebeterd, maar dat had hij dus niet gedaan. Hij had alleen maar gelogen en nog eens gelogen. Waarom had hij niet met haar gepraat? Waarom had hij alleen maar aan zichzelf gedacht?

Ze was weer thuis, al zou ze niet weten hoe ze er was gekomen. Ze stormde zonder zich te bedenken de trap op, trok de ladekast open, pakte een armvol kleren van Christopher en smeet ze door het raam naar buiten, de oprit op. En nog een stapel, en nog een. Ze zuiverde het huis van zijn aanwezigheid.

Toen pakte ze aanstekervloeistof en lucifers uit het aanrechtkastje en beende door de nog openstaande voordeur naar buiten. Ze overgoot de slordige berg rijkelijk, gooide er een brandende lucifer op en zag de kleren – kleren die zij voor hem had gekocht – in vlammen opgaan.

Klik, klik, klik. Vanuit hun busje aan de andere kant van de straat legden de politiemensen in burger elke seconde van haar radeloosheid vast voordat ze er melding van maakten.

Rechercheur Fortune hoorde het nieuws aan en verbrak de verbinding. De show ging beginnen en hij wilde er geen minuut van missen. Hij had zijn collega's het saaie werk gegeven – geen mens had verwacht dat de observatie van Jessica Reid iets zou opleveren. Het mooiste klusje was de uitvaart van Matthews, die bijna begon.

Lloyd Fortune rekte zich uit, gaapte en ging ervoor zitten. Kijken en wachten, zo ging dat met dit soort opdrachten. Lloyd keek naar de overkant van de straat en zag het gezin Matthews uit het huis komen. Er waren genoeg mensen die steun konden bieden: familieleden, vrienden van de kerk – zo veel zelfs dat er vier volgauto's waren. Lloyd tuurde naar de gezichten om het gezin Matthews eruit te pikken tussen de mensen die hun medeleven betuigden. Hij ving een glimp op van de oudste dochter, die een grootmoeder de eerste auto in hielp. Ze zag er nog verdwaasd uit van de shock, net als de anderen, ook al waren er al drie dagen verstreken.

Lloyd keek de straat in. Liep hun moordenaar daar rond? Keek ze? Genoot ze van haar succes? *Klik, klik, klik,* deed de camera, iedere voorbijganger en elke geparkeerde auto vastleggend. Het vooruitzicht de moordenaar te zien wond Lloyd op en hij voelde dat zijn hart sneller ging kloppen.

De voorste auto kwam nu in beweging. De tweede ook. Lloyd knikte naar Jack dat hij kon starten. De motor snorde zacht. Ze wachtten geduldig tot Eileen en de tweeling in de laatste auto waren gestapt en toen was het hun beurt. Ze maakten zich los van de stoeprand en volgden de rouwstoet naar de eindbestemming: de doopsgezinde St. Stephenskerk.

53

Hij aarzelde met zijn vingers boven het toetsenbord. Hoe opende je zo'n gesprek?

Hallo, Melissa. Een gezamenlijke vriendin...

Nee, dat was niet goed.

Hallo, Melissa. Ik heet Paul en ik wil je graag ontmoeten.

Dat leek er meer op. Tony leunde achterover en vond het nu grappig dat het zo veel moeite had gekost. En dat hij zo nerveus was geweest. Nu hij wist dat het in gang was gezet, wilde hij zijn laptop dichtklappen, maar terwijl hij het deed, hoorde hij het *ping* van een reactie.

Hallo, Paul. Wanneer wil je afspreken?

Tony aarzelde even en tikte toen: *Vanavond?*

Hoe laat?

Tony had er niet op gerekend dat hij zo snel iets zou moeten afspreken, maar wat moest, dat moest.

Tien uur?
*Pik me op op de hoek van Drayton Street en Fenner Lane. Ik heb een
groene jas aan. Wat voor auto heb je?*
Vauxhall.
Kleur?
Zilver.
Op zoek naar gezelschap? Of wil je iets speciaals?
Gezelschap.
Hoe lang?
Een paar uur?
£ 150 voor twee uur.
Oké.
Contant.
Goed.
Tot vanavond, Paul.
Tot vanavond, Melissa.
xxx

Einde gesprek. Tony betrapte zichzelf op een glimlach. Hij was
in zijn eigen keuken, godbetert. Aan het chatten met prostituees.
Anderzijds kon je zoiets niet in het café doen, dus…

Tony zette de laptop uit. Nicola's moeder kon elk moment komen en hij hoefde haar niet nog meer wapens in handen te geven.
Hij kon beter even uitrusten.

Tony had een belangrijke avond voor de boeg.

54

Charlie was goed op dreef toen Helen de briefingruimte in kwam. De teamleden hadden hun werk gestaakt om de nieuwste ontwikkelingen te horen.

'We hebben Gareth Hills harde schijf onderzocht. Zijn laptop lijkt zijn enige venster op de wereld te zijn geweest – hij gebruikte hem véél. En een van zijn favoriete sites was het Bitchfest-forum.

Ze had nu ieders aandacht.

'Die site waarop prostituees worden gerecenseerd werd ook bezocht door Alan Matthews en Christopher Reid, onder de schuilnamen Badboy en BigMan. Gareth Hill noemde zich Blade. Er werden uiterst plastische gesprekken gevoerd over de meisjes in Southampton. Ze waren vooral geïnteresseerd in meisjes die in waren voor vernedering en ruige seks en kregen adviezen van andere gebruikers, met name van Dangerman, HappyGoLucky, Hammer, PussyKing, fillyerboots en BlackArrow. Ze hadden het over verschillende meisjes, maar degene die telkens terugkwam was een prostituee die zich Angel noemt.'

Helen voelde een huivering in haar binnenste. Kon dit hun dader zijn?

'Gek genoeg,' vervolgde Charlie, 'maakt Angel geen reclame voor zichzelf en heeft ze geen website. Ze is compleet offline. Ze krijgt haar klanten alleen via via, dankzij tips van bestaande klanten. Ze is ongrijpbaar en het moet gezegd worden dat ze duur is, maar ze is kennelijk bereid alles te doen als ze er maar genoeg voor betaald krijgt.'

'Dus ze is moeilijk te vinden, een goed bewaard geheim?' onderbrak Helen Charlie.

'Inderdaad.'

'Goed werk, Charlie. Het vinden van die andere forumleden heeft dus onze hoogste prioriteit. Laten we ons richten op degenen die gebruik hebben gemaakt van Angels diensten en contact zouden kunnen hebben gehad met Matthews, Reid en Hill. Die mannen kunnen ons naar Angel leiden, dus laten we ze snel vinden. Ik ga nu naar de observatieposten, maar ik wil op de hoogte gehouden worden van nieuwe ontwikkelingen. Brooks is coördinator tijdens mijn afwezigheid.'

Helen vertrok en Charlie begon het team instructies te geven. Het had haar veel gekost om weer aan het werk te gaan, maar misschien was het toch de juiste keus geweest. 'Brooks is coördinator' – het klonk haar als muziek in de oren, en opeens wist ze heel zeker dat ze wilde blijven.

55

Zodra Helen haar zag, bleef ze als aan de grond genageld staan. Woede laaide op toen ze Emilia Garanita achteloos tegen háár Kawasaki zag leunen op de parkeerplaats van het bureau.

'Het is hier verboden voor onbevoegden en je belemmert het politiewerk, Emilia, dus wil je weggaan?' Het kwam er beleefd, maar ijzig uit.

Emilia glimlachte – altijd die zelfvoldane grijns en maakte zich langzaam los van de motor. 'Ik heb geprobeerd je te bellen, Helen, maar je neemt niet op. Ik heb een aantal van mijn geüniformeerde vrienden gesproken, ik heb zelfs een snel onderonsje gehad met je baas, maar niemand lijkt te weten wat er gaande is. Weiger je weer me te woord te staan?'

'Waar heb je het over? Ik heb jou die tip over het DNA en nog veel meer gegeven.'

'Maar dat is niet het hele verhaal, hè, Helen? Harwood voelt het ook. Er borrelt iets in dat team van jou en ik wil weten wat het is.'

'Jij wilt weten wat het is?' herhaalde Helen langzaam, met een stem die droop van het sarcasme.

'Je bent ons deeltje toch niet nu al vergeten? Ik heb gezegd dat ik als enige informatie over dit verhaal wil krijgen en dat meende ik ook.'

'Doe niet zo paranoïde, Emilia. Zodra er nieuwe ontwikkelingen zijn, hoor je het van me, oké?'

Helen wilde op haar motor stappen, maar Emilia pakte haar bij de arm. 'Nee, niet oké.'

Helen keek haar aan alsof ze gek was – wilde ze echt een aanklacht wegens bedreiging van een politiefunctionaris riskeren?

'Ik hou er niet van om voorgelogen te worden. Ik hou er niet van als mensen op me neerkijken. En al helemaal niet zulke ontaarde mensen als jij.'

Helen schudde haar kwaad af, maar ze was van haar stuk gebracht. Emilia's toon was echt giftig en er klonk een nieuwe zelfverzekerdheid in door.

'Ik wil het weten, Helen. Ik wil alles weten. En je zult het me vertellen ook.'

'En anders?'

'Anders maak ik je geheimpje openbaar.'

'Volgens mij weet iedereen toch al alles van me. Ik denk niet dat je iets zult bereiken door al die ouwe koeien nog eens uit de sloot te halen.'

'Maar de mensen weten nog niets van Jake, hè?'

Helen verstijfde.

'Je ontkent dus niet dat je hem kent. Nou, ik heb uitgebreid met hem gepraat en na een beetje zachte overreding heeft hij me alles verteld. Dat hij je afranselt voor geld. Wat is dat toch met sommige vrouwen dat ze het niet kunnen laten mannen de baas te laten spelen?'

Helen zei niets. Hoe wist ze dit in godsnaam allemaal? Had Jake echt met haar gepraat?

'Dus dit is de deal, Helen. Je vertelt mij alles, en verder niemand. Ik wil de landelijke pers steeds een stap vóór zijn en zo niet... dan krijgt de hele wereld te horen dat die heldhaftige Helen Grace eigenlijk maar een kinky viezerik is. Hoe zou Harwood dat vinden, denk je?'

Emilia liep weg, maar haar woorden bleven in de lucht hangen. Helen wist dat ze niet blufte. Voor het eerst had Emilia haar in haar macht. Er hing Helen een zwaard van Damocles boven het hoofd en Emilia zou het maar wat graag laten neerkomen.

56

De doopsgezinde St. Stephenskerk rees hoog boven haar op, grijs en grimmig in de motregen. Een kerk hoorde een warm, gastvrij toevluchtsoord te zijn, maar Helen vond kerken altijd kil en ontmoedigend aandoen. Ze gaven haar het gevoel dat ze op de een of andere manier werd gewogen en te licht werd bevonden.

Het duizelde haar nog van het gesprek met Emilia, maar ze dwong zichzelf zich op haar taak te richten. Ze had zich al te lang opgewonden en was daardoor bijna te laat gekomen – ze had amper vijf minuten met rechercheur Fortune gepraat toen ze zich over het pad haastte, en toen hoorde ze de orgelmuziek binnen al aanzwellen. Ze glipte stilletjes de kerk in en schoof op een bank achterin, zodat ze alle aanwezigen goed kon zien. Het kwam verbazend vaak voor dat een moordenaar naar de uitvaart van zijn slachtoffer kwam – vooral seriemoordenaars leken te kicken op het gevoel van macht dat ze kregen als ze het lichaam begraven zagen worden, als ze de dominee hoorden declameren en in het zwart geklede rouwenden steun bij elkaar zagen zoeken. Helen liet haar blik over de gezichten van de vrouwen glijden – zat de dader ergens in deze kerk?

De dienst zeurde door, maar Helen hoorde er vrijwel geen woord van. Ze had altijd genoten van de gedragen stijl van de Bijbel en liet de bloemrijke taal graag over zich heen komen, maar wat de inhoud betrof hadden de woorden net zo goed in het Grieks kunnen zijn. De Bijbellezingen leken een wereld op te roepen die haar volslagen vreemd was: een geordende, goddelijke kosmos waarin alles om een reden gebeurde en het goede zou zegevieren. Er school een mate van geruststelling in die Helen tegen de borst stuitte – de willekeurige gekte en het geweld van haar eigen wereld waren niet te rijmen met de knusse godsdienstige clichés.

Toch kon ze niet ontkennen dat de kerk en de leer voor velen een grote steun waren. Dat bleek ook nu weer heel duidelijk. Eileen Matthews zat voor in de kerk, omringd door medegelovigen, letterlijk overeind gehouden door familie en vrienden. Terwijl het spreekkoor aanzwol en de geestdrift toenam, begon Eileen in tongen te spreken. Vreemde niet-woorden vlogen uit haar mond, eerst zacht, toen luider, en haar accent kreeg iets exotisch. Ze klonk Arabisch, een beetje Hebreeuws misschien en uitgesproken middeleeuws – een stortvloed aan willekeurige keelklanken kwam uit haar mond terwijl de Heilige Geest in haar voer. Helen had op tv wel eens mensen in tongen zien spreken, maar nooit in het echt. Het was een vreemd schouwspel – ze vond het meer op bezetenheid lijken dan op vervoering.

Uiteindelijk kwam Eileen tot bedaren en werd ze door mannelijke gemeenteleden terug naar haar bank geleid, wat Helen de gelegenheid bood de gezichten van de vrouwen die naar hun plaats terugkeerden recht van voren te zien. Het drong met een schok tot haar door dat zij de enige vrouw zonder man was hier. Verder waren alle aanwezige vrouwen getrouwd en ze leken stuk voor stuk slaafs gehoorzaam te zijn aan hun man. Toen de dienst ten einde was, ging de gemeente staan en scheidde zich in mannen en vrouwen. De mannen praatten zelfverzekerd met elkaar en de vrouwen luisterden. Alan Matthews was niet alleen ouderling in de kerk geweest maar ook lid van de Christian Domestic Order, een groepering die de patriarchie van de Bijbel voorstond, de echtgenoot tot leider op elk gebied verklaarde en echtgenotes veroordeelde tot een ondergeschikte rol. Vrouwen moesten in alle opzichten onderdanig zijn en als ze hun plicht niet deden, moesten ze gestraft worden. Eileen Matthews was waarschijnlijk ook afgeranseld door haar man, die duidelijk graag vrouwen aan zich onderwierp, en Helen vermoedde dat de andere vrouwen in de gemeente ook mishandeld werden. Het feit dat velen van hen zich waarschijnlijk vrijwillig zo onderdanig opstelden, maakte het er niet beter op in Helens ogen. Om zich heen kijkend in de kerk zag Helen nu passieve, slome vrouwen die het aan het zelfbewustzijn of de moed ontbrak om voor zichzelf op te komen. Tenzij er een fenomenale actrice onder hen was, was er niet eentje hier die de daadkracht, de vastbeslotenheid en de ballen zou hebben om deze verschrikkelijke reeks moorden te plegen. Was de moordenaar dan ergens anders, keek ze vanuit de schaduw toe? Helen schoof uit haar bank en liep een rondje door de kerk, zoekend naar mogelijke verborgen schuilplaatsen, maar ze vond niets.

Rechercheur Fortune had nauwelijks meer geluk gehad. Hij had iedereen die de kerk in en uit liep gefotografeerd en was zo ijverig geweest ook alle voorbijgangers vast te leggen. Als hovenier vermomde agenten hielden de achterkant van de kerk in de gaten, maar hadden alleen een man gezien die zijn hond uitliet.

'Let goed op als de kerk leegloopt en zorg dat je de chauffeurs ook fotografeert. Ga achter de stoet aan naar het huis, maar laat een van je mensen hier achterblijven. Ik wil dat dat graf dag en nacht wordt bewaakt. Als de dader komt, is de kans groot dat ze in het holst van de nacht komt.'

'Ja, chef.'

'Mooi. Voeg de foto's die je tot nog toe hebt gemaakt toe aan het dossier en ga zo door, Lloyd. Je weet nooit wanneer ze zich laat zien.'

Geloofde Helen het echt? Terwijl ze terugliep naar haar motor, voelde ze de dader weer door hun vingers glippen. Observatie was een goede zet, maar het had nog niets opgeleverd. Zou de dader er rekening mee hebben gehouden? Kon ze hun gedachten lezen?

Helen voelde zich weer in het nadeel, alsof ze onbeholpen naar de pijpen van de moordenaar danste, en nu kwam Emilia Garanita er ook nog eens bij. Had Jake echt zijn mond voorbijgepraat? Het leek onwaarschijnlijk, nee, ondenkbaar zelfs, maar hoe was Emilia anders achter hun contact gekomen?

Helen had hem die avond weer zullen zien, maar pakte haar telefoon en zegde de afspraak per sms af. Ze was er nog niet aan toe met hem te praten. Diep vanbinnen vroeg ze zich af of ze hem ooit nog zou spreken.

57

Er is een fantasie die je tijdens actieve dienst op de been houdt. Het is de droom die kracht schenkt aan elke soldaat die in een godvergeten zandstorm wordt beschoten en gecommandeerd. Het is de fantasie dat er thuis iets beters op je wacht. In die fantasie houdt je meisje het vuur thuis brandend, hunkerend naar je terugkeer. Ze zal je met open armen ontvangen, je vol lekker eten stoppen, met je naar bed gaan en je liefhebbende, engelachtige vrouw zijn. Dat is wel het allerminste waar je recht op hebt na al die maanden angst, eenzaamheid en woede. Alleen gaat het zelden echt zo.

Simon Booker was weer een gewone burger. Zijn beste maat was twee dagen voordat ze terug zouden gaan de lucht in gevlogen. In het vliegtuig naar huis had Simon zijn meerdere verteld dat hij het voor gezien hield. Hij had van het leger gehouden, maar nu wilde hij eruit. Het had hem alleen maar ontgoocheling en ellende gebracht.

Hij was ervan overtuigd dat Ellie het met andere mannen had gedaan tijdens zijn afwezigheid. Hij had geen bewijs, het was maar een gevoel, maar toch knaagde het aan hem en hij vroeg zich af wie van zijn zogenaamde vrienden er nu in hun vuistje lachten en elkaar vertelden hoe zijn vrouwtje in bed was. Hij meed hen, zoals hij Ellie nu ook meed. Hij kon niet met haar praten over hoe het leven daar was geweest, hoe het had gevoeld om Andy in vijftig stukken uit elkaar te zien vallen, en hij wilde al helemaal niet praten over wat zij had uitgespookt tijdens zijn afwezigheid. Hij ging dus naar de Doncaster & the White Hart. En wanneer hij thuiskwam, hanneste hij met de sleutel in zijn bevende hand terwijl het hem duizelde van het goedkope bier en dan ging hij naar boven en liep langs de open deur van de slaapkamer naar de logeerkamer, waar de computer stond.

Hij deed de deur altijd op slot. Ondanks zijn woede wilde hij niet dat Ellie hem zou betrappen. Was het schaamte of een onbewuste wens haar niet te kwetsen? Hij wist het niet, maar hij deed hoe dan ook de deur op slot.

De porno was in het begin lekker geweest, maar het begon hem te vervelen. Tegenwoordig zat hij op Bitchfest. Er was een wereld voor hem opengegaan. Het was grensverleggend en het forum bood hem een kameraadschap die hij voorgoed verloren had gewaand. Hier konden mannen openhartig praten over wat ze wilden. En elkaar helpen het te krijgen ook.

Hij had zich er lang van kunnen weerhouden aan zijn verlangens toe te geven, maar HappyGoLucky had Angel zo'n juichende recensie gegeven dat hij had besloten dat hij wel moest zwichten. Veel mannen hadden de prostitutie afgezworen naar aanleiding van de krantenberichten en verhalen op andere forums over mannen die waren vermoord terwijl ze bij een prostituee waren. En hij was niet achterlijk, hij wist dat je op je hoede moest zijn. Het barstte van de moordenaars, leugenaars en dieven daarbuiten. Hij nam dus zijn voorzorgsmaatregelen. Hij had tegen Ellie gezegd dat hij wat oude maten uit het leger ging opzoeken, maar de inhoud van zijn weekendtas deed iets anders vermoeden. Er zaten schone kleren in, maar ook een pakje condooms. En daaronder, ongezien, een ijzeren staaf.

58

'Zo, wat weten we van hem?'

Helen en Charlie waren in een burgerauto op weg naar Woolston.

'Zijn echte naam is... Jason Robins,' antwoordde Charlie bladerend in haar aantekeningen, 'maar op het Bitchfest-forum noemde hij zich Hammer. Hij was niet degene die de meeste bijdragen leverde – die prijs gaat denk ik naar PussyKing – maar hij postte wel om de paar dagen iets en dan ging hij helemaal los. Veel opschepperij over wat Angel met hem had gedaan, hoe hij haar ook klaar had laten komen, dat soort gelul.'

'Hoe heb je hem gevonden?'

'De meeste forumleden zijn voorzichtig – ze hebben een schuilnaam, uiteraard, en gebruiken een pc van het werk of een internetcafé om iets te posten. Ze zijn moeilijk te traceren, zelfs al heb je een ip-adres. Jason is niet zo slim. Hij noemt zich op andere sites ook Hammer, en daar zat een betaalde pornosite bij. Hij betaalde wat materiaal met zijn creditcard...'

'En zo ben je heel makkelijk aan zijn huisadres gekomen.'

'Precies.'

Op hetzelfde moment stopten ze voor een flatgebouw aan Critchard Street. Het was een beetje verlopen, een beetje liefdeloos, met kleine appartementen die werden gehuurd door mensen die zich behielpen tot er iets beters langskwam. Helen en Charlie stapten uit de auto en namen de straat in zich op. De avond viel en afgezien van hier en daar iemand die zich van zijn werk naar huis haastte was het stil. In de woonkamer van het appartement recht voor hen brandde licht – Hammer was thuis.

Ze zaten aan de IKEA-tafel – een ongemakkelijk trio met onaange-roerde koppen thee voor zich. Jason Robins was van het ergste uitgegaan toen hij de deur opendeed en twee politiemensen zag: hij had hakkelend gevraagd of Samantha en Emily een ongeluk hadden gekregen. Toen Helen hem verzekerde dat haar komst niets met zijn gezin te maken had, was zijn angst langzaam over-gegaan in achterdocht.

'Misschien hebt u iets gelezen over een recente reeks moorden in Southampton,' begon Helen. 'Moorden in het circuit van de betaalde seks.'

Jason knikte, maar zei niets.

'Een paar van de slachtoffers bezochten een internetforum waarop prostituees werden gerecenseerd.'

Helen deed alsof ze haar notitieboekje raadpleegde om de woorden te laten bezinken en vervolgde toen: 'Het heet Bitch-fest.'

Ze keek Jason aan terwijl ze het zei, want ze wilde zijn reactie zien. Die bleef uit: geen knikje, geen glimlach, niets. Wat Helen betrof was dit net zo belastend als een bekentenis. Jason vertrok geen spier, duidelijk bang dat de miniemste reactie hem zou kun-nen verraden.

'Ken je dat forum, Jason?'

'Nee.'

'Heb je het ooit bezocht?'

'Niets voor mij.'

Helen knikte en deed alsof ze een notitie maakte.

'Gebruik je de schuilnaam Hammer wel eens op internet?' vroeg Charlie.

'Hammer?'

'Ja, Hammer – heb je die schuilnaam wel eens gebruikt op andere forums of op sites die porno aanbieden?'

Jason, die de schijn wilde wekken dat hij de vraag serieus nam, deed alsof hij erover nadacht. 'Nee. Nee, nooit.'

'Ik vraag het omdat iemand die die schuilnaam gebruikt een creditcard heeft die geregistreerd staat op dit adres, op naam van Jason Robins.'

'Dat moet fraude zijn.'

'Heb je aangifte gedaan van fraude met je card?'

'Nee, ik heb er niets van gemerkt, maar nu ik het weet, zal ik meteen opbellen om mijn card te laten blokkeren.'

Het was even stil. Jason, die zo strak stond als een veer, had zweetpareltjes op zijn voorhoofd.

'Ben je bij je vrouw weg?'

Nu de vragen een andere kant op gingen, leek Jason te ontspannen. 'Ja, klopt. Niet dat het jullie iets aangaat.'

'Maar je bent niet gescheiden?'

'Nog niet. Maar dat komt nog wel.'

'Dus je bent nu waarschijnlijk aan het onderhandelen over de voogdij over jullie dochter, Emily?'

'Zo zou je het kunnen noemen.'

'Hoe zou jij het noemen?'

Jason haalde zijn schouders op en nam een slokje thee.

'Ik begrijp dat je op je hoede bent, Jason. Je zit in een lastige situatie en het laatste waar je op zit te wachten is dat de politie openbaart dat je pornosites bezoekt en gebruikmaakt van de diensten van prostituees. Het zou geen goede indruk maken op de rechter – dat snap ik wel. Maar luister goed. Er zijn mensen dood en tenzij mannen zoals jij de moed hebben om hun ver-

antwoordelijkheid te nemen, worden het er meer. Ik zou je ver-
kwisting van politietijd ten laste kunnen leggen, belemmering
van een onderzoek en meer, maar ik weet dat je een fatsoenlijke
vent bent, Jason. Ik vraag je dus ons te helpen.' Charlie wachtte
even en vervolgde toen: 'We moeten meer weten van die Angel.
Waar je haar treft, hoe ze eruitziet, wie haar nog meer zouden
kunnen kennen. Als je ons alles vertelt wat je weet, zullen we je beschermen. We houden je naam uit de pers en zorgen dat je leven
zo min mogelijk wordt verstoord. We willen het je niet lastig
maken, we willen die moordenaar pakken. Daar kun jij ons bij
helpen.'

In de lange stilte die viel, was alleen het tikken van de keuken-
klok te horen. Jason dronk zijn thee op.

'Zoals ik al zei, ik heb nooit van die Hammer gehoord, dus
neem me niet kwalijk, maar ik wil nu graag mijn creditcardmaat-
schappij bellen.'

Helen en Charlie liepen zwijgend terug naar de auto, allebei te
kwaad om iets te zeggen. Toen ze waren ingestapt, nam Helen eindelijk het woord.

'Leugenachtig ettertje.'

Charlie knikte.

'Blijf hem onder druk zetten, Charlie. Bel hem op, e-mail hem
elke dag met extra vragen, extra details. Misschien schaamt hij
zich alleen maar, misschien weet hij iets – blijf aandringen tot je
erachter komt hoe het zit.'

'Met alle plezier.'

'Intussen moeten we harder ons best doen om de anderen te
vinden. HappyGoLucky, Dangerman, fillyerboots, BlackArrow…
Ik wil dat ze worden getraceerd. Iemand moet toch weten waar
we Angel kunnen vinden?'

'Oké. Zal ik de leiding…'

'Ja. Spoor ze op. Ik zie je wel weer op het bureau, maar zet me nu maar in het centrum af.'

Charlie keek nieuwsgierig op.

'Ik heb een afspraak die ik niet wil missen.'

59

Ze liepen door de lege gang. Haar plastic laarzen met hoge hakken knerpten bij elke stap. Tony, die vlak achter haar liep, bekeek haar nog eens goed. 'Melissa' was veel aantrekkelijker dan hij had verwacht. Lange, gestroomlijnde benen, omsloten door zwarte laklaarzen, een strak kontje en een sensueel gezicht met volle lippen, omlijst door een korte zwarte bob. Tony wist wel dat niet alle prostituees junkies met gele tanden waren, maar toch verbaasde het hem hoe goed Melissa eruitzag.

Hij had haar opgepikt bij Hoglands Park, een trefpunt voor skaters in het noorden van de stad dat 's nachts zo goed als uitgestorven was. Hij had zich gemeld toen hij er bijna was en later, toen hij met Melissa in zuidelijke richting naar de haven reed, had hij de volgauto in zijn achteruitkijkspiegel gezien, maar toch voelde hij een steekje angst nu hij alleen met haar was.

Ze waren zwijgend naar het Belview gereden, een aftands hotel waar ze niet moeilijk deden over de clientèle. Tony had vooruitbetaald en ze waren naar de eerste verdieping gelopen. Onderweg waren ze een man van middelbare leeftijd op weg naar beneden tegengekomen die een halfnaakt Pools meisje bij zich had. Hij had Tony een blik van verstandhouding toegeworpen, maar Tony had zijn ogen neergeslagen.

Toen waren ze in kamer 12. Melissa hing haar tas en jas over de enige stoel in de kamer en ging op het bed zitten.

'Zo, Paul, wat kan ik voor je doen?' Ze sprak zijn naam langge-rekt uit, alsof ze wist dat hij niet echt zo heette. 'Ik ben helemaal van jou.'

Ze glimlachte breed, sexy en ondeugend. Tony voelde tot zijn verbazing verlangen opkomen naar dit meegaande speeltje en ging op de stoel zitten om zijn beginnende erectie te verdoezelen.

'Ik kijk graag,' zei hij zo bedaard mogelijk. 'Als jij je ding nou eens doet, dan kunnen we daarna verder zien.'

Ze nam hem verwonderd op. 'Het is jouw geld, schat,' zei ze toen schouderophalend.

Tony vatte de hint, maakte zijn portefeuille open en haalde er honderdvijftig pond uit. Melissa borg het geld op en ging op het bed liggen.

'Wil je dat ik mijn laarzen aanhou terwijl…'

'Ja.'

'Goed zo. Dat vind ik leuker.'

Melissa liet haar handen over haar lichaam glijden. Ze had een gespierd, strak lijf dat zeker geschikt was voor dit doel en hoe meer ze op dreef kwam, hoe wanhopiger Tony uit het raam wilde kijken. Het was absurd, eigenlijk. Hij wist dat hij zijn rol moest spelen en strak naar haar moest blijven kijken. Hij had nu een volledige erectie, maar hij wist dat hij aan het werk was, dat hij waardevolle informatie moest zien te bemachtigen. Toch voelde hij zich extreem ongemakkelijk. Zijn mate van opwinding ver-baasde en verontrustte hem.

Terwijl Melissa zich een weg naar een orgasme veinsde, spoor-de ze hem aan mee te doen, haar te behandelen zoals ze verdien-de. Tony, die snel moest bedenken hoe hij lichamelijk contact kon vermijden, vuurde een salvo obsceniteiten op haar af om haar te laten 'klaarkomen'. Ze was een goede actrice; iedereen die haar hoorde zou denken dat ze net de meest fantastische seksuele ervaring van haar leven had gehad. Ze kleedde zich weer aan en wierp een blik op de gebarsten wandklok.

'Je hebt nog tien minuten, schat. Zal ik je pijpen?'

'Nee, laat maar. Wil je met me praten?'

'Tuurlijk. Waar wil je het over hebben?'

'Ik wil vragen of we dit nog eens over kunnen doen.'

'Ja hoor. Ik ben altijd in voor een lolletje.'

'Doe je dit al lang?'

'Lang genoeg.'

'En bevalt het je?'

'Tuurlijk,' antwoordde ze. Tony wist dat ze hem de leugen gaf die hij naar haar idee wilde horen.

'Heb je ooit problemen met klanten?'

'Soms,' antwoordde ze zonder hem aan te kijken.

'Hoe los je dat op?'

'Ik heb zo mijn methoden. Maar meestal zijn er andere meisjes in de buurt.'

'Om een oogje op je te houden?'

'Ja. Lieverd, vind je het goed als ik even naar de wc ga? Ik moet zo weg.'

Ze liep naar de badkamer. Even later werd de wc doorgespoeld. Melissa kwam terug en liep regelrecht naar haar jas en tas.

'Kan ik nog wat tijd van je kopen?'

Ze aarzelde even. 'Wil je dat ik het nog een keer doe?'

'Nee, nee, ik wil gewoon praten. Ik… ik ben alleen in de stad. Ik zie mijn gezin pas vrijdagavond weer en ik… Nou ja, ik wil gewoon wat met je praten.'

'Oké dan,' zei ze, en ze zakte op het bed.

Tony viste nog eens vijftig pond uit zijn portefeuille en gaf het haar. 'Zo, waar kom je vandaan?'

'Overal en nergens. Maar ik ben in Manchester geboren, als je dat bedoelt.'

'Heb je daar nog familie?'

'Niemand die ik wil zien.'

'Aha.'

'En jij, Paul? Kom jij hiervandaan?'

'Nee, ik kom uit Norwich.'

'Goh, dat is best ver weg.'

'En jij, woon je hier in de buurt?'

'Ik logeer bij een vriendin. Zolang ik werk heb, blijf ik hier.'

'Verdien je goed?'

'Best wel. Ik ben ruimdenkender dan sommige anderen.'

'Werk je wel eens met andere meisjes samen?'

'Soms.'

'Doe je triootjes?'

'Ja hoor.'

'Er is een meisje dat ik wel eens wil zien. Angel. Misschien ken je haar?'

Melissa zweeg even en keek toen op. 'Ik weet niet of je dat moet willen, lieverd.'

'Waarom niet?'

'Geloof mij nou maar, dat wil je niet. Trouwens, zij kan niets voor je doen wat ik niet ook kan.'

'Maar als ik een trio…'

'Ik zoek wel een ander meisje.'

'Maar ik wil Angel.'

Weer een lange stilte. 'Waarom?'

'Omdat ik veel goeds over haar heb gehoord.'

'Van wie?'

'Andere mannen.'

'Ja, vast.'

'Pardon?'

'Dit is je eerste keer, toch? Je bent zo groen als gras.'

'Nou en?'

'Je lijkt me niet het type dat met andere kerels roddelt over wat meiden als ik allemaal doen.'

Tony voelde zich tot zijn verbazing beledigd, maar hij vermande zich. 'Oké, misschien is dit nieuw voor me, maar ik weet wat ik wil. Ik wil je met alle plezier geld geven als je het kunt regelen.'

'Wat heb je dan over haar gehoord?'

'Alleen dat ze graag geslagen wil worden, misbruikt, je weet wel. Je mag dingen met haar doen die je met andere meisjes niet mag doen.'

'En wie heeft je over haar verteld?'

'Mannen.'

'Mannen?'

'Je weet wel, andere ma...'

'Wie dan?'

'Mensen die ik heb gesproken.'

'Zeg hoe ze heten.'

'Ik weet niet of...'

'Zeg op.'

'Eh... Ik geloof dat er een was die Jeremy heette. En...'

'Waar ken je die mannen van?'

'Internet.'

'Hoe dan?'

'Via een forum.'

'Hoe heet dat forum?'

'Dat weet ik niet meer.'

'En jij wilt Angel zien?'

'Ja!'

'Omdat je haar wilt uithoren? Zoals je mij uithoort?'

'Nee, nee,' zei Tony snel, maar hij had een fractie van een seconde te lang geaarzeld en hij wist het.

Melissa stond al. 'Een juut, verdomme. Ik wíst het.'

'Melissa, wacht.'

'Bedankt voor het praatje en de poen, maar ik moet weg.'

Tony legde een hand op haar arm om haar tegen te houden. 'Ik wil gewoon met je praten.'

'Raak me met geen vinger meer aan of ik schreeuw de hele tent bij elkaar. Dan weten de hoeren tot kilometers in de omtrek dat jij een smeris bent, hè?'

'Ik moet Angel gewoon vinden. Het is heel belangrijk dat ik…'

'Ach man, sterf toch.'

Ze vertrok zonder de deur achter zich dicht te doen. Tony overwoog achter haar aan te rennen, maar wat had het voor nut? Hij liet zich zwaar op het bed zakken, verslagen. Melissa was hun beste aanknopingspunt en hij had het volledig verkloot. Het had hem veel gekost om in zijn rol te komen – het had vragen opgeroepen die hij zichzelf niet wilde stellen – en nu zat hij met lege handen.

In de aangrenzende kamer werd steeds luidruchtiger gecopuleerd, een bonkend ritme om te onderstrepen dat hij had gefaald. Hij wilde hier weg. Weg van de seks. En weg van deze verpletterende nederlaag.

60

De caravan stond afgezonderd op het braakliggende terrein. Bij het licht van de kampvuren even verderop leek hij bijna mooi. Vanbinnen was hij minder mooi, beschimmeld en aan het wegrotten, met de troep van drugsgebruik op de vloer. Maar goed, het kon ermee door – er lag een matras, klaar voor gebruik.

'Dus je zit in het leger?' vroeg ze.

'Zat. Afghanistan.'

'Ik ben dol op soldaten – heb je geitenneukers gedood?'

'Een paar.'

'Mijn held. Ik zou je een rondje moeten geven.'

Simon Booker bedankte schouderophalend. Hij hoefde haar medeleven niet. Haar liefdadigheid ook niet. Daar was hij niet voor gekomen. Hij pakte een paar bankbiljetten uit zijn portefeuille en legde ze op het groezelige formica van de ontbijtbar. Terwijl hij het deed, merkte hij zijn trouwring op en begon eraan te sjorren.

'Geeft niets, schat. Als jij je mond houdt, zeg ik ook niets. Pijpen kost dertig, recht op en neer vijftig en de rest honderd. En je moet een kapotje gebruiken, schat. Ik heb geen zin in die ziektes die je van die buitenlandse hoeren hebt opgepikt, toch?'

Simon Booker knikte, draaide zich om en bukte zich om zijn condooms uit zijn tas te pakken. Hij zag ze niet meteen en moest ernaar wroeten, Toen hij zich weer oprichtte, zag hij Angel tot zijn verbazing bij de deur staan.

'Blijf uit mijn buurt, verdomme!' beet ze hem toe.

'Hè? Ik pakte alleen…'

'Waar is die ijzeren staaf voor?'

Shit, ze moest hem hebben gezien toen hij naar de condooms zocht.

'Die heb ik alleen om mezelf te verdedigen, maar ik leg hem wel buiten als je dat liever hebt.' Hij wilde de staaf pakken.

'Waag het niet dat ding aan te raken of ik zet het op een schreeuwen. Ik heb maten buiten. Mensen die op me passen. Weet je wel wat de reizigers met gasten als jij doen?'

'Al goed. Wind je niet zo op.'

Simon begon geïrriteerd te raken. Hij was hier voor de seks, niet voor een uitgebreide scheldpartij. 'Leg jij hem dan buiten. Ik wil geen problemen,' zei hij.

Ze keek bang, maar schoof langzaam naar de weekendtas, waarbij ze hem geen moment uit het oog verloor. Ze pakte de tas en mikte hem naar buiten – hij viel met een doffe bons op de grond. Ze ademde uit en herpakte zich.

'Goed, zullen we opnieuw beginnen?' zei ze met een brede, gekunstelde glimlach.

'Mij best.'

'Geef me dan maar een kus. En als ik je wat beter ken, stop ik je grote lul in mijn mond.'

Dat leek er meer op. Simon liep naar haar toe en legde aarzelend zijn handen om haar middel. Ze sloeg haar armen om zijn nek en trok zijn mond naar de hare.

'Zullen we dan maar beginnen?'

Simon Booker deed zijn ogen dicht en Angel gaf hem een knietje in zijn kruis, hard. Simon verstijfde, verbijsterd, en ze deed het nog eens, en nog eens. Hij viel snakkend naar adem op de vloer.

Hij moest kotsen. God, de pijn was niet te harden.

Hij keek op en zag Angel boven zich staan. De glimlach was weg en ze had de ijzeren staaf uit zijn tas in haar hand. Zonder enige waarschuwing liet ze hem op zijn hoofd neerkomen. Tot drie keer toe, voor de zekerheid. Toen liep ze naar de deur van de caravan, trok hem dicht, deed hem op slot en kwam even op adem. Kijkend naar haar slachtoffer voelde ze een stijgende opwinding.

De pret kon beginnen.

61

Er werd van alle kanten naar haar gekeken toen ze door de redactiezaal naar de kamer van Emilia Garanita beende. Als beloning voor haar opmerkelijke werk over Marianne had Emilia een hoekkamer gekregen om haar volgende exclusieve artikelen in te schrijven. Het was een benauwd hok, maar Emilia was er blij mee omdat het een klap in het gezicht was van de andere broodschrijvers. Vanuit haar kamer had ze ook een goed uitzicht op de redactie en op Helen Grace, die nu op haar afstevende.

Helen Grace had nog nooit een voet in de burelen van de *Evening News* gezet, dus wat ze ook kwam doen, het moest leuk worden. Was het de eerste tegenzet in hun strijd of een hoogst openbare overgave? Emilie hoopte van harte dat het dat laatste was. Ze zou probéren genadig te zijn.

'Helen, wat leuk je te zien,' zei ze toen Helen haar kamer in kwam.

'Insgelijks, Emilia,' zei haar gast, die de deur achter zich sloot.

'Koffie?'

'Nee dank je.'

'Gelijk heb je,' zei Emilia, die demonstratief haar laptop openklapte. 'We hebben veel door te nemen. We zijn te laat voor de editie van vanavond, maar als je me nu alles vertelt wat je voor me hebt, kunnen we een moordartikel voor morgen maken. Vergeef me de woordspeling.'

Helen nam haar vorsend op, leunde naar voren en klapte de laptop weer dicht. 'Die hebben we niet nodig.'

'Sorry?'

'Ik kom je geen nieuws brengen. Alleen een waarschuwing.'

'Pardon?'

'Ik weet niet hoe je weet wat je over me denkt te weten en eerlijk gezegd kan het me geen reet schelen ook. Wat me wél iets kan schelen, is een poging tot chantage van een politiefunctionaris door een journalist van een respectabele krant.'

Emilia nam Helen op – de temperatuur in de kleine kamer was merkbaar gezakt.

'Ik ben hier dus om je een duidelijke, simpele boodschap te brengen. Schrijf over me wat je wilt, maar als je ooit nog eens probeert me om te kopen, te chanteren of te intimideren, zorg ik dat je ervoor de bak in draait, begrepen?'

Emilia keek Helen aan en antwoordde: 'Tja, dat is jouw keus, Helen, maar zeg niet dat ik je niet heb gewaarschuwd.'

'Doe maar wat je niet laten kunt,' zei Helen kortaf. 'Maar denk om de consequenties.'

Ze draaide zich om en liep weg, maar bij de deur bleef ze staan. 'Het is voor ons allebei zwemmen of verzuipen, Emilia. Vraag je dus af hoe erg je de pest aan me hebt. En hoe sterk je aan je vrijheid hecht.'

Emilia keek haar na, trillend van angst en adrenaline. Zou ze Helen kapotmaken of kon ze beter terugkrabbelen?

62

Tony trok het portier achter zich dicht en zakte op de bestuurdersstoel. Hoe had hij het zo kunnen verkloten? En wat moest hij tegen Helen zeggen?

Dit was zijn grote kans om weer in de frontlinie te komen, te bewijzen dat hij het nog kon – en hij had er een puinhoop van gemaakt. Hij kon wel proberen een nieuwe afspraak te maken met Melissa, maar wat had het voor zin? Nu ze wist dat hij een juut was, was het einde gesprek. Het enige wat hij nog kon doen, was Helen zo snel mogelijk alles opbiechten en een nieuw plan verzinnen. Er moesten meer meisjes zijn die Angel hadden gezien. Het was ondenkbaar dat ze die hotels ongezien in en uit kon komen. Wat hij moest doen...

Hij schrok toen het portier aan de passagierskant open werd getrokken. Hij was zo in zijn gedachten opgegaan dat hij niemand had horen aankomen. Hij keek opzij naar de indringer... en zag tot zijn verbazing Melissa instappen. Ze keek hem niet aan. 'Rijden,' was het enige wat ze zei.

Ze hadden al tien minuten zwijgend gereden toen Melissa een zijstraatje naast een leegstaand restaurant aanwees. Het was er stil, geen levende ziel die hen kon storen. Tony keek naar Melissa en zag tot zijn verbazing dat ze beefde.

'Ik vertel je wat je wilt weten als je me geld geeft. Veel geld.'

'Geen probleem,' zei Tony. Hij had onderweg al uitgevogeld dat alleen het vooruitzicht van financieel gewin haar ertoe kon hebben aangezet bij hem in te stappen.

'Vijf mille nu. Later meer.'

'Deal.'

'En ik moet onderdak hebben. Ergens waar ze me niet kan vinden.'

'We kunnen je een onderduikadres en dag en nacht bescherming bieden,' stemde Tony zonder aarzelen in.

'Dag en nacht – beloof je dat?'

'Ik beloof het.'

'Hand erop,' zei Melissa gebiedend, en Tony gehoorzaamde.

Melissa slaakte een diepe zucht – de gebeurtenissen van de avond leken haar te hebben uitgeput. Toen fluisterde ze zonder naar Tony op te kijken: 'Het meisje dat je zoekt heet Lyra. Angel heet in het echt Lyra Campbell.'

63

Koud. IJzig, ijzig koud.

Simon Booker deed knipperend zijn ogen open en sloot ze weer toen het felle licht van het kale peertje erin scheen. Het was zo wazig in zijn hoofd, hij begreep er niets van. Wat was er in jezusnaam met hem...

Daar stond ze naar hem te kijken. Angel. Met de ijzeren staaf. Het kwam langzaam terug, met scherpe, snijdende herinneringen.

Hij was verzwakt. Zijn gezicht kleefde van het bloed en hij had een gruwelijk droge mond, maar toch probeerde hij op te staan. En merkte dat iets hem tegenhield. Hij keek om en zag dat zijn armen met dik groen koord aan elkaar waren gebonden en aan de muur achter hem vastgemaakt. Hij lag naakt op de matras, languit, en zijn kleren waren nergens te bekennen. Hij wilde naar haar schreeuwen en voelde dat zijn mond stevig was dichtgeplakt met tape.

'Sneue eikel die je bent.'

Simon Booker schrok toen haar venijn de stilte doorbrak.

'Jij zielig onderkruipsel.'

Terwijl ze op hem afliep, liet ze de ijzeren staaf van haar ene hand in de andere vallen.

'Dacht je soms dat je míj te slim af kon zijn?'

Simon schudde verwoed van nee.

'Dat dacht je wel, hè?'

Hij schudde zijn hoofd nog harder.

'Me eerst pakken en me dan aftuigen?'

Ze liet de staaf zo hard als ze kon op zijn knieschijf neerkomen. Hij schreeuwde in de ducttape, die zijn kreten smoorde en zijn ademhaling belemmerde. Nu liet ze de staaf op zijn andere knieschijf neerkomen, zo hard dat het bot werd verbrijzeld. Simon jankte het weer uit en probeerde zijn lichaam weg te draaien van de klappen die op zijn benen, dijen en borst hagelden. Telkens weer. Ze hield even op, schreeuwde iets onverstaanbaars en zwiepte de staaf tussen zijn gespreide benen, recht in zijn kruis.

Hij schreeuwde het uit en de tranen sprongen hem in de ogen.

'Waar dacht je dat je mee bezig was?' brulde ze, en toen schoot ze in de lach. 'O, man, daar ga je voor boeten. Ik stuur je in stukjes terug naar je frigide vrouw, toch?'

De tranen stroomden nu over zijn gezicht, maar het leek haar niet te boeien. Ze hief de staaf en wilde hem in zijn gezicht slaan, maar opeens beteugelde ze de storm van agressiviteit die dreigde haar te overweldigen. Ze draaide zich zwaar ademend om en stopte de ijzeren staaf in haar rugtas.

Het respijt was echter van korte duur, want nu trok ze een lang mes uit de rugzak. Ze liet haar gehandschoende vinger langs het lemmet glijden en keerde zich weer om naar haar slachtoffer. Ze zakte door haar knieën en zette het mes op zijn keel. Hij smeekte haar in stilte om het te doen, om hem uit zijn lijden te verlossen. Iets meer druk en ze sneed zijn halsslagader door, en dan was het afgelopen.

Maar Angel had andere plannen. Ze hief het mes, ging op haar hurken zitten en wiegde heen en weer. Een glimlach danste om haar mondhoeken.

'Je hebt voor een vol uur betaald, dus we kunnen net zo goed nog even lol maken, hè?'

Met die woorden begon de slachtpartij.

64

Helen was nog maar net terug op het bureau toen ze het telefoontje van Tony Bridges kreeg. Ze had samen met Charlie de nieuwste aanwijzingen met betrekking tot de identiteit van de andere forumleden zitten doornemen – BlackArrow postte niet meer zo veel, maar de obsessieve PussyKing gaf hun nog genoeg aanknopingspunten – maar staakte die zoektocht zonder enige aarzeling. Een half uur later zat ze met Tony in de verhoorkamer tegenover Melissa, die een beker thee met beide handen omvatte.

'Vertel maar eens over Lyra Campbell.'

'Eerst mijn poen.'

Helen schoof de volle envelop over het tafelblad. Melissa telde de biljetten snel en stopte ze in haar tas.

'Ik denk dat ze uit Londen komt. Ik weet niet waar uit Londen precies, maar ze praat als iemand uit Londen. Net als jij.'

Hoe lang Helen ook al in Southampton woonde, haar Zuid-Londense accent raakte ze nooit helemaal kwijt.

'Ze tippelde daar en ging toen met een vriendje mee naar Portsmouth. Toen dat niets werd, verhuisde ze naar Southampton.'

'Wanneer was dat?'

'Ongeveer een jaar geleden. Ze kwam in hetzelfde clubje terecht als ik.'

Melissa haalde haar neus op en nam een slok thee. Ze had nog niet één keer opgekeken. Het was alsof ze dacht dat Lyra niet zou horen dat ze haar verlinkte als ze maar naar de vloer bleef mummelen.

'Wat voor clubje?' vroeg Tony.

'Van Anton Gardiner.'

Tony wisselde een blik met Helen. Ze kenden de naam allebei. Anton Gardiner was een gewelddadige dealer en pooier die zijn meisjes in het zuiden van de stad liet lopen. Hij werkte alleen en hield zich op de achtergrond. Hij trok alleen af en toe de aandacht van de politie door de ongelooflijke wreedheden die hij beging tegen zijn meisjes en zijn rivalen. Naar men zei was hij rijk, maar aangezien hij niet in banken geloofde, was het moeilijk na te gaan. Wat wel als een paal boven water stond, was dat hij sadistisch, grillig en labiel was. Hij pikte vaak meisjes op in opvanghuizen – daarom kon Helen zijn bloed wel drinken.

'Waarom koos ze voor Anton?'

'Zij wilde drugs, hij kon ze krijgen.'

'En konden ze goed met elkaar opschieten?' vervolgde Tony. Melissa schudde alleen maar glimlachend haar hoofd – niemand kon met Anton 'opschieten'.

'Waar is Lyra nu?' vroeg Helen.

'Geen idee. Ik heb haar al meer dan een maand niet gezien.'

'Hoe komt dat?'

'Ze is ervandoor gegaan. Ze had ruzie met Anton en toen…'

'Waarover?'

'Over waarom hij zo'n sadistische klootzak was.' Melissa keek voor het eerst op. Haar ogen vonkten van woede.

'Ga door,' spoorde Helen haar aan.

'Weet je wat hij met alle nieuwe meiden doet?'

Helen schudde haar hoofd. Ze moest ernaar vragen, maar wilde het liever niet weten.

'Ze moeten zich uitkleden, bukken en hun enkels pakken. Dan zegt hij dat ze de hele dag zo moeten blijven staan. De eerste paar uur laat hij je met rust. Hij laat je met rust tot je kramp in je benen hebt en je rug het uitschreeuwt, en net als je het niet meer trekt, pakt hij je. Een uur later pakt hij je weer. Enzovoort. Zo temt hij je.'

Uit Melissa's bevende stem bleek duidelijk dat ze ervaringsdeskundige was.

'En als je ooit over de schreef gaat of met te weinig poen terugkomt, doet hij het nog eens. Hij geeft om niets of niemand. Hij wil alleen geld zien.'

'Wat deed hij toen Lyra wegging?'

'Geen idee. Ik heb hem niet meer gezien.'

'Heb je hem sindsdien niet meer gezien?' zei Helen, plotseling waakzaam.

'Nee.'

'Ik wil dat je hier heel duidelijk over bent, Melissa. Heb je Anton tijdens of na zijn aanvaring met Lyra gezien?'

'Nee. Zíj heeft het me verteld, niet hij.'

'Heb je hem gezocht?'

'Niet meteen. Je gaat niet op zoek naar zo iemand. Maar na een paar dagen ging ik naar hem vragen. Ik moest een shotje hebben. Maar hij was niet op zijn vaste plekken.'

'Weet je waar Lyra zich verschanst kan hebben?'

'Ik denk ergens bij Portswood. Ze woonde altijd ergens in die buurt. Ze heeft me nooit precies verteld waar ze pitte.'

'En als ze aan het werk was, noemde ze zich dan Lyra?'

'Nee, dat was iets tussen ons. Als ze aan het werk was, was ze altijd Angel. Een engel uit de hemel, zei ze altijd tegen de klanten. Dat vonden ze prachtig.'

Kort daarna sloot Helen het gesprek af. Het was al heel laat en Melissa was totaal uitgeput. Ze konden later doorgaan en bovendien was het eerste wat ze nu moesten doen een compositietekening maken om vrij te geven aan het publiek. Ze stuurde Tony met Melissa naar een politietekenaar en ging terug naar haar kamer. Ze zou die nacht toch niet kunnen slapen, dus waarom zou ze naar huis gaan?

Was dit de doorbraak die een eind zou maken aan deze verschrikkelijke reeks moorden? Ze hadden de hele tijd geprobeerd te achterhalen wat deze uitbarsting van geweld had getriggerd. Was Anton zonder het zelf te beseffen de aanstichter geweest? Had hij deze onbeteugelde woede op zijn geweten? In dat geval was de kans groot dat hij ergens dood in een smerig hol lag. Helen zou niet om hem treuren, maar als ze de stukjes van deze puzzel in elkaar wilde passen, moest ze hem vinden.

Ze schrok van het geluid van haar telefoon. Het was Jake weer. Hij had een aantal berichten achtergelaten om te vragen waarom ze niet meer naar hem toe kwam, of het wel goed met haar ging. Was zijn belangstelling oprecht of te wijten aan gewetenswroeging? Helen verbaasde zichzelf door het niet te willen weten. Normaal gesproken zou ze het meteen gaan uitzoeken, maar deze keer niet. Deze keer wilde ze het antwoord niet weten, want het zou haar van streek kunnen maken. Haar gedachten dwaalden af naar Emilia. Wat voerde zij op dit moment in haar schild? Overwoog ze Helen gratie te geven of was ze druk met de voorbereidingen voor haar terechtstelling? Als ze haar artikel in de krant liet komen, zou Helen van de zaak worden gehaald. Dat mocht ze niet laten gebeuren, niet nu ze eindelijk vorderingen boekten, maar toch was ze niet door de knieën gegaan. Ze had collega's hun ziel aan de duivel zien verkopen en die waren binnen een paar maanden onherroepelijk verloren geweest, vaak corrupt. In dit soort situaties zat er niets anders op dan je poot stijf houden en afwachten wie er aan het eind nog rechtop stond.

Helen pakte een kop koffie en ging terug naar de recherchekamer. Ze had nu geen tijd voor angst of zelfreflectie – er was werk aan de winkel. Ergens daarbuiten liep een wrakende Angel rond die bloed wilde zien.

65

Het was donker in huis toen Charlie thuiskwam. Steve had gegeten en was naar bed gegaan – de keuken was kraakhelder, zoals altijd wanneer hij de dienst uitmaakte. Charlie at wat restjes en ging naar boven om te douchen. Ze leefde even op door het striemende warme water, maar ze was bekaf en ging zo snel mogelijk naar bed.

Steve verroerde zich niet toen ze de kamer in kwam, dus kroop ze zo zachtjes mogelijk in bed. Ze sliepen niet in afzonderlijke bedden, dat was nog iets, maar er was vrijwel geen communicatie meer tussen hen. Sinds ze had besloten gehoor te geven aan Helens smeekbede om mee te helpen met het onderzoek, deed Steve geen moeite meer om zijn woede en teleurstelling te verbergen. Het was ondraaglijk triest dat net nu Charlie haar draai weer vond op het werk, haar privéleven instortte. Waarom kon het niet voor één keer allemaal op rolletjes lopen? Wat moest ze doen om gelukkig te zijn?

Ze staarde naar het plafond. Steve woelde, zoals zo vaak, en Charlie wierp een snelle blik op hem. Tot haar verbazing – en schrik – keek hij naar haar,

'Sorry, schat, ik wilde je niet wakker maken,' zei ze zacht.

'Ik sliep niet.'

'O.' Charlie kon zijn gezicht niet goed zien in het halfduister.

Hij leek niet boos, maar ook niet erg vriendelijk.

'Ik heb eens liggen denken.'

'Aha. Waarover?'

'Over ons.'

Charlie, die niet wist waar dit heen ging, zei niets terug.

'Ik wil dat we gelukkig zijn, Charlie.'

De tranen schoten Charlie in de ogen. Het waren tranen van blijdschap en opluchting.

'Ik ook.'

'Ik wil vergeten wat er allemaal is gebeurd en ik wil dat het weer wordt zoals vroeger. Dat we het leven leiden dat we altijd wilden hebben.'

'Ik ook,' perste Charlie eruit. Ze klampte zich nu aan Steve vast, en hij zich aan haar.

'En ik wil dat we gaan proberen een kindje te krijgen.'

Charlies gesnik kwam iets tot bedaren, maar ze zei niets.

'We hebben altijd kinderen gewild. We kunnen ons niet laten leiden door akelige dingen uit het verleden, we moeten door met ons leven. Ik wil een kind met je, Charlie. Ik wil dat we het weer gaan proberen.'

Charlie drukte haar hoofd tegen Steves borst. Diep in haar hart snakte ze ook naar een kind en wilde ze niets liever dan dat ze een gelukkig, normaal gezinnetje waren, maar ze was zich ervan bewust dat een kind niet te combineren was met haar carrière en dat Steve haar de handschoen had toegeworpen.

Hij zou het nooit zo bot stellen, maar Steve had Charlie duidelijk gemaakt dat het tijd was om te kiezen.

66

De ogen. Je zag het allemaal in de ogen. Gevat in een smal gezicht en omlijst door lange zwarte lokken eisten ze je aandacht op, pinden je vast met een indringende, borende blik. Er waren andere trekken die je aandacht zouden moeten opeisen – de volle lippen, de krachtige neus, de puntige kin – maar het waren die grote, prachtige ogen en de intensiteit van haar blik die je niet loslieten.

'Hoe goed lijkt dit?' vroeg Ceri Harwood opkijkend van de compositietekening.

'Heel goed,' antwoordde Helen. 'Melissa is de hele nacht opgebleven met onze beste tekenaar. Ik heb haar pas laten gaan toen we honderd procent zeker wisten dat het goed was.'

'En wat weten we van Lyra Campbell?'

'Niet veel, maar we zijn ermee bezig. De uniformdienst kijkt uit naar Anton Gardiner en vanochtend gaan we zijn werkterrein uitkammen, met alle meisjes praten die ooit voor hem hebben gewerkt, zien of iemand ons meer over haar kan vertellen.'

'En wat is je theorie?'

'Die is in sommige opzichten niet echt bijzonder. Ze raakt in de prostitutie verzeild en begaat een tweede fout door Anton als haar pooier te nemen. Hij mishandelt haar. Dat eist psychisch zijn tol van haar, samen met het werk. Het drugs- en alcoholmisbruik, de stress, de aanrandingen, de ziektes, en dan gaat Anton op een dag net te ver. Er knapt iets bij haar. Ze valt hem aan en vermoordt hem waarschijnlijk. Hoe dan ook, ze reageert de ellende van jaren op hem af en dat is het begin. We hebben van de technische recherche gehoord dat ze tegen haar slachtoffers praat of schreeuwt – mogelijk vernedert ze ze, neemt ze wraak op ze…'

'Het hek is van de dam en ze kan niet meer ophouden?' onderbrak Harwood haar.

'Zoiets, ja.'

'Je klinkt bijna… alsof je met haar sympathiseert?'

'Dat doe ik ook. Ze zou dit niet doen als haar leven geen hel was, maar mijn echte sympathie gaat uit naar Eileen Matthews en Jessica Reid en de rest. Lyra is een boosaardige moordenaar die pas zal ophouden als wij haar pakken.'

'Je haalt me de woorden uit de mond. Daarom stel ik voor dat ik de persconferentie vandaag doe, dan kun jij het team leiden. De tijd dringt en ik wil de pers en het publiek laten weten dat onze allerbeste mensen aan de zaak werken.'

Na een korte, geladen stilte zei Helen: 'Het is gebruikelijk dat de aanvoerder van het onderzoek de pers informeert en het lijkt me beter als ik het doe. Ik ken alle journalisten hier…'

'Ik denk dat ik wel een paar journalisten aankan. Ik heb meer ervaring met dit soort dingen dan jij en het móét deze keer soepel verlopen. Ik zal rechercheur Brooks vragen erbij te komen zitten om zo nodig specifieke vragen te beantwoorden. Ik vind echt dat jij je beter nuttig kunt maken in het veld.'

Helen knikte, maar voelde de grond weer onder haar voeten wegzakken. 'Jij hebt het voor het zeggen.'

'Zo is dat. Hou me op de hoogte van nieuwe ontwikkelingen.'

'Chef.'

Helen draaide zich om en liep ziedend door de gang terug naar de recherchekamer. Nu ze eindelijk vooruitgang boekten, werd zij naar de achtergrond gedrongen. Ze had het vaker gezien, hoge politiefunctionarissen die opklommen over de rug van anderen, en het had haar altijd tegengestaan, maar ze moest haar ergernis inslikken. Ze moesten een moordenaar vangen. Ze verdrong haar woede, die desondanks bleef bruisen en branden.

Helen had gehoopt op een goede samenwerking met Harwood. Ze had gehoopt dat ze een verbetering zou zijn ten opzichte van Whittaker. Nu bleek dat ze een intense afkeer van Harwood had.

En dat wist Harwood ook.

67

'Bedankt dat je bij me bent gebleven, Tony. Ik was gek geworden in mijn eentje.'

Het liep tegen tienen, maar Tony en Melissa hadden die nacht geen oog dichtgedaan. Toen de compositietekening klaar was, waren ze in een burgerauto naar een onderduikadres in het centrum van Southampton gebracht. Een politieman in burger zat in een auto voor het huis om ongewenste bezoekers te weren en Tony en Melissa zaten binnen. Melissa had erop gestaan dat Tony zou blijven en dat had hij met alle plezier gedaan – nu het onderzoek vorderde, wilde hij geen enkel risico nemen.

Ze waren allebei uitgeput, maar te opgefokt om te kunnen ontspannen. Tony wist waar de whisky 'voor noodgevallen' was verstopt, dus had hij die opgediept en hadden ze allebei een paar glazen gedronken om de scherpe randjes van de dag te halen. De alcohol had geleidelijk aan zijn werk gedaan en de spanning en adrenaline een beetje doen afnemen.

Aangezien Melissa geen stilte verdroeg – ze wilde zichzelf niet horen denken – hadden ze gepraat en gepraat. Ze had Tony vragen gesteld over de zaak, over Angel, en hij had zo goed mogelijk geantwoord en haar op zijn beurt vragen over haarzelf gesteld. Ze had hem verteld dat ze een alcoholistische moeder in Manchester was ontvlucht, maar haar kleine broertje had achtergelaten. Ze vroeg zich vaak af wat er van hem was geworden en voelde zich duidelijk schuldig omdat ze hem in de steek had gelaten. Ze had zich vaak in de nesten gewerkt tijdens haar tocht naar het zuiden, maar ondanks alles leefde ze nog. De drank en de drugs waren haar dood niet geworden en haar werk evenmin.

De donkere nacht had hen omsloten en Melissa het gevoel gegeven dat ze onvindbaar en veilig was, maar toen de zon opkwam en de nieuwe dag aanbrak, werd ze weer gespannen. Ze ijsbeerde door het huis en gluurde door de gordijnen alsof ze onraad rook.

'Moet er niet ook iemand achter het huis posten?' vroeg ze.

'Rustig maar, Melissa. Er kan je niets gebeuren.'

'Als Anton erachter komt wat ik heb gedaan, of Lyra...'

'Daar komen ze pas achter als ze in het beklaagdenbankje staan en horen hoe lang ze moeten brommen. Geen mens weet dat je hier bent, niemand kan je iets doen.'

Melissa schokschouderde, alsof ze hem maar half geloofde.

'Het enige waar jij je druk om hoeft te maken is wat je hierna gaat doen. Als dit achter de rug is.'

'Wat bedoel je?'

'Ik bedoel... Je hoeft de straat niet meer op. Er zijn allerlei programma's om uit het leven te komen. Verslavingszorg, therapie, cursussen...'

'Probeer je me te redden, Tony?' zei ze plagerig.

Tony voelde dat hij bloosde. 'Nee... Nou ja, eigenlijk wel. Ik weet dat je veel hebt meegemaakt, maar dit zou je kans kunnen zijn. Je hebt iets moedigs gedaan, iets goeds, je zou deze kans niet moeten laten schieten.'

'Je klinkt net als mijn pa vroeger.'

'Nou, hij had gelijk. Je bent meer waard dan dit.'

'Jij weet echt helemaal niets, hè, Tony?' zei ze, maar niet onvriendelijk. 'Heb je wel eens bij de zedenpolitie gewerkt?'

Tony schudde zijn hoofd.

'Dacht ik al,' vervolgde Melissa. 'Want dan had je de moeite niet genomen.'

'Ik mag hopen van wel.'

'Dan zou je er een uit duizenden zijn,' zei Melissa met een wrang lachje. 'Weet je wel wat meiden zoals ik doen? Hoe we zo terecht zijn gekomen?'

'Nee, maar ik kan me er iets bij voor...'

'We hebben gelogen, bedrogen en gestolen. We zijn geslagen, bespuugd en verkracht. We hebben messen op onze keel gehad, zijn bijna verstikt. We hebben heroïne gebruikt, crack, speed, tranquillizers en drank. We hebben ons een week niet verschoond, gekotst in onze slaap. En dan stonden we op en begonnen weer van voren af aan.' Ze liet de woorden even in de lucht hangen en vervolgde: 'Dus ik waardeer je poging, maar het is te laat.'

Tony keek naar Melissa. Hij wist dat ze gelijk had, maar het leek zo ontzettend zonde. Ze was nog jong en aantrekkelijk, en ze had duidelijk een goed stel hersens en een groot hart. Was het eerlijk om haar over te leveren aan zo'n hard bestaan?

'Het is nooit te laat. Grijp je kans. Ik kan je helpen...'

'Godallemachtig, Tony. Heb je dan geen woord gehoord van wat ik zei?' viel ze uit. 'Ik ben geknakt. Ik kan niet meer terug – daar heeft Anton wel voor gezorgd.'

'Anton is weg.'

'Niet hier, hier zit hij nog,' zei ze, en ze klopte hard tegen haar slaap. 'Weet je wat hij me heeft aangedaan? Wat hij ons heeft aangedaan?'

Tony schudde zijn hoofd. Hij wilde het weten, maar ergens ook niet.

'Meestal gebruikte hij gewoon zijn aansteker of een sigaret. Die hield hij tegen je arm, in je nek, tegen je voetzolen. Ergens waar het krankzinnig veel pijn deed, maar waar het de klanten niet zou afschrikken. Dat was voor kleine dingen. Maar als je iets heel ergs had gedaan, maakte hij een tochtje met je.'

Tony zei niets, maar bleef naar Melissa kijken. Het was alsof ze het niet meer tegen hem had, maar in een duistere herinnering opging.

'Dan reed hij met je naar de oude bioscoop in Upton Street. Die was van een maat van hem – het was een groot, smerig hol vol ratten. Je smeekte de hele weg om genade, om terug te mogen, maar dat maakte hem alleen maar kwader. Als je er eenmaal was…' Ze aarzelde even. 'Dan pakte hij dat kettingslot, een groot, zwaar ding met een hangslot aan het eind, en dan sloeg hij je ermee. Hij ging net zo lang door tot je niet meer kon opstaan en wegrennen, al had je het gewild. Hij schreeuwde en tierde terwijl hij je sloeg, maakte je uit voor alles wat mooi en lelijk was, tot hij stoom had afgeblazen. En als je daar dan lag… als een lappenpop in het vuil en het bloed en de troep, als je het liefst dood wilde… dan piste hij op je.'

Haar stem beefde nu.

'Dan ging hij pleite en liet jou daar een nacht liggen. Ze zeggen dat er meisjes zijn doodgevroren, maar als je het overleefde… knapte je jezelf de volgende dag weer op en ging je aan het werk. En je hoopte uit alle macht dat je hem nooit meer kwaad zou maken.'

Tony keek naar haar. Ze beefde over haar hele lijf.

'Zulke mensen zijn wij, Tony. Dat heeft hij ons aangedaan en nu zijn we nergens anders meer goed voor. Meer is er niet van me over. Meer kan ik niet zijn. Begrijp je me?'

Tony knikte, al wilde hij tegen haar zeggen dat ze het mis had, dat ze nog te redden was.

'Ik kan alleen maar hopen dat het mijn dood niet wordt. Dat ik nog een tijdje veilig ben.'

'Je bent nu veilig. Daar zorg ik wel voor.'

'Mijn held,' zei ze, glimlachend door haar tranen heen.

Ze liet zich in zijn armen nemen. Hij moest haar uithoren, maar opeens had hij geen zin meer om haar naar de verdorvenheid, de smeerlapperij en het geweld te vragen. Hij wilde haar daaruit halen, haar naar iets beters begeleiden. Hij wilde haar redden.

En hij wist dat hij er alles voor in de waagschaal wilde stellen.

68

'Lyra Campbell is nu de hoofdverdachte in dit onderzoek. Ze is uiterst gevaarlijk en we raden de burgers met klem aan haar niét te benaderen. Als iemand haar ziet of informatie heeft over haar verblijfplaats, moet hij onmiddellijk de politie bellen.'

Bureauchef Ceri Harwood hield audiëntie voor de verzamelde leden van de pers. Charlie had de mediaruimte nog nooit zo vol gezien – er waren journalisten uit meer dan twintig landen en er stonden zelfs mensen in de gang. Ze maakten verwoed aantekeningen terwijl Harwood hen bijpraatte, maar ze konden hun ogen niet afhouden van de uitvergrote compositietekening op het scherm voor in de zaal. Op dit formaat waren het gezicht, die ogen, nog betoverender, nog fascinerender. Wie was die vrouw? Wat was haar bijzondere macht over mensen?

Charlie handelde de vragen over het onderzoek af. Emilia Garanita stelde de onvermijdelijke vraag waarom inspecteur Grace niet bij de persconferentie was – het leek haar erg teleur te stellen dat haar sparringpartner er niet was – en Charlie ging er met plezier op in. Ze onderstreepte de vele deugden van haar chef, tot Harwood haar afkapte en de vragen een andere richting in stuurde, en twintig minuten later zat het erop.

Toen de laatste journalist weg was, wendde Harwood zich tot Charlie. 'Hoe ging het?'

'Goed. Het nieuws zal zich binnen een paar uur verspreiden en... tja, je kunt je niet blijven verstoppen. Meestal pakken we iemand binnen achtenveertig uur na verspreiding van de compositietekening op. Samen met een paar pechvogels die erop lijken.'

Harwood glimlachte. 'Mooi zo. Ik moet erom denken dat ik Tony Bridges bedank. Het is aan hem te danken dat we zo ver zijn gekomen.'

Charlie knikte en zei maar niet tegen de bureauchef dat het Helens idee was geweest om iemand undercover te laten gaan.

'Hoe vind je dat het onderzoek tot nu toe verloopt, Charlie? Je bent er een tijdje uit geweest, dus je zult wel een frisse kijk hebben...'

'Het gaat zo goed als het maar kan, gezien de omstandigheden.'

'Hebben de verschillende onderdelen van de operatie hun best gedaan? Hebben we al iets van de observatieposten gehoord?'

'Nee, nog niet, maar...'

'Moeten we er wel mee doorgaan, denk je? Het slurpt geld en nu we een concrete aanwijzing hebben...'

'Dat is aan inspecteur Grace. En aan u, natuurlijk.'

Het was een laf antwoord, maar het zat Charlie niet lekker dat ze achter Helens rug om praatte over de uitvoering van het onderzoek. Harwood knikte alsof Charlie een diepzinnige opmerking had gemaakt en ging op het puntje van een tafel zitten. 'En kun je goed met Helen opschieten?'

'Nu wel. We hebben een goed gesprek gehad en het gaat... prima.'

'Daar ben ik blij om, want ik maakte me zorgen, onder ons gezegd en gezwegen. Helen had een uitgesproken mening over jouw terugkeer naar het hoofdbureau. Een mening die mij niet terecht leek. Het doet me goed dat je haar ongelijk hebt bewezen en dat het oude team weer bij elkaar is.'

Charlie, die niet wist wat er van haar werd verwacht, knikte maar.

'En ik hoor dat jij tijdelijk tot coördinator bent bevorderd nu Tony het druk heeft. Hoe bevalt dat?'

'Ik vind het leuk, natuurlijk.'

'Zou je permanent bevorderd willen worden?'

De vraag overrompelde Charlie. In gedachten hoorde ze meteen weer flarden van haar gesprek met Steve. Daar had ze trouwens de hele ochtend al last van.

'Ik leef bij de dag. Mijn vriend en ik willen…'

'Kinderen?'

Charlie knikte.

'Het hoeft niet het een of het ander te zijn, hoor, Charlie. Het kan allebei, neem dat maar van mij aan. Je moet duidelijke afspraken maken en dan… Nou ja, voor een talentvolle rechercheur als jij is alles mogelijk.'

'Dank u, chef.'

'Je mag altijd met me komen praten. Ik mag jou wel, Charlie, en ik wil dat je de juiste beslissingen neemt. Ik zie een grootse toekomst voor je.'

Kort daarna ging Harwood weg. Ze had een lunchafspraak met de commissaris en mocht niet te laat komen. Charlie keek haar verontrust na. Wat voor spelletje speelde Harwood? Wat was haar eigen rol daarin?

En wat betekende het voor Helen?

69

Het team zwermde uit over Southampton op zoek naar Lyra. Noord, zuid, oost en west; de onderste steen moest bovenkomen. Er waren wijkagenten en extra surveillanten ingezet die onder leiding van de rechercheurs bordelen, opvanghuizen voor ongehuwde moeders, gratis klinieken, loketten van de sociale dienst en ziekenhuizen bezochten, gewapend met de compositietekening, op zoek naar informatie. Als Lyra zich in Southampton schuilhield, moesten ze haar nu vinden.

Helen leidde de jacht in het noorden van de stad in de vaste overtuiging dat de dader vanuit een vertrouwde, veilige plek opereerde. Ze had het volume van haar portofoon hoog gezet in de hoop dat die snel knetterend tot leven zou komen met nieuws over een doorbraak. Het kon haar niet schelen wie Lyra vond, wie haar aanhield, als dit maar voorbij was.

Maar Lyra bleef ongrijpbaar. Sommigen beweerden haar te hebben gezien, anderen dachten haar onder een andere naam gekend te hebben, maar niemand had haar gesproken. Wie was die vrouw die in zo'n isolement kon leven, zo gespeend van elk menselijk contact? Ze waren uren bezig geweest, hadden tientallen mensen gesproken, maar ze hadden nog niets concreets. Lyra was een fantoom dat weigerde gevonden te worden.

Tot Helen kort na de lunch eindelijk de meevaller kreeg waar ze naar had gehunkerd. Naarmate de uren verstreken en de ene prostituee na de andere beweerde Lyra niet te kennen, was ze zich steeds meer gaan afvragen of Melissa het niet allemaal had verzonnen om wat aandacht en geld te krijgen, maar toen kreeg ze plotseling en onverwacht de bevestiging die ze zocht.

Helen baande zich een weg door het met afval bezaaide flatgebouw aan Spire Street, zwaar gedeprimeerd door wat ze zag. Hoeren en junks leefden zij aan zij in het lekkende, vervallen gebouw, dat op de nominatie stond om gerenoveerd te worden. Veel krakers hadden kinderen, en die krioelden om Helen heen terwijl ze over de verdiepingen zwierf, renden zogenaamd angstig voor haar weg en verstopten zich voor haar in smerige, gevaarlijke hoeken van het uitgewoonde gebouw. Als het had gekund, had Helen ze allemaal in haar armen genomen en naar een fatsoenlijke plek gebracht. Ze nam zich voor Jeugdzorg in te schakelen zodra ze even vrij had. Kinderen zouden in de eenentwintigste eeuw niet zo moeten leven, dacht ze.

Een groepje vrouwen zat om een straalkacheltje hun baby's de borst te geven, te roddelen en bij te komen van een nacht werken. Ze stelden zich eerst vijandig op, toen onwillig. Helen had sterk de indruk dat ze iets verzwegen, maar ze hield vol. Die meisjes mochten ver heen zijn, ze hadden allemaal een soort familie en waren niet immuun voor emotionele chantage. Daar maakte Helen gebruik van door een akelig beeld te schetsen van de berooide nabestaanden die hun onteerde vaders, echtgenoten en zoons moesten begraven. De vrouwen bleven echter zwijgen – of het uit angst was voor de politie of voor Anton wist Helen niet. Toen kwam de stilste vrouw van het groepje eindelijk over de brug. Ze was geen lust voor het oog – een junkie met een kaalgeschoren hoofd en een baby in haar armen – maar ze vertelde Helen dat ze Lyra kort had gekend. Ze hadden samen voor Anton gewerkt, voordat Lyra verdween.

'Waar woonde ze?' vroeg Helen streng.

'Weet ik niet.'

'Waarom niet?'

'Dat heeft ze me nooit verteld,' verklaarde het meisje.

'Waar zag je haar dan?'

'We werkten op dezelfde plekken. Empress Road, Portswood, St. Mary's. Maar ze werkte het liefst bij de oude bioscoop in Upton Street. Daar kon je haar meestal vinden.'

Helen vroeg nog even door, maar ze had al wat ze zocht. Alle plekken die het meisje had genoemd lagen in het noorden van de stad, wat strookte met haar theorie, maar Helens hart was pas echt sneller gaan kloppen toen het meisje de oude bioscoop noemde. Tony had haar verteld over zijn laatste gesprek met Melissa, waaruit ook was gebleken dat de bioscoop een van Antons vaste stekjes was. Aan zo veel toeval kon je niet voorbijgaan. Had de confrontatie tussen Anton en Lyra zich daar afgespeeld? Was hij daar vermoord? Zou ze nog rondspoken op die eenzame, troosteloze plek?

Helen maakte er meteen melding van en gaf opdracht de oude bioscoop snel en onopvallend te laten veiligstellen door een rechercheur in burger zodat er een team van de technische recherche aan het werk kon. Tegelijkertijd zou er een observatieteam in de straat worden gezet. Helen verlangde nu al ongeduldig naar resultaten. Ze voelde aan haar water dat de oude bioscoop cruciaal zou blijken te zijn voor het oplossen van deze zaak. Misschien kwamen ze eindelijk dichter bij Lyra. Misschien zou hun fantoom nu een mens van vlees en bloed worden.

70

De auto kroop geluidloos door de straat, als een schaduw. Charlie was zo opgegaan in haar eigen gedachten dat ze het niet meteen had gemerkt, maar het leed geen twijfel dat ze werd gevolgd. De bestuurder hield afstand, maar hij hield haar ook bij – wilde hij weten waar ze naartoe ging of wachtte hij alleen op een geschikt moment om toe te slaan?

Opeens schoot de auto vooruit, raasde haar voorbij, reed de stoep op en stopte abrupt. Nu zwaaide het portier open. Charlie tastte in een reflex naar haar wapenstok.

'Heb je me gemist?'

Het was Sandra McEwan, alias Lady Macbeth. Een onwelkome herinnering aan fouten uit het verleden.

'Wie zwijgt, stemt toe. Het is soms ook moeilijk om je gevoelens onder woorden te brengen, hè?' McEwan knikte naar de auto die dwars over de stoep stond en vervolgde: 'Neem me niet kwalijk voor het theatrale geklungel. Die knul laat zich soms meeslepen.'

'Ga van de stoep af, nu. Wegwezen.'

'Graag,' antwoordde McEwan, die haar minnaar met een knikje opdroeg de auto te verzetten, 'al hoopte ik eigenlijk dat je met ons mee zou gaan.'

'Seks in het openbaar is niet echt mijn ding, Sandra. Mag ik bedanken?'

'Heel grappig, agent. Of ben je tegenwoordig brigadier?'

Charlie weigerde Sandra de voldoening van een antwoord te schenken.

'Hoe dan ook, ik dacht dat je het stuk tuig wel zou willen zien dat Alexia Louszko heeft afgemaakt.' Sandra maakte al pratend het achterportier van de auto open en gebaarde naar de lege achterbank. 'Ik wil je met alle plezier een lift geven, als je tijd hebt.'

Charlie stapte in en al snel zoefden ze de stad uit. Charlie was niet bang dat haar iets zou overkomen – Sandra McEwan was te slim om zich tegen de politie te keren en ze zou al helemaal geen rechercheur ontvoeren in een drukke straat vol getuigen – maar ze vroeg zich wel af wat dit voor spelletje was. Ze vroeg ernaar, maar Sandra zweeg als het graf. Ze moesten het vandaag kennelijk volgens Sandra's regels spelen.

De auto kwam ratelend en met een schok tot stilstand op een verlaten braakliggend terrein met uitzicht op Southampton Water. Het was gekocht door een buitenlandse projectontwikkelaar, maar het bedrijf had problemen gekregen met vergunningen en het stuk grond lag er al twee jaar zo bij. Het was een illegale stortplaats geworden vol bouwpuin, uitgebrande auto's en vaten met chemisch afval.

Sandra maakte haar portier open en gebaarde naar Charlie dat ze moest uitstappen. Charlie gehoorzaamde wrevelig.

'Waar is hij dan?'

'Daar.'

Sandra wees naar een uitgebrande Vauxhall nog geen vijftig meter verderop. 'Zullen we?'

Charlie rende naar de auto. Ze wist nu precies wat ze zou aantreffen en wilde het achter de rug hebben. En inderdaad, in de kofferbak van de auto lag het verminkte lichaam van een jonge man – een van Campbells zware jongens, ongetwijfeld.

'Is het niet vreselijk?' zei Sandra zonder een greintje medeleven. 'Een paar kinderen hebben hem gevonden en mij gewaarschuwd. Het eerste wat ik wilde doen, was de politie bellen.'

'Dat zal best.'

De man lag in exact dezelfde houding als die waarin Alexia was gevonden. Hij was ook op dezelfde manier verminkt: zijn gezicht was ingeslagen en zijn handen en voeten waren afgehakt. Dit was een moord uit vergelding, een boodschap aan de Campbells dat hun agressie met gelijke munt terugbetaald zou worden. Oog om oog.

'Jullie technisch rechercheurs zullen een hamer in de binnenzak van zijn jas aantreffen. Het gerucht gaat dat Alexia met die hamer is doodgeslagen. Ik weet zeker dat het forensisch lab het zal bevestigen. Het is triest om een man zo te zien, maar misschien heeft het recht zijn loop gehad, hè?'

Charlie snoof minachtend en schudde ongelovig haar hoofd. Ze twijfelde er niet aan dat McEwan erbij was geweest toen de man werd gemarteld en vermoord, dat ze vol leedvermaak haar opdrachten had gegeven.

'Het lijkt mij een uitgemaakte zaak, nietwaar?'

Sandra liep glimlachend terug naar haar auto, Charlie achterlatend met een lijk zonder gezicht en een uiterst bittere smaak in haar mond.

71

Helen was op de terugweg naar het hoofdbureau toen ze het telefoontje kreeg. Ze voelde haar telefoon gonzen en zwenkte een busstrook op om te kunnen opnemen. Ze had verwacht dat het Charlie zou zijn met een update. Heel even dacht ze zelfs dat iemand Lyra zou kunnen hebben gezien, maar het was Robert.

Ze was door Harwood teruggeroepen naar het hoofdbureau, maar ze scheurde zonder aarzelen over de ringweg en nam de afslag naar Aldershot. Harwood kon wachten. Binnen een uur liep ze door het atrium van het bureau aan Wellington Avenue. Ze kende een aantal rechercheurs hier van politiecongressen van de regio Hampshire en een van die bekenden, inspecteur Amanda Hopkins, begroette haar nu.

'Hij zit in verhoorkamer één. We hebben hem in de gelegenheid gesteld een advocaat te bellen, of zijn moeder, maar... Nou ja, hij wil alleen jou te woord staan.'

Het werd vriendelijk gezegd, maar het was een verzoek om informatie.

'Ik ben een vriendin van de familie.'

'De Stonehills?'

'Ja,' loog Helen. 'Hoe is hij eraan toe?'

'Van streek. Wat oppervlakkig letsel, maar verder gaat het wel. Ik heb de andere twee in de cel gezet. We hebben ze al gehoord en ze wijzen allemaal naar elkaar, dus…'

'Ik zal zien wat ik uit hem kan krijgen. Bedankt, Amanda.'

Robert hing onderuitgezakt op een plastic stoel. Hij zag er slecht uit – alsof hij was geïmplodeerd – met veel schaafwonden in zijn gezicht. Zijn rechterarm hing in een mitella. Toen hij Helen zag, ging hij rechtop zitten.

'Ik heb iets voor je gehaald,' zei Helen, en ze zette een blikje cola op tafel. 'Zal ik het voor je openmaken?'

Robert knikte, dus Helen trok het blikje open. Robert pakte het met zijn goede hand, die beefde, en dronk het in één teug leeg.

'Zo, ga je me nog vertellen wat er is gebeurd?'

Hij knikte, maar zei niets.

'Ik kan wel proberen je te helpen,' vervolgde Helen, 'maar dan moet ik weten…'

'Ze hebben me besprongen.'

'Wie?'

'Davey. En Mark.'

'Waarom?'

'Omdat ik niet meer mee wilde doen.'

'Je hebt tegen ze gezegd dat je er geen zin meer in had.'

'Ze zeiden dat ik een lafbek was. Ze dachten dat ik ze ging verlinken.'

'Was je dat van plan?'

'Nee. Ik wilde er gewoon mee kappen.'

'Wat is er precies gebeurd?'

'Ik zei dat ze het maar zonder mij moesten doen. Dat ik met rust gelaten wilde worden. Ze waren niet blij. Ze gingen weg, maar ze kwamen terug. Ze bedreigden me. Zeiden dat ze me neer zouden steken.'

'Wat deed jij toen?'

'Ik vocht terug. Ik laat niet met me sollen.'

'Waarmee?'

Het bleef lang stil. Toen: 'Mes.'

'Pardon?'

'Een mes. Dat heb ik altijd bij me…'

'Godver, Robert. Zo vraag je erom vermoord te worden.'

'Maar nu heeft het mijn leven gered, hè?' sloeg hij terug, zonder enig berouw.

'Misschien.'

Hij zweeg weer.

'Even voor de goede orde: zij vielen jou aan? Zij begonnen?'

'Zeker weten.'

'En jij verweerde je?'

Hij knikte.

'Heb je ze verwond?'

'Davey, zijn arm. Niet erg.'

'Oké. Nou, waarschijnlijk kunnen we dat wel oplossen, maar je zult moeten opbiechten dat je een mes had. Daar is niets aan te doen. Ik denk dat ik je hier wel uit kan krijgen en naar huis brengen, als ik beloof voor je in te staan.'

Robert keek verbaasd op.

'Maar dan moet je me beloven dat je nooit meer met een mes gaat rondlopen. Als je nog een keer op wapenbezit wordt betrapt, kan ik je niet meer helpen.'

'Nee, vanzelf.'

'Hebben we een deal?'

Hij knikte.

'Goed, dan ga ik met ze praten. Zullen we Davey nog maar even in zijn sop laten gaarkoken?' zei Helen fijntjes glimlachend. Tot haar verbazing glimlachte Robert terug, iets wat ze hem nog nooit had zien doen.

Ze was bijna bij de deur toen hij vroeg: 'Waarom doet u dit?'

Helen bleef staan. Ze dacht na over haar antwoord. 'Omdat ik je wil helpen.'

'Waarom?'

'Omdat je iets beters verdient dan dit.'

'Waarom? U bent van de politie. Ik ben een dief. U zou me moeten laten opsluiten.'

Helen aarzelde met haar hand op de deurknop. Was het veiliger om die om te draaien en weg te lopen? Niets te zeggen?

'Bent u mijn moeder?'

De vraag kwam aan als een mokerslag, onverwacht en pijnlijk, en ze was er sprakeloos van.

'Mijn echte moeder, bedoel ik?'

Helen haalde diep adem. 'Nee, nee, dat niet, maar ik heb haar gekend.'

Hij nam haar aandachtig op. 'Ik heb nog nooit iemand gesproken die haar had gekend.'

Helen was blij dat ze hem niet aankeek. De tranen waren haar opeens in de ogen gesprongen. Hoeveel tijd van zijn leven had hij besteed aan de vraag wie zijn biologische moeder was?

'Hoe kende u haar? Was u met haar bevriend of…?'

Helen aarzelde weer. 'Ik ben haar zus,' zei ze toen.

Robert zweeg even, perplex door Helens bekentenis. 'Dus u… bent mijn tante?' vroeg hij toen.

'Ja, dat klopt.'

In de lange stilte die volgde, liet Robert het op zich inwerken. 'Waarom bent u niet eerder naar me toe gekomen?'

De vraag sneed door haar ziel. 'Dat kon niet. En ik was niet welkom geweest. Je ouders hadden je een goed leven gegeven – ze zouden niet hebben gewild dat ik me ermee bemoeide, dat ik het verleden kwam oprakelen.'

'Ik heb helemaal niets van mijn moeder. Ik weet dat ze is gestorven toen ik nog klein was, maar…'

Hij haalde zijn schouders op. Hij wist zo goed als niets van Marianne en het weinige dat hij wist, was gelogen. Misschien was het beter om dat zo te houden.

'Nou, misschien kan ik je een volgende keer meer over haar vertellen. Dat lijkt me leuk. Ze was niet altijd even gelukkig, maar jij was het mooiste wat ze had in haar leven.'

Opeens huilde de jongen. De jaren in onzekerheid, jaren het gevoel incompleet te zijn, werden hem nu te veel. Helen vocht ook tegen haar tranen, maar gelukkig had Robert zijn hoofd laten zakken en werd haar verdriet niet opgemerkt.

'Graag,' zei hij door zijn tranen heen.

'Goed,' zei Helen, die zich vermande. 'Laten we het voorlopig onder ons houden. Tot we elkaar wat beter kennen, oké?'

Robert knikte en wreef de tranen uit zijn ogen.

'Dit is het eind niet, Robert. Het is het begin.'

Een half uur later zat Robert in een taxi naar huis. Helen keek hem na en stapte op haar motor. Ondanks de vele problemen die voor haar lagen, ondanks de donkere krachten die rond haar wervelden, voelde Helen zich opgetogen. Ze begon eindelijk boete te doen.

Na Mariannes dood had Helen elk aspect van het leven van haar zus in zich opgezogen. Veel anderen zouden de ervaring hebben weggestopt, maar Helen had in Mariannes geest, hart en ziel willen kruipen. Ze wilde de lacunes opvullen, uitzoeken wat er precies met haar zus was gebeurd in de gevangenis en daarna. Uitvinden of er waarheid school in Mariannes verwijt dat zíj schuldig was aan al die doden.

Ze had dus alles bij elkaar gesprokkeld wat er ooit voor of over haar zus op schrift was gesteld, en op pagina drie van Mariannes aanhoudingsdossier was ze op de informatie gestuit die haar wereld op zijn kop had gezet – wat erop wees dat haar zus ook over haar graf heen nog de macht had om haar te kwetsen. Helen was pas dertien geweest toen Marianne was opgepakt en ze was na de moord op haar ouders direct naar een tehuis gebracht. Ze was niet bij het proces van haar zus aanwezig geweest – haar verklaring was vooraf opgenomen – en ze had alleen het vonnis te horen gekregen, verder niets. Ze had de dikke buik van haar zus niet gezien en de kinderbescherming had er niets over gezegd, dus pas toen ze de medische gegevens in het proces-verbaal van de arrestatie doornam in de verwachting alleen de bekende kneuzingen en littekens tegen te komen, had Helen ontdekt dat Marianne zwanger was geweest op het moment van haar aanhouding. Vijf maanden zwanger. Uit DNA-onderzoek zou later blijken dat Mariannes vader, de man die ze in koelen bloede had vermoord, de verwekker van het kind was.

De baby was een paar minuten na de bevalling bij Marianne weggehaald. Zelfs nu, na alles wat er was gebeurd, kreeg Helen nog tranen in haar ogen als ze het zich voorstelde: haar zus, aan een ziekenhuisbed geboeid, haar baby die haar ruw werd afgepakt na achttien uur weeën. Had ze zich verzet? Had ze de kracht gehad om terug te vechten? Helen wist intuïtief dat ze had gevochten. Hoe beestachtig de verwekking ook was geweest, Marianne moest om dat kindje hebben gegeven. Ze zou intens van haar zoontje hebben gehouden, zich hebben gelaafd aan zijn onschuld, maar daar had ze natuurlijk nooit de kans toe gekregen. Ze was een moordenaar, en ze kon niet op sympathie van haar bewakers rekenen. Het proces kende geen menselijkheid, alleen maar veroordeling en vergelding.

Het kind was in het systeem van tehuizen en pleeggezinnen verdwenen, maar Helen was ijverig naar Baby K blijven zoeken in de papierwinkel van de bureaucratie tot ze hem had gevonden. Hij was geadopteerd door een Joods, kinderloos echtpaar in Aldershot, de Stonehills, die hem Robert hadden genoemd, en het ging goed met hem. Hij was opstandig, brutaal, frustrerend – met weinig diploma's na al die jaren onderwijs – maar hij maakte het goed. Hij had een baan, een stabiele thuissituatie en ouders die van hem hielden. Ondanks zijn liefdeloze geboorte was hij ge-koesterd en bemind opgegroeid.

Robert was aan zijn nalatenschap ontsnapt. En Helen wist dat ze hem daarom met rust had moeten laten, maar daar was ze te nieuwsgierig voor geweest. Ze was in haar eentje naar Mariannes begrafenis gegaan, haar moordenaar en enige nabestaande, maar ze had ontdekt dat ze toch niet de enige was. Er was nog iemand ontkomen aan de ravage. Dus zou ze niet alleen namens Marian-ne, maar ook in haar eigen belang een oogje op Robert houden. Als ze hem ooit kon helpen, zou ze dat doen.

Helen startte haar motor, gaf gas en brulde de straat uit. Ze ging zo op in het moment, in haar opluchting, dat ze bij wijze van uit-zondering niet in haar spiegels keek. Had ze dat wel gedaan, dan had ze beseft dat de auto die haar helemaal vanuit Southampton was gevolgd haar nu op de terugweg ook weer volgde.

72

Sinds zijn vader terug was, was het leven leuker geworden voor Alfie Booker. Toen zijn vader in het leger zat hadden ze in een flat gewoond, maar toen hij terugkwam, waren ze in de hovenierswoning aan de rand van de sportvelden van de school getrokken. Zijn vader maaide het gras en veegde de bladeren bij elkaar. Hij trok de lijnen op het voetbalveld. Het was een goede baan, vond Alfie, en hij ging graag met zijn vader mee naar het werk.

Zijn ouders maakten vaak ruzie en zijn vader was blijer als hij aan het werk was, dus dat was de meest geschikte tijd voor Alfie om bij hem te zijn. Hij zei nooit veel, maar leek het gezelschap van zijn zoon op prijs te stellen. Ze waren een raar stel, maar Alfie had het voor geen goud willen veranderen.

Die nacht was zijn pa niet thuisgekomen. Zijn moeder zei van wel, maar Alfie wist dat het niet waar was. Zijn werkschoenen stonden nog waar hij ze de vorige middag had neergezet en hij was nergens op het terrein te vinden. Alfie had alle velden afgezocht en zijn oren gespitst om het herkenbare zoemen van de zitmaaier niet te missen. Hij wist niet wat er aan de hand was, maar het stond hem niet aan.

Hij sloeg de hoek om en zag een grote gestalte naar het sportpaviljoen lopen. Later die dag was het sportdag en het eerste wat in hem opkwam was dat het een gymleraar was, maar hij herkende hem niet. De man was niet breed genoeg om zijn vader te kunnen zijn, dus wie was het dan? Hij liep doelbewust op het paviljoen af, dus hij moest iets belangrijks te doen hebben. Alfies nieuwsgierigheid kreeg de overhand en hij werd instinctief naar de persoon toe getrokken.

Toen hij dichterbij kwam, hield hij zijn pas in. Het was een vrouw. En ze zette een doos bij de ingang van het paviljoen. Wat zat er in die doos? Een trofee? Een prijs?

Hij zette het op een rennen en slaakte een kreet. De vrouw keek om en Alfie bleef geschrokken staan. Ze glimlachte niet en ze had een gemeen gezicht. Tot zijn verbazing draaide ze zich om en liep weg zonder een woord te zeggen.

Alfie keek haar verwonderd na. Toen richtte hij zijn aandacht op de doos. Er stond een woord op geschreven dat hij niet begreep. Hij probeerde het te spellen. G.O.O.R.L.A.P. Het zei hem niets. Waarom was het met rode inkt geschreven?

Hij keek zoekend om zich heen. Wat moest hij doen? Niemand zei dat hij van de doos af moest blijven.

Alfie keek nog eens of de kust veilig was, stapte naar voren en maakte de doos open.

73

Het was uren later, maar het duizelde Tony nog steeds. Zijn hart bonkte in zijn borst, aangejaagd door een mengeling van angst, adrenaline en spanning.

Hij probeerde zijn gedachten te ordenen maar ze bleven rondtollen, ongrijpbaar voor hem. Hij had zich in tijden niet zo gevoeld, maar toch hoorde hij een stemmetje vanbinnen dat hem uitschold, dat hem beschaamd maakte. Dat verdiende hij ook, maar gek genoeg boeide het hem niet. Het boeide hem absoluut niet. Wie was die Tony die zulke dingen dacht? Hij herkende hem niet.

Hij had zich altijd aan de regels gehouden. Hij werd gevoelloos genoemd. Mensen die hem een warmer hart toedroegen noemden hem professioneel, voorbeeldig. Helen had onmiskenbaar respect voor hem. Bij die gedachte voelde hij opeens een steek in zijn hoofd. Wat zou ze denken als ze hem zo zag? Het gebeurde wel vaker, maar daarmee was het nog niet goedgepraat.

Melissa draaide zich naast hem om in haar slaap. Hij keek naar haar naakte lichaam. Het zat vol tatoeages en oude littekens, maar het was ook gespierd en verleidelijk. Zijn blik flitste weer naar de gordijnen en hij controleerde voor de zoveelste keer of ze wel goed dichtzaten. Daarachter, op straat, zat een collega van hem in een burgerauto. Zou hij iets hebben gemerkt? Had hij het licht in de slaapkamer aan en uit zien gaan? Hij moest hebben aangenomen dat het Melissa was die eindelijk naar bed ging. Maar stel dat hij een controlerondje om het huis had gelopen en had gezien dat Tony niet beneden was?

Toen het gebeurde, had hij helemaal niet aan het risico gedacht. Hij had haar tegen zich aan gedrukt, genoten van de warmte van haar lichaam tegen het zijne, en toen had ze naar hem opgekeken en zijn gezicht naar het hare getrokken. Ze hadden gezoend. En nog wat gezoend. Ondanks het feit dat ze zowel een prostituee als hun belangrijkste getuige was, had Tony niet geaarzeld, in de greep van zijn begeerte. Binnen de kortste keren hadden ze samen in bed gelegen – Tony stond versteld van zijn eigen onbezonnenheid – hij had er totaal niet bij nagedacht.

Het leek of hij weer een jongen was, vol dwaze, hopeloze ideeën. Hij wilde lachen, schreeuwen en juichen, maar tegelijkertijd bleef hij dat stemmetje horen dat met een oorverdovende kracht vragen op hem afvuurde: waar ging dit naartoe? En hoe zou het aflopen?

74

Ze drukte hard op de bel en liet niet los. Ze had al twee keer aangebeld en ze was om het huis heen gelopen, maar het bleef hardnekkig voor haar gesloten, hoewel het onmiskenbaar bewoond was. De gordijnen waren dicht en ze hoorde een tv binnen. Uiteindelijk klonken er voetstappen, begeleid door een scheldtirade. Emilia Garanita glimlachte in zichzelf en bleef de bel indrukken. Pas toen de deur openzwaaide haalde ze haar vinger eraf en werd de rust hersteld.

'Aan de deur wordt niet gekocht,' zei de man, die de deur al weer wilde sluiten.

'Zie ik eruit alsof ik plumeaus verkoop?' repliceerde Emilia.

De man aarzelde, in verwarring gebracht door haar krachtige, halsstarrige reactie.

'Ik ken jou,' zei hij uiteindelijk. 'Jij bent die hoe-heet-ze...'

'Emilia Garanita.'

'Die, ja. Wat moet je?'

Hij wilde duidelijk terug naar zijn tv. Emilia glimlachte en zei: 'Een dossier.'

'Pardon?'

'U werkt toch bij de reclassering, meneer Fielding?'

'Ja, en je zou moeten weten dat ik in die functie nooit informatie aan een journalist mag geven. Het is allemaal vertrouwelijk.'

Hij sprak het woord 'journalist' vol afkeer uit, alsof hij daar op de een of andere manier ver boven stond. Emilia genoot van zulke momenten. 'Ook niet als die journalist uw leven zou kunnen redden?'

'Pardon?'

'Uw beroepsmatige leven, bedoel ik.'

Fielding was er stil van. Voelde hij aan wat er ging komen?

'Ik heb een paar vrienden bij de politie. Die hebben me een interessant verhaal verteld over een man van middelbare leeftijd die op de Common is betrapt op het verrichten van onzedelijke handelingen achter in een Ford Focus.' Ze liet haar blik naar de Ford Focus op Fieldings oprit glijden. 'Het verhaal gaat dat hij een meisje had opgepikt in een café… maar dat dat meisje pas vijftien was. Oeps! Naar het schijnt is die man na veel bidden en smeken uiteindelijk met rust gelaten door de politiemannen, die opeens allebei honderd pond in hun zak hadden. Maar ze hebben wel het kenteken en het signalement van die smeerlap genoteerd. Ik heb het opschrijfboekje bij me.'

Ze rommelde wat in haar tas. Fielding stapte naar buiten en sloot de voordeur achter zich.

'Dit is chantage,' zei hij verontwaardigd.

'Ja hè?' beaamde Emilia met een glimlach. 'Goed, krijg ik nog wat ik hebben wil of zal ik aan mijn artikel beginnen?'

Het was een retorische vraag. Emilia zag aan het gezicht van de man dat hij precies zou doen wat ze wilde.

75

'Hallo, Alfie, ik heet Helen en ik werk bij de politie.'
De jongen keek op van zijn tekening.
'Mag ik even bij je komen zitten?'
De jongen knikte en Helen zakte naast hem door haar knieën.
'Wat ben je aan het tekenen?'
'Dinosauruspiraten.'
'Cool. Is dat een tyrannosaurus rex?'
Alfie knikte en zei toen zakelijk: 'Dat is de grootste.'
'Ik zie het. Hij ziet er griezelig uit.'
Alfie haalde zijn schouders op alsof het weinig voorstelde. Helen glimlachte onwillekeurig. Het koddige zesjarige jochie ging opmerkelijk goed om met de vreemde avonturen die hij die dag had beleefd. Hij leek eerder verward dan van streek, wat je niet van zijn moeder kon zeggen. Die had het ergste nog niet gehoord – en zou het ook niet horen voor ze een lichaam hadden – maar was nu al een wrak. De familierechercheur deed haar best, maar de moeder uitte zich luidruchtig, wat zijn weerslag op Alfie begon te krijgen. Helen wist dat ze zijn onverdeelde aandacht moest hebben.
'Zal ik je iets bijzonders laten zien?'
Alfie keek op en Helen legde haar politielegitimatie op tafel.
'Dit is mijn penning. Weet je wat de politie doet?'

'Boeven vangen.'

Helen onderdrukte een glimlach. 'Dat klopt. En weet je wat dit is?' Ze legde haar portofoon op tafel.

Alfie pakte hem meteen op. 'Cool.'

'Druk maar eens op dat knopje,' spoorde Helen hem aan. Alfie deed het en werd beloond met een stoot ruis. Hij leek het leuk te vinden. Terwijl hij met de portofoon speelde, vervolgde Helen: 'Mag ik je een paar dingen vragen?'

De jongen knikte zonder op te kijken.

'Ik wil eerst zeggen dat je helemaal niets stouts hebt gedaan. Alleen zou die mevrouw met de doos – die mevrouw die jij hebt gezien – iets, nou ja, iets gepakt kunnen hebben wat niet van haar was. Daarom moet ik weten wie ze is. Heeft ze met je gepraat?'

Alfie schudde zijn hoofd.

'Heeft ze verder nog iets gedaan?'

Alfie schudde weer van nee.

'Heb je haar gezicht gezien?'

Nu knikte hij. Helen aarzelde en pakte toen de compositietekening uit haar tas en liet hem zien. 'Was het deze mevrouw?'

Alfie keek op van de portofoon, wierp een blik op de tekening, haalde zijn schouders op en richtte zijn aandacht weer op de portofoon. Helen legde een hand op de zijne om hem bij de les te houden. Hij keek weer op.

'Het is echt belangrijk, Alfie. Wil je alsjeblieft nog eens naar de tekening kijken?'

Alfie gehoorzaamde welwillend, alsof hij een tweede kans kreeg in een spelletje. Nu keek hij aandachtiger. Ten slotte knikte hij weifelend. 'Misschien.'

'Misschien?'

'Ze had een pet op die een beetje voor haar gezicht zat.'

'Een honkbalpetje?'

Alfie knikte. Helen ging op haar hurken zitten. Ze kon nog naar de lengte en het postuur van de vrouw vragen, maar het zou moeilijk zijn om uitsluitsel van Alfie te krijgen. Hij was tenslotte pas zes.

'Wat heeft ze gedaan?' vroeg Alfie.

'Pardon?'

'Wat heeft ze gestolen?'

Helen wierp een blik op Alfies moeder en zei toen zacht: 'Iets heel speciaals.'

Ze keek naar zijn nieuwsgierige gezicht en had het hart niet hem te vertellen dat hij zijn pappie nooit meer zou zien.

76

Helen ging zo op in haar gesprek met Charlie dat ze Harwood niet hoorde aankomen. Charlie was dagen bezig geweest Pussy-Kings identiteit te achterhalen, want hij postte het meest op Bitchfest en zou makkelijk te vinden moeten zijn, maar tot haar stijgende frustratie bleef hij haar ontglippen doordat hij waarschijnlijk nooit een computer thuis of op zijn werk gebruikte en bedreven was in het versleutelen van verbindingen en het gebruik van proxyservers. Helen en Charlie overlegden over hun volgende zet toen ze werden onderbroken met een 'Helen, kan ik je even spreken?'

Het werd gezegd met een glimlach, maar zonder warmte. Dit was een bevel in aanwezigheid van het team en het moest een boodschap overbrengen, maar Helen was er nog niet uit wat die boodschap inhield.

'Ik probeer al de hele dag je te pakken te krijgen,' zei Harwood toen ze op haar kamer zaten. 'Ik weet dat de gebeurtenissen elkaar snel opvolgen, maar ik sta niet toe dat je de communicatie verbreekt, is dat duidelijk?'

'Ja, chef.'

'Dit werkt alleen als alle schakels van de keten verbonden zijn, toch?'

Helen knikte, maar had Harwood het liefst gezegd waar ze haar verhaal in mocht stoppen.

'Dus, wat gebeurt er allemaal?' vervolgde Harwood.

Helen bracht haar op de hoogte van de ontwikkelingen in de jacht op Lyra Campbell, de bezigheden in de oude bioscoop en de nieuwste moord.

'Er is nog geen lichaam gevonden, maar we nemen aan dat het slachtoffer Simon Booker is, een voormalig paratroeper en Afghanistanveteraan.'

'Een oorlogsheld. Krijg nou wat.'

Helen had het vermoeden dat Harwood zich niet bekommerde om het lot van de man, maar om de krantenkoppen die zijn dood konden genereren. Ze sloot haar briefing af en wilde zich verontschuldigen, maar Harwood hield haar tegen.

'Ik heb vandaag geluncht met de commissaris.'

Helen zei niets. Was dit de aanzet tot een nieuwe strijd?

'Hij maakt zich grote zorgen. Het onderzoek heeft het budget al enorm overschreden. De kosten van de observatie alleen al rijzen de pan uit en het levert niets op. Dan zijn er de extra mensen van de uniformdienst, de overuren, het extra team van de technische recherche en de honden, en met welk doel? Hoeveel concrete vooruitgang hebben we geboekt?'

'Het is een lastig onderzoek, chef. Ze is een slimme, vindingrijke moorde…'

'Het enige wat we voor ons geld hebben teruggekregen is een massa negatieve krantenkoppen, dus heeft de commissaris om een interne evaluatie van het onderzoek gevraagd.'

Het was dus inderdaad een nieuwe strijd. Had hij er echt om gevraagd of had Harwood het verzoek uitgelokt? Helen was ziedend, maar zei niets.

'Ik weet dat jij ervaring hebt op dit terrein en dat het team min of meer loyaal aan je is, maar je methoden zijn onconventioneel en kostbaar…'

'Met alle respect, er zijn vier mensen dood…'

'Drie.'

'Dat is alleen formeel correct. We weten allemaal dat Booker dood is.'

'Dat denk je misschien, inspecteur, maar het zegt heel veel over jou. Je trekt overhaaste conclusies. Je wilde van meet af aan dat dit draaide om de jacht van Helen Grace op weer een seriemoordenaar. Dat is het enige verhaal dat je kent, hè? Nou, ik vind het ongefundeerd, onprofessioneel en gevaarlijk. We hebben budgets, protocollen en doelstellingen waar we niet zomaar overheen kunnen walsen.'

'En wat is jouw doelstelling, Ceri? Regiochef? Plaatsvervangend korpschef? Korpschef?'

'Let op je woorden, inspecteur.'

'Ik ken jouw soort mensen. Zelf niets uitvoeren, maar altijd klaarstaan om met de eer te gaan strijken.'

Harwood leunde achterover in haar stoel. Ze was duidelijk woest, maar weigerde het te laten merken. 'Ik zou heel voorzichtig zijn, inspecteur Grace. En beschouw dit maar als een officiële waarschuwing. Er hoeft nog maar dít te gebeuren of ik haal je van het onderzoek. Je pakt haar of je doet een stap terug, is dat duidelijk?'

Helen verliet de kamer kort daarna. Eén ding was glashelder: zolang Harwood bleef, leefde Helen in geleende tijd.

77

Het begon donker te worden, maar dat zou de compositie alleen maar stemmiger maken. Het gedempte licht en het korrelige beeld zouden helpen de sfeer te treffen die Emilia wilde overbrengen. Ze had eigenlijk een van hun vaste fotografen moeten vragen met haar mee te komen, maar ze kon zelf ook wel met een digitale spiegelreflexcamera omgaan en ze wilde onder geen beding dat iemand anders lucht zou krijgen van dit verhaal voordat zij het rond had.

Adrian Fielding was uitzonderlijk behulpzaam geweest toen hij eenmaal besefte dat Emilia met genoegen zijn carrière zou verwoesten als hij haar niet gaf wat ze hebben wilde. Robert Stonehills dossier begon weinig opzienbarend met een erbarmelijke opsomming van zijn recente kleine vergrijpen, maar werd een stuk spannender toen Emilia ontdekte dat hij geadopteerd was. Het dossier vermeldde weinig over zijn biologische moeder, maar het was wel duidelijk dat hij in een gevangenisziekenhuis was geboren. Zodra ze dat ontdekte, wist Emilia wie hij was – Helen Grace had maar om één iemand echt gegeven – maar als goed journalist had ze Roberts leeftijd ook nog naast Mariannes arrestatiedatum gelegd. Toen was het nog maar een kleine stap naar Mariannes strafblad en de puzzel was compleet.

Emilia hield haar hand met moeite stil toen ze de camera hief.

De jongen was eropuit gestuurd om melk te halen en stond onge-duldig in de rij te wachten. *Klik, klik, klik.* De foto's waren niet erg scherp, maar dat maakte een gejaagde, gevaarlijke indruk. Emilia zag Robert afrekenen. Nu kwam hij de winkel uit. Emilia hief de camera weer. Alsof het zo geregisseerd was, bleef hij even staan toen hij de winkel uit kwam en keek op naar de lucht en de begin-nende motregen. Het natriumlicht van de straatlantaarn viel op zijn gezicht, waardoor hij er spookachtig en onnatuurlijk uitzag. *Klik, klik, klik.* Toen zette hij de capuchon van zijn hoody op en keek haar bijna recht aan. Hij kon haar niet zien in het schemer-donker, maar zij zag hem wel. *Klik, klik, klik.* De jongen die was voortgekomen uit een verkrachting, op straat vastgelegd in een hoody – het landelijk uniform van gewelddadig, gedesillusio-neerd schorem. Perfect.

Nu ze had wat ze moest hebben, zou Emilia er iets mee gaan doen. Ze kon natuurlijk de hoofdredacteur van de *Evening News* bellen, maar dat was ze niet van plan. Ze had voor dit soort gele-genheden een goed contact opgebouwd met iemand van de *Mail.* Ze had alles wat ze nodig had – als ze snel was, moest ze het op de voorpagina van de editie van morgen kunnen krijgen.

Dit was haar kans op een betere baan. Ze kon zich bewijzen. Ze had het in zich. En ze had haar kop al.

ZOON VAN EEN MONSTER.

78

Helen was haar aanvaring met Harwood nog aan het herkauwen toen ze bij de oude bioscoop in Upton Street aankwam. Ze bleef in de schaduw en glipte via de nooduitgang naar binnen. Het gebouw zou binnenkort te koop worden gezet, al was het Helen een raadsel wie het zou willen hebben. Zodra ze over de drempel stapte, werd ze belaagd door een zwaar aroma – de geur van jaren rottend hout en ratten en muizen in ontbinding. Ze kokhalsde en deed snel haar monddoekje voor. Ze vermande zich, legde een hand op de gammele trapleuning en liep naar beneden.

De Crown was een populaire familiebioscoop geweest in de jaren zeventig. Het was een traditioneel filmpaleis, compleet met balkons en zware pluchen gordijnen voor het filmdoek. Dat was het althans in de hoogtijdagen geweest. De exploitanten waren failliet gegaan in de recessie van de jaren tachtig en latere pogingen om de bioscoop nieuw leven in te blazen waren stukgelopen op de concurrentie van de grote bioscopen buiten de stad en het filmhuis aan het water. De grote zaal was nu een karikatuur van de vroegere luister, een uit elkaar gevallen bende van stoelen met scheuren in de bekleding en bouwpuin.

De technisch rechercheurs stonden allemaal in een hoek voor in de zaal. Hun drukke bezigheden en opwinding betekenden dat ze iets hadden. Helen haastte zich ernaartoe. Het telefoontje dat ze vlak na haar ruzie met Harwood had gekregen was het enige beetje goede nieuws geweest dat ze de hele dag had gekregen. Ze wilde het met eigen ogen zien voordat ze zich illusies ging maken.

De technisch rechercheurs gingen opzij toen ze dichterbij kwam. Daar was hij. Hij lag nog grotendeels onder het puin, maar er waren al een schedel en een geheven arm blootgelegd. De vingers van de hand wezen beschuldigend naar boven. De huid, die met stof was bedekt, was donker en deed vermoeden dat het slachtoffer van gemengde afkomst was. Maar dat was niet waar Helen benieuwd naar was. Het belangrijkste was dat het slachtoffer maar vier vingers had en dat de vijfde een paar jaar eerder was geamputeerd, te oordelen naar het littekenweefsel.

Ze wisten niet veel van Anton Gardiner – wie zijn ouders waren, hoe zijn jeugd was verlopen – maar ze wisten wel dat zijn ringvinger tien jaar eerder was afgehakt in een vergeldingsactie van een rivaliserende bende. Had hij Lyra tot haar reeks moorden aangezet? Was hij de aanstichter van dit alles? Helen keek naar zijn verminkte lijk en voelde een huivering van opwinding door haar lichaam trekken. Wees Antons geteisterde hand nu eindelijk de goede richting voor het onderzoek aan?

79

Het was koud en donker en ze begon haar geduld te verliezen. Het werd steeds moeilijker om even op adem te komen. De politie manifesteerde zich nu overal in de stad en ze moest zo overdreven voorzichtig zijn dat ze in een trainingsbroek en met een hoody aan over straat ging, alsof ze 's avonds laat nog even ging joggen. Toen ze een afgelegen plek bij de Western Docks had gevonden, trok ze ze allebei uit en werden er een kort rokje en kousen zichtbaar. Een strak topje onthulde haar royale boezem en een kort bontjasje maakte het geheel compleet. Ondanks de stress en frustratie van de avond voelde ze zich goed terwijl ze zich onthulde. Nu hoefde ze alleen nog maar te wachten tot de smerige honden naar haar toe kwamen.

Twintig minuten later kwam er een eenzame gestalte in zicht. Hij was een beetje onvast ter been en prevelde een lied in een vreemde taal. Een zeeman, waarschijnlijk een Pool, dacht ze. Angels hart ging sneller slaan. Zeelieden waren vies, onhygiënisch en grof, maar ze hadden altijd geld als ze aan wal mochten en ze kwamen meestal ook snel klaar na zo'n lange tijd zonder seks.

De man bleef staan toen hij haar zag. Hij keek om zich heen om te zien of hij alleen was en drentelde naar haar toe. Hij was verbazend knap, niet ouder dan vijfentwintig, met een smal gezicht en een vrouwelijke mond. Hij was dronken, zeker, maar niet onaantrekkelijk. Het verwonderde Angel dat hij ervoor moest betalen.

'Hoeveel?' vroeg hij met een zwaar accent.

'Wat wil je doen?'

'Alles,' antwoordde hij.

'Honderd pond.'

Hij knikte. 'Is goed.'

'Kom mee.'

En daarmee bezegelde hij zijn lot.

Angel liep voorop. Ze loodste hem door een doolhof van vrachtcontainers naar een opzichtersterreintje. Hier moest de vracht gecontroleerd en geregistreerd worden, maar in feite was dit de plek waar een aanzienlijk deel van de geïmporteerde goederen op mysterieuze wijze verdween, om op de zwarte markt weer boven water te komen. Vannacht zou het er verlaten zijn – er was de hele week geen vracht gelost.

Terwijl ze hem naar zijn dood leidde, kon Angel haar lachen met moeite inhouden. Haar hele lijf trilde van de adrenaline en de opwinding. Zou ze ooit van deze verslaving af kunnen komen? Vast niet, daar voelde het te lekker voor. Dit was het mooiste deel. De stilte voor de storm. Ze was gek op het geladen bedrog van het geheel.

Ze waren nu alleen op het donkere terrein. Ze haalde diep adem en draaide zich om. 'Zullen we dan maar beginnen, schat?'

Zijn rechtervuist raakte haar kaak met zo veel kracht dat ze tegen de container achter haar werd geslingerd. Ze stak verbijsterd haar handen op om zich te verweren, maar de vuistslagen bleven komen. Ze duwde de man van zich af, maar de volgende stomp sloeg haar hoofd bijna van haar romp en ze viel zwaar op de grond. Wat gebeurde er? Ze probeerde overeind te krabbelen, maar hij

dook al op haar. In een reflex haalde ze uit. Ze had wel vaker gewelddadige klanten overwonnen, maar altijd met behulp van
traangas – ze had nog nooit zo'n strijd van man tegen man geleverd.

Hij zat zwaar op haar en omklemde haar keel met zijn sterke
handen. Hij kneep harder, harder, harder. Ze ramde haar vingers
in zijn linkeroog, maar hij rukte zijn gezicht weg, buiten haar
bereik. Ze zag het bloed door een ader in zijn hals pompen en
klauwde ernaar met haar afgebroken nagels. Als hij doodbloedde,
zou hij zijn greep toch wel laten verslappen? Zo had het niet moeten gaan. Het was niet de bedoeling dat ze op deze ellendige plek
zou sterven.

Ze vocht tot het uiterste. Ze vocht voor haar leven. Maar het
was te laat en binnen een paar seconden ging het licht uit.

80

Tony zag tot zijn opluchting dat Nicola sliep. Het was laat, maar
ze kon vaak moeilijk in slaap komen. Tony wist dat als ze wakker
was geweest, als die diepblauwe ogen naar hem hadden opgekeken toen hij binnenkwam, hij alles aan haar zou hebben opgebiecht. Hij zou niet in staat zijn geweest het binnen te houden,
zo verward, opgewonden en schuldig voelde hij zich. Nu hoefde
hij alleen maar een paar geforceerde zinnen met Violet te wisselen
– hij keek naar de vloer en zei dat hij moe was – voordat ze wegging en hij alleen was met zijn vrouw.

Tony was nooit eerder vreemdgegaan en hij hield nog altijd van
Nicola. Zo mogelijk hield hij zelfs nog meer van haar nu zijn on-
trouw zwaar op zijn geweten drukte. Hij wilde haar geen pijn
doen – hij had haar nooit pijn willen doen – en ze hadden elkaar
altijd alles verteld, maar wat moest hij nu tegen haar zeggen?

Eerlijk gezegd was hij nog in een roes. Melissa en hij hadden
het nog twee keer gedaan voordat hij uiteindelijk vertrok. De be-
waker bij de deur had naar het dikke dossier onder zijn arm gekeken en leek te geloven dat hij de hele tijd nijver bezig was geweest met het opnemen van Melissa's verklaring. Tony voelde
weer schaamte; hij had niet alleen Nicola bedrogen, maar ook zijn
collega's. Hij was altijd een goede politieman geweest, dus waar
kwam die plotselinge zondeval vandaan?

Hij wist het wel. Natuurlijk wist hij het wel. Hij had heel lang geprobeerd zichzelf aan te praten dat zijn leven met Nicola de norm was. Dat het oké was. Hij zei vaak tegen belangstellende vrienden dat hij voor het leven was getrouwd en het prima vond als ze het hiermee moesten doen, maar het was niet waar en dat was het nooit geweest ook. Niet omdat hij meer wilde, maar omdat Nicola zo veel meer was geweest.

Zij had alles voor hem ontsloten. Hij kwam uit een geslacht van nomadische, ambitieloze mensen, zij uit een geslaagde, gecultiveerde en gedreven familie. Wat ze ook deed, of het nu werk of spelen was, deed ze met toewijding, de wil om te slagen en oprecht plezier. En hij miste haar. Hij miste haar echt ontzettend. Op romantisch gebied was ze impulsief en verrassend, op seksueel gebied fantasierijk en ondeugend, en op emotioneel gebied was ze altijd royaal. Dat kon ze hem allemaal niet meer geven, en hoewel hij het zichzelf kwalijk nam dat hij haar meer als een vriendin begon te zien, was het wel de harde waarheid. Ze zou hem nooit tot last zijn, maar echt zijn vrouw was ze ook niet meer.

Dat, had hij altijd gedacht, was het echte verraad. Maar hoe zat het met Melissa? Dit was iets nieuws, iets gevaarlijks. Het was gestoord, maar hij had nu al gevoelens voor haar. Liefde kon het niet zijn, want hij kende haar nog maar net, maar het had er iets van weg. Hij had het heel lang zonder liefde en genegenheid moeten stellen, en nu kreeg hij een overdosis.

En hij wilde er geen punt achter zetten.

81

Helen bleef als aan de grond genageld staan, snakkend naar adem.

De eerste onheilstekenen waren gekomen in de vorm van herhaalde telefoontjes naar Helens mobieltje van de perswoordvoerder van het hoofdbureau in Southampton om door te geven dat de *Mail* haar probeerde te bereiken. Toen waren diezelfde telefoontjes van het regionale hoofdbureau gekomen en nu had de hoofdredacteur van de *Mail* zelf gebeld. Verwarring alom – de woordvoerders waren ervan uitgegaan dat het om het onderzoek naar de moorden in Southampton ging, maar de krant bleek Helen te willen spreken over een zekere Robert Stonehill.

Zodra ze de naam hoorde, had Helen haar telefoon uitgeschakeld en zich teruggehaast naar het bureau. Daar aangekomen had ze alle voorpagina's van de volgende dag willen zien. De meeste waren gewijd aan de voortdurende gijzelingscrisis in Algerije, maar de *Mail* had voor iets anders gekozen. ZOON VAN EEN MONSTER, stond er in koeienletters voorop, met daaronder een korrelige, sinister ogende foto van Robert, van veraf met een telelens genomen. Daaronder prijkte Mariannes arrestatiefoto – haar misdrijven werden nog eens met smaak opgedist.

Helen liet de krant vallen, rende de mediaruimte uit en de trap af en stormde naar haar motor. Op weg naar de rand van de stad maalde er maar één vraag door haar hoofd: *Hoe?* Hoe waren ze erachter gekomen? Emilia moest er iets mee te maken hebben, maar Helen had niemand over Robert verteld, dus tenzij hij… Nee, dat sloeg nergens op. Sinds wanneer was Emilia alwetend, kon ze in de geheimste hoekjes van Helens leven komen?

Het enige wat ze wilde, was Robert zoeken en hem geruststellen. Hem beschermen. Maar toen ze Cole Avenue naderde, zag ze dat de persmeute zich al aan het verzamelen was. Er was net een cameraploeg van de tv aangekomen en een groeiend aantal journalisten belde bij het huis aan en eiste een interview. Helen was het liefst dwars door de massa heen gereden om maar zo snel mogelijk bij Robert te komen, maar haar verstand won het en ze bleef waar ze was. Haar aanwezigheid zou de belangstelling alleen maar aanjagen en het gezin Stonehill had al genoeg problemen.

Hoe kon ze Robert helpen? Hoe kon ze de lading shit die deze onschuldige jongen door haar toedoen over zich heen kreeg een halt toeroepen? Dit was haar schuld en ze vervloekte zichzelf hartgrondig om het moment van zwakte waarin ze contact had gezocht met Robert. Hij had in zalige onwetendheid verkeerd. En nu dit.

Door haar poging hem te redden had ze hem gedoemd.

82

Ze lag op de grond, levenloos en slap, met haar armen in overgave uitgestrekt. Ze was nu van hem en hij nam het ervan. Hij nam niet de moeite een condoom te gebruiken. Nog een paar uur, dan zat hij weer op zijn marineschip, de Slazak, op weg naar Angola. Tegen de tijd dat ze haar vonden, zou hij allang weg zijn. Hij benutte zijn verlof altijd goed en deze keer was geen uitzondering.

Het had hem even gekost om zich te herpakken nadat hij haar had gewurgd, zoals altijd. De adrenaline gierde door zijn lijf; zijn hart bonkte alsof het op springen stond en hij zag sterretjes. Zijn triomf maakte hem ademloos en uitgeput. De krabwonden in zijn gezicht staken en zijn zintuigen waren tot het uiterste gespannen – elke vallende druppel water klonk als een naderende voetstap, elke windvlaag als een krijsende vrouw. Maar er was hier verder niemand. Hij was alleen met zijn prooi.

Ze was net als alle anderen. Zondig, smerig en goedkoop. Hoeveel had hij er nu vermoord? Zeven? Acht? En hoeveel hadden er teruggevochten, écht teruggevochten? Niet één. Deze was taaier geweest dan de meesten, maar zoals alle anderen had ze het gewéten. Ze wist dat ze gevallen was, dat ze elke kans op verlossing had verspeeld door haar eigen verdorvenheid – daarom waren ze dankbaar als hij hen uit hun lijden verloste. Wisten ze dat ze regelrecht naar de hel gingen? Maakte het ze iets uit?

Hij kwam sidderend klaar, sloot zijn ogen en genoot van het moment. De spanning die week in, week uit in hem was gestegen, begon nu al weg te ebben. Hij zou nu snel die alomvattende rust ervaren die hij zo zelden voelde en die hem zo dierbaar was.

Hij deed zijn ogen open om een laatste blik op haar bloedeloze gezicht te werpen, maar toen verstijfde hij.

Haar ogen waren open. En ze keek hem recht aan.

Naast haar stond haar tas. En in haar rechterhand hield ze een groot mes.

'*Gówno!*'

Het mes drong zich met een misselijkmakend geknars in zijn gezicht. Hij verloor het bewustzijn en binnen een minuut was Wojciech Adamik dood.

83

Ze dook in een flits op hem. Toen ze haar sleutel in het slot stak, voelde ze hem aankomen. Ze draaide zich razendsnel om, pakte zijn uitgestrekte arm, sloeg hem hard tegen de muur en bracht de sleutel in haar hand op ooghoogte. Als het moest, kon ze haar belager een oog uitsteken.

Het was Jake. Helen liet hijgend haar arm zakken.

'Wat doe jij hier in godsnaam?'

Jake was buiten adem door de botsing met de harde stenen muur, maar uiteindelijk zei hij: 'Op jou wachten.'

'Kon je niet gewoon opbellen? Of beneden wachten?'

'Ik heb geprobeerd je te bellen, Helen, dat weet je. Ik heb ik weet niet hoe vaak ingesproken – vijf, zes keer? Je hebt niet één keer teruggebeld.'

Zijn harde stem weerkaatste in het trappenhuis. Jason was net door de centrale voordeur gekomen met weer een jonge verpleegkundige op sleeptouw, dus maakte Helen snel haar voordeur open en duwde Jake haar appartement in.

'Ik maakte me ongerust. Ik was bang dat er iets met je was gebeurd. Toen ging ik denken dat ik iets verkeerds moest hebben gedaan. Wat is er aan de hand?'

Jake was nu in haar woonkamer, omringd door haar boeken en

tijdschriften. Het voelde heel vreemd om hem in haar huis te hebben; de context was helemaal verkeerd.

'Emilia Garanita weet van ons. Ze weet waarom ik bij je kom en ze dreigt me in de pers aan de kaak te stellen.'

Jake keek haar verbluft aan, maar Helen moest het hoe dan ook vragen. 'Heb jij het haar verteld?'

'Nee, natuurlijk niet. Nee en nog eens nee.'

'Heb je het aan iemand anders verteld? Iemand die haar zou kunnen kennen, die zijn mond voorbij heeft gepraat?'

'Nee, waarom zou ik dat in vredesnaam doen? Wat wij hebben is iets tussen ons en niemand anders, dat weet je best.'

Helen keek naar de vloer. Opeens werden de gebeurtenissen van die dag haar te veel en barstte ze in tranen uit. Woest op zichzelf hield ze haar hoofd gebogen om haar zwakte niet te tonen, maar haar schouders schokten. Het was allemaal zo gruwelijk verkeerd gegaan, en dat was grotendeels aan haar eigen zwakte en stupiditeit te wijten. Moest ze dan altijd aan het kortste eind trekken?

Jake liep naar haar toe en nam haar in zijn armen. Het voelde warm en goed. Sommige mensen verachtten haar, andere twijfelden aan haar en weer andere vonden haar vreemd, maar Jake had nooit over haar geoordeeld en altijd om haar gegeven, ondanks het ongebruikelijke karakter van hun relatie. Helen had haar hele leven gehunkerd naar onvoorwaardelijke liefde, maar nu besefte ze dat Jake haar die wilde geven.

Ze had hem altijd op afstand gehouden, zelfs toen hij liet merken dat hij dichter bij haar wilde komen. Hij was dus net zo verbaasd als Helen zelf toen ze eindelijk opkeek en zei: 'Blijf.'

84

Het zonlicht stroomde door de dunne gordijnen. Charlie voelde de warmte van de nieuwe dag op haar gezicht en deed langzaam haar ogen open. Herinneringen, gedachten en gevoelens buitelden door haar wazige hoofd en toen draaide ze zich plotseling gespannen om. Had ze het gedroomd? Nee, Steve was er echt niet – hij was die nacht niet thuisgekomen. Ze had het niet gedroomd.

Charlie had herhaaldelijk geprobeerd hem te bereiken, maar alleen zijn voicemail aan de lijn gekregen. Maakte hij het wel goed? Was er niets met hem gebeurd? Ze wist zeker dat Steve haar niet had verlaten. Al zijn spullen waren er nog en bovendien was hij geen lafaard. Hij zou nooit zonder enige verklaring weglopen.

Waar was hij dan? En waarom was hij niet thuisgekomen? Nadat hij zijn ultimatum had gesteld, had Charlie bedenktijd gevraagd. Ze wilde dolgraag bij hem blijven, een gelukkig gezin vormen, maar haar carrière opgeven, alles waar ze voor had gevochten, was een groot offer. Maar zou het de moeite waard zijn zonder Steve aan haar zij? Het was een vraag die Charlie met geen mogelijkheid kon beantwoorden.

Misschien had ze nooit begrepen hoeveel verdriet hij had om het kind dat ze waren verloren. Steve had een naam in gedachten gehad voor als het een jongetje was geworden. Daar had hij haar mee geplaagd toen ze net zwanger was; hij had haar het geheim niet willen verklappen. Naderhand had hij het niet meer willen zeggen, hoe Charlie ook had geprobeerd er met hem over te praten. Uiteindelijk was ze erover opgehouden en misschien had ze het effect van het gebeurde op hem onderschat omdat hij zo gesloten was, zo op zichzelf.

Steve was zo hardnekkig. Zo vastbesloten dat ze iets anders moest gaan doen. Iets veiligs, zodat ze een gezinnetje konden stichten. Hij had genoeg woede ingeslikt, genoeg spanning, genoeg angst. Nu was het aan Charlie om te beslissen wat voor leven ze wilde.

Alleen wist Charlie het niet. Ze kwam er niet uit. Het enige wat ze zeker wist, was dat ze het verschrikkelijk vond om alleen in dit grote huis te zijn.

85

Hij werd belegerd. Ze hadden uiteindelijk de deurbel uitgeschakeld en de stekker uit de telefoon getrokken, maar het spervuur aan vragen hield niet op. Journalisten riepen door de brievenbus, bonsden op de deuren en ramen, vroegen om commentaar, om een fotosessie. Ze waren meedogenloos, genadeloos.

Robert had zich met zijn ouders, Monica en Adam, verschanst in hun slaapkamer boven. Ze hadden samen op het bed gezeten en geprobeerd het tumult buiten te overstemmen door de radio hard te zetten. Ze hadden geen van drieën geweten wat ze zeggen moesten, geschokt als ze waren door de gebeurtenissen, maar ten slotte had Robert zijn stem teruggevonden.

'Wisten jullie het?'

Zijn eerste vraag had een ondertoon van woede en verbittering. Monica knikte, maar huilde te hard om iets te kunnen zeggen, dus vertelde Adam Robert hakkelend wat hij wilde weten. Toen zijn ouders hem adopteerden, hadden ze geweten wie zijn moeder was, maar ze hadden niet willen weten wat ze precies had gedaan uit angst dat hun afgrijzen hun relatie met hun gekoesterde kind zou kleuren. Wat hun betrof was het kind onschuldig. Ze begonnen met een schone lei en dankzij puur geluk en de gratie Gods hadden zowel zij als hij een geweldige kans gekregen. Ze hadden hem altijd 'hun kleine zegen' genoemd.

Robert voelde zich niet zo gezegend. Na een pijnlijk, beladen gesprek van een paar uur was Robert naar zijn eigen kamer gegaan, want hij moest alleen zijn. Hij was op zijn bed gaan liggen, met zijn iPod op vol volume om de hysterie van zijn leven buiten te sluiten, maar het was niet gelukt, en hij kon ook niet slapen, dus had hij maar naar de wekker gekeken, die langzaam de nacht wegtikte.

Had Helen hem dit aangedaan? Hij had al begrepen wie ze was voordat Emilia Garanita het hem vertelde. Hij had Emilia afgeschud toen ze hem aanklampte bij de avondwinkel, maar pas nadat ze kans had gezien hem de feiten nog eens te vertellen. Helen was zijn tante, zijn moeder was een seriemoordenaar geweest. Voor zover hij het kon zien, had Helen geprobeerd hem te beschermen… maar ze bleef de enige die zijn ware identiteit kende. De enige die persoonlijk belang in hem stelde. Had zij zijn wereld laten instorten?

Zijn iPod lag nu vergeten op de vloer en hij hoorde zijn ouders ruziën. Zij hadden dit ook niet verdiend. Wat betekende dit voor hun gezin? Ze hadden altijd onvoorwaardelijk van hem gehouden, maar hier hadden ze niet voor getekend. Ze waren een gewoon, aardig echtpaar dat nooit een vlieg kwaad had gedaan.

Hij wierp een blik door het raam en voelde de moed in zijn schoenen zakken. Er waren alleen maar journalisten bij gekomen. Het was een slijtageslag, en er was geen ontsnapping mogelijk.

86

Helen ging op tijd van huis, maar de wegen waren al verstopt en de rit naar het politiemortuarium kostte twee keer zo veel tijd als anders. Ze vervloekte zichzelf omdat ze niet eerder was weggegaan, maar ze was van slag geweest doordat ze naast Jake wakker was geworden. Het was zo lang geleden dat ze naast een man ontwaakte – zij ging altijd naar hem toe, hij nooit naar haar – dat ze niet goed wist wat de etiquette was. Uiteindelijk had ze hem laten douchen en ontbijten en toen gevraagd of hij weg wilde gaan. Dat had gek genoeg niet ongemakkelijk gevoeld en hun afscheid was vriendelijk geweest, liefdevol zelfs. Ze hadden tot in de kleine uurtjes gepraat en toen was Helen in slaap gevallen – een paar uur later was ze met al haar kleren nog aan, maar verkwikt wakker geworden. Ze wist niet goed wat ze ervan moest denken, maar ze had er in elk geval geen spijt van.

Helens gedachten dwaalden weer af naar Robert. Moest ze proberen contact met hem op te nemen? Ze kwam bij het mortuarium aan, parkeerde haar motor, pakte haar telefoon en tikte snel een berichtje. Haar vinger aarzelde boven de verzendtoets – wilde hij wel iets van haar horen? Wat moest ze in vredesnaam zeggen? Stel dat haar bericht in verkeerde handen viel of werd gehackt? Emilia zou ongetwijfeld zo diep willen zinken als ze het gevoel had dat ze ermee weg kon komen.

Anderzijds kon ze ook niet niets laten horen. Ze kon Robert dit niet in zijn eentje laten opknappen. Ze schreef dus alleen dat ze het heel erg voor hem vond, dat hij moest volhouden terwijl zij zorgde dat de politie daar de pers verjoeg, en dat hij haar moest laten weten hoe het met hem ging. Het was te weinig, meer dan ontoereikend gezien de omstandigheden, maar wat kon ze verder nog zeggen? Geteisterd door de koude wind die over het verlaten parkeerterrein van het mortuarium joeg aarzelde Helen nog eens en drukte toen op 'verzenden'. Ze hoopte hartgrondig dat het verschil zou maken, hoe weinig ook.

Jim Grieves was die ochtend vreemd stil voor zijn doen, het eerste teken dat hij zich bewust was van de chaos in Helens leven. Nog verbazender was dat hij haar een klopje op haar arm had gegeven toen ze naar de snijtafel liepen. Helen had Jim nog nooit kunnen betrappen op een fysieke uiting van genegenheid en het ontroerde haar dat hij haar wilde laten merken dat hij achter haar stond. Ze glimlachte dankbaar naar hem voordat ze zich op hun taak richtten. Ze deden een monddoekje voor en keken naar de verteerde resten van Anton Gardiner.

'Hij is ongeveer een half jaar dood,' begon Jim Grieves. 'Het is moeilijk precies te zeggen. Het ongedierte daar heeft genoten. Ze hebben zijn huid en het grootste deel van zijn inwendige organen aangeknaagd, maar te oordelen naar het geronnen bloed in zijn mond- en neusholte is zes maanden een redelijke schatting.'

'Is hij vermoord?'

'Geen twijfel mogelijk. Hij heeft geleden voordat hij stierf. Beide enkels waren gebroken, evenals de knieschijven en ellebogen. En zijn luchtpijp is finaal doorgesneden – het mes is door de wervels gegaan. Degene die dit heeft gedaan, heeft hem zo goed als onthoofd.'

'Is hij ter plekke vermoord?'

'Daar ziet het niet naar uit. De afwezigheid van bloed en kleding en de kleine ruimte waar het lichaam in was gepropt doen vermoeden dat hij elders is vermoord en toen hier is verstopt. De dader heeft hem voordat de lijkstijfheid intrad opgevouwen en begraven – zijn botten waren al gebroken, waardoor hij makkelijker te hanteren moet zijn geweest.'

'Hoe zit het met zijn hart?'

Jim wachtte even, zich bewust van het belang van de vraag. 'Dat is er nog,' zei hij toen. 'Ten dele, althans. En wat er nog is, is nog aangehecht. Het is aangevreten door de ratten – als je goed kijkt, zie je de bijtsporen.'

Helen tuurde in de borstholte van de dode man.

'Zoals ik al zei hebben we bloed onder de nagels, in de neusholte en in de mond gevonden. Twee bloedgroepen tot nog toe, dus als je geluk hebt, zit het bloed van de moordenaar erbij. Ik zou over een paar uur een DNA-bepaling voor je moeten hebben.'

Helen knikte, maar ze bleef strak kijken naar wat ooit Antons kloppende hart was geweest. Er leken veel overeenkomsten te zijn met de werkwijze van de seriemoordenaar, maar het hart was niet verwijderd. Was Anton Lyra's oefenpiste geweest? Was ze met haar latere slachtoffers opgeklommen van marteling naar verminking? Was Anton Gardiner de vonk die het vuur in haar geest had doen oplaaien?

Het was tijd om meer aan de weet te komen over de handel en wandel van de vermoorde pooier. Helen bedankte Jim en liep naar de uitgang, de ongewoon zwijgzame patholoog-anatoom alleen achterlatend bij de man die door ratten was opgegeten.

'Zo, wat weten we over hem?' vroeg Helen aan haar teamleden, die om haar heen stonden in de recherchekamer.

'Anton Gardiner, kleine pooier en dealer,' begon rechercheur Grounds. 'In 1988 geboren als zoon van Shallene Gardiner, een alleenstaande moeder die vaak is veroordeeld wegens winkeldiefstal. Geen vader op zijn geboorteakte en in dat opzicht zullen we niet veel verder komen. We weten niet veel van Shallene, maar we weten wel dat ze gul was met haar genegenheid.'

Ondanks het zware onderwerp onderdrukten een paar vrouwelijke teamleden een glimlach. Grounds had iets vertederend ouderwets.

'Anton ging naar de St. Michaelsschool in Bevois, maar verliet de school voortijdig. Zijn strafblad begint rond zijn vijftiende. Drugsbezit, diefstal, mishandeling. En het wordt langer en langer, al hebben we hem nooit op een ernstig delict kunnen pakken en heeft hij nooit lang gezeten.'

'En zijn meisjes?' vroeg Helen. 'Wat weten we daarvan?'

'Hij is rond 2005 met zijn stal begonnen,' vertelde Charlie. 'Hij had vrij veel meisjes. Hij pikte ze op in opvanghuizen, zorgde dat ze aan de drugs raakten en liet ze dan voor hem werken. Ik heb er een paar gesproken die "betrekkingen" met hem hadden en de consensus is dat hij een rotzak was. Dominant. Gewelddadig. Sadistisch. En uitgesproken paranoïde. Hij was er altijd van overtuigd dat hij in de gaten werd gehouden, dat zijn meisjes plannen beraamden om bij hem weg te gaan, en hij gaf ze vaak zonder enige reden verschrikkelijke afranselingen. Hij maakte geen gebruik van banken, die vertrouwde hij niet, had nooit een legitimatiebewijs op zak en altijd een mes bij de hand, zelfs als hij sliep. Hij was iemand die altijd over zijn schouder keek.'

Helen liet het bezinken en vroeg: 'Was hij geslaagd?'

'Hij verdiende goed,' antwoordde Sanderson.

'Had hij vijanden, voor zover we weten?'

'Dezelfde als altijd. Geen specifieke incidenten rond de tijd van zijn dood.'

'Ik neem aan dat hij niet getrouwd was?'

Sanderson glimlachte en schudde haar hoofd.

'Waarom moest hij het dan ontgelden?' zei Helen. Sanderson glimlachte niet meer. 'En waarom is zijn lichaam verstopt? Hij was een ongetrouwde, platvloerse pooier, dus er was niets om aan de kaak te stellen. Hij was geen hypocriet met een liefdevol gezinnetje dat thuis op hem wachtte. Hij was wat hij was en deed zich niet beter voor dan dat.'

'En het hart is intact gelaten,' voegde McAndrew eraan toe.

'Exact. Het hart is niet verwijderd. Wat was het motief dan? Waarom heeft ze hem vermoord?'

'Omdat hij haar mishandelde?' opperde Grounds. 'We weten dat hij zijn meisjes in de oude bioscoop opsloot en martelde.'

'Maar daar is hij niet vermoord,' onderbrak Helen hem. 'Hij is elders vermoord en in de bioscoop gedumpt. Het klopt niet.'

'Misschien heeft ze haar kans afgewacht – nadat hij haar had mishandeld,' pikte Fortune de draad weer op. 'Ze wachtte tot het donker was en vermoordde hem ergens waar ze niet gestoord konden worden. Misschien heeft ze zijn lichaam in de bioscoop gedumpt bij wijze van boodschap aan andere pooiers – en de andere meisjes.'

'Waarom zou ze het dan begraven?' ging Helen ertegenin. 'Waarom zou je hem verstoppen als je een boodschap wilt overbrengen?'

Het team zweeg. Helen dacht even na en vervolgde: 'We moeten weten waar hij is gestorven. Hebben we adressen van hem?'

'Tientallen,' antwoordde Grounds met opgetrokken wenkbrauwen. 'Hij bleef graag in beweging. Hij trok als een slak door Southampton met zijn bezittingen op zijn rug. Hij probeerde zijn vijanden, echt of ingebeeld, altijd een stap voor te blijven.'

'Trek ze allemaal na, stuk voor stuk. Als we de plaats delict kunnen vinden, wordt het verband met Lyra misschien duidelijker. We moeten de omstandigheden rond zijn dood kennen. Rechercheur Grounds neemt de leiding.'

Helen sloot de briefing af en nam Charlie apart. Ze wilde weten hoe ver ze was gekomen met het traceren van de andere forumleden, maar ze kreeg de kans niet. Er kwam een melding door waar iedereen van schrok: Angel had weer toegeslagen.

87

'Het is zo te zien een flinke worsteling geweest.'

Charlie en Helen stonden samen op het ijskoude containerterrein naar het bloedbad voor hen te kijken. Een jonge man – midden twintig, vol tatoeages – lag met zijn hoofd in een grote plas bloed op het asfalt. Een technisch rechercheur fotografeerde de diepe snee in zijn gezicht, maar Helen was meer geboeid door zijn romp. Die was aan flarden gesneden, alsof iemand als een dolle met een mes tekeer was gegaan, maar zijn inwendige organen waren nog aanwezig.

Helen wendde haar blik af van het gruwelijke schouwspel. Charlie had gelijk. Overal zat bloed: op de containers, waar iemand zwaar was neergekomen, op het asfalt waar de worsteling had plaatsgevonden en op het pad waarlangs de overlevende partij was gevlucht. De schoensporen in bloed waren klein en leken gemaakt te zijn door schoenen of laarzen met hoge hakken – Angel.

'Ik geloof dat ze deze keer de verkeerde voor zich had,' vervolgde Charlie.

Helen knikte, maar zei niets. Wat had zich hier afgespeeld? Waarom had ze hem niet verdoofd, zoals de anderen? Het zag eruit alsof er een wanhopige doodsstrijd was geleverd. Misschien had Charlie gelijk. Misschien was Angels geluk eindelijk op.

'Een zeeman. Waarschijnlijk buitenlands en ongetrouwd. Een vreemde keus voor haar doen,' zei Helen hardop terwijl ze naar de zonderlinge tatoeages op het lichaam keek.

'Misschien kan ze moeilijker aan slachtoffers komen.'

'Maar toch kan ze niet stoppen,' merkte Helen op.

Het was een ernstig stemmende gedachte. Het lichaam was gedeeltelijk gekleed en Helen keek nog eens goed. Vermoedelijk was Angel gestoord en had ze haar slachtoffer niet op de gebruikelijke manier kunnen toetakelen. Zijn borst zag eruit alsof erin gehakt was – er was geen spoor van haar gebruikelijke precisie. Alleen maar een golf van geweld.

'Wat heb je voor me?' vroeg Helen aan de leider van het technisch team.

'Een diepe steekwond in het gezicht. Ze heeft hem min of meer door zijn oog gestoken. Hij moet op slag dood zijn geweest.'

'Verder nog iets?'

'Zo te zien is hij kort voor zijn dood nog seksueel actief geweest. Hij heeft spermasporen op zijn penis en zijn heupen zijn bont en blauw, wat erop wijst dat de seks ruig was. Het zou zelfs een verkrachting kunnen zijn geweest.'

Helen voelde tegen wil en dank medeleven met Angel. Na al die jaren was er nog steeds niets wat Helen zo aangreep als zedendelicten en ze had alleen maar medelijden met de slachtoffers, hoe ontaard ze ook waren. De nasleep van een verkrachting is als een langzame dood, iets wat binnen in je voortwoekert en weigert je los te laten, je te laten leven. Angel was de kluts kwijt, misschien zelfs krankzinnig, maar dit soort bruutheid moest haar dieper de afgrond in hebben gestort.

Ze zou onder de kneuzingen zitten en misschien ook zwaargewond zijn. Zou ze zich nu terugtrekken uit de wereld en voorgoed voor hen verloren zijn? Of zou ze nog één keer glorieus vlammen voordat ze ten onder ging?

88

De regen viel gestaag en hard, als een aanval op de stad, geen zuivering, afketsend op de stoep. Er ontstonden diepe plassen die haar de weg versperden, maar ze liep er dwars doorheen. Er sijpelde water in haar gympen en haar zere voeten raakten doorweekt, maar ze liep door. Als ze aarzelde, zou ze de moed verliezen en omkeren.

Ze was koud tot op het bot, haar hoofd bonsde en nu de shock zakte, schreeuwde haar lijf het uit. Ze wist zeker dat ze in de gaten liep en versnelde haar pas. Hoe sneller ze liep, hoe minder ze hinkte. Ze had de capuchon van haar hoody opgezet en had ook nog een honkbalpetje op, maar een opmerkzame voorbijganger zou de bloeduitstortingen rond haar ogen en neus toch kunnen zien. Ze had een smoes bij de hand, maar ze wist niet of ze wel een woord kon uitbrengen, dus liep ze gehaast door.

Toen het gebouw in zicht kwam, aarzelde ze in een reflex – was het angst? Schaamte? Liefde? – en rende er toen naartoe. Ze had geen idee wat ze kon verwachten, maar ze wist dat ze dit moest doen.

Het pand zag er kleurloos, maar gastvrij uit. Ze bonsde op de deur, wachtte en keek om zich heen om te zien of iemand haar zag, maar er was niemand. Ze was alleen.

Er werd niet opengedaan. Ze bonsde nog eens op de deur.

Godallemachtig, elke seconde maakte dit erger.

Nu hoorde ze voetstappen. Ze stapte achteruit en zette zich schrap voor wat komen ging.

De deur ging langzaam open en er kwam een gezette, moederlijke vrouw in beeld die verbaasd naar de gestalte met de capuchon keek. 'Kan ik iets voor je doen?' vroeg ze beleefd, maar op haar hoede. 'Ik ben Wendy Jennings. Kom je bij iemand op bezoek?'

Bij wijze van antwoord schoof de vrouw de capuchon van haar hoofd en zette haar petje af.

Wendy Jennings snakte naar adem. 'Mijn god. Kom binnen, arm kind. Daar moet iemand naar kijken.'

'Het valt wel mee.'

'Kom op nou. Niet bang zijn.'

'Ik kom niet voor mezelf.'

'Wat kom je dan doen?'

'Dit.' Ze ritste haar jas open en pakte het zachte bundeltje dat eronder verstopt had gezeten. Wendy keek naar de slapende, in een warme deken gewikkelde baby en begreep wat haar werd aangeboden.

'Pak aan, verdomme,' beet de vrouw haar toe.

Maar nu aarzelde Wendy Jennings. 'Hoor eens, kind, ik zie dat je in de nesten zit, maar we kunnen niet zomaar je baby van je aannemen.'

'Waarom niet? Dit is toch een kindertehuis?'

'Ja, natuurlijk, maar…'

'Laat me nou niet smeken, alsjeblieft.'

Wendy Jennings kromp in elkaar. Ze hoorde niet alleen oprecht verdriet, maar ook woede in de stem.

'Ik kan niet meer voor haar zorgen,' vervolgde de vrouw.

'Dat zie ik en ik heb er begrip voor, echt waar, maar die dingen moeten volgens bepaalde regels gebeuren. We moeten ons aan de procedures houden. Het eerste wat we moeten doen, is Jeugdzorg bellen.'

'Nee.'

'Laat me dan een ambulance bellen. We laten je onderzoeken en dan kunnen we daarna over je kindje praten.'

Het was een valstrik. Dat moest wel. Ze had gehoopt hier een goed mens aan te treffen, iemand die ze kon vertrouwen, maar ze had hier niets te zoeken. Ze draaide zich op haar hakken om.

'Waar ga je heen?' riep Wendy haar na. 'Blijf hier, alsjeblieft, dan praten we erover.'

Ze zei niets terug.

'Ik heb het beste met je voor.'

'Dat zal best.' Ze aarzelde, draaide zich om, zette een grote pas naar voren en spuugde Wendy Jennings in haar gezicht. 'Je zou je moeten schamen.'

Ze beende de straat uit zonder om te kijken, met haar kindje aan haar borst gedrukt. De tranen stroomden over haar gezicht – dikke, wanhopige tranen van machteloosheid en woede.

Haar laatste kans was verkeken. Haar laatste reddingspoging.

Nu was alleen de dood nog over.

89

Het was hopeloos. De politie had de pers naar achteren gedrongen, de journalisten op hun verantwoordelijkheid gewezen, maar de surveillanceauto was nog niet weg of het begon weer. Het bonzen op de deur, de vragen door de brievenbus. Een paar hadden het aan de achterkant geprobeerd, waren over de schutting geklommen en hadden aan de achterdeur gerammeld. Ze gluurden als spoken door de serre naar binnen.

Robert en zijn ouders zaten nu in het donker boven. Ze hadden gedacht dat ze ongezien in de slaapkamer konden zitten, maar toen hadden ze een fotograaf uit een bovenraam aan de overkant van de straat zien hangen en hadden ze de gordijnen stevig dichtgetrokken. Nu zaten ze als nachtdieren bij elkaar in het donker, etend uit blikjes en zakjes – het was meer overleven dan leven.

Robert had het internet aanvankelijk gemeden, want hij wilde het niet weten, maar als het je enige venster op de wereld is, is het moeilijk te weerstaan. En toen hij eenmaal was begonnen, kon hij niet meer ophouden. De landelijke pers had zich uitgeleefd en Marianne de duivelin weer in volle glorie tot leven gewekt. Hij wilde niet dat zijn ouders het zagen, want hij wist dat het ze verdriet zou doen, dus had hij zich in zijn slaapkamer teruggetrokken en gelezen en gelezen. Hij was in de huid van zijn moeder gekropen. Tot zijn verbazing kon hij enigszins met haar meeleven

– ze was duidelijk op een verschrikkelijke manier mishandeld en verwaarloosd – maar haar misdaden waren gruwelijk om te lezen. Ze moest intelligent zijn geweest – intelligenter dan hij? – maar niet intelligent genoeg om zichzelf van de ondergang te redden. Haar leven was op een weerzinwekkende, deprimerende manier geëindigd. Volgens de website van de *National Enquirer* had de kogel haar hart doorboord en was ze in de armen van haar zus doodgebloed. Vervolgens was Helens hele leven uitgeplozen en nu was hij aan de beurt. De pers had zich op elke toets waarvoor hij was gezakt, elk klein vergrijp, elke aanvaring met de wet gestort. Hij werd afgeschilderd als een loser, een lapzwans, gewelddadig, een kind van zijn moeder. Een rotte appel. Hij was zo kwaad geworden om de karaktermoord op zijn ouders en hem dat hij kortaf en onvriendelijk had gereageerd op een sms van Helen Grace, die hem haar steun wilde betuigen. Misschien konden de media hun berichten onderscheppen, misschien niet. Het maakte hem niets uit.

Er moest iets gebeuren, zo veel was duidelijk. Zijn ouders hadden zwaar onder de situatie te lijden. Ze konden hun vrienden niet zien of spreken en ze waren bezoedeld door hun connectie met hem. Robert wist dat hij de aasgieren moest verdrijven, ze iets anders moest geven om zich druk om te maken. Dat was hij verplicht aan de mensen die hem hadden grootgebracht.

Hij speelde met het verband dat hij van zijn gewonde arm had gehaald en wikkelde het om zijn hand. Er begon zich een plan te vormen in zijn geest. Het was een wanhoopsdaad en het betekende het eind van alles, maar wat kon hij anders? Hij was in het nauw gedreven en kon geen kant meer op.

90

Tony stond versteld van de metamorfose. Hij wist dat Melissa om schone kleren en make up had gevraagd, maar hij had niet verwacht dat ze er zó anders uit zou zien. Tot nu toe had hij haar alleen in werkkleding gezien, het gevechtstenue van hoge laarzen, korte rok en diep uitgesneden topje. Nu, in een spijkerbroek met een trui en haar haar in een losse paardenstaart, zag ze er vrolijk en relaxed uit.

Ze begroette hem schuchter, alsof ze niet goed wist wat ze moest verwachten nu ze een tijdje uit elkaar waren geweest. Hij had eerlijk gezegd ook niet goed geweten hoe hij het moest spelen, maar nu het zover was, leek het de natuurlijkste zaak van de wereld om haar in zijn armen te nemen. Uit angst betrapt te worden hadden ze zich naar boven gehaast, maar deze keer ging het niet om hartstocht, maar lagen ze gewoon naast elkaar en hand in hand op bed naar het plafond te kijken.

'Het spijt me als ik je problemen heb bezorgd,' zei Melissa zacht.

Ze had vast geraden dat hij getrouwd was, al lag zijn ring op het nachtkastje thuis.

'Dat was mijn bedoeling niet.'

'Jij kunt er ook niets aan doen, dus voel je maar niet schuldig… Dat doe ik zelf wel.'

Hij glimlachte, met moeite, en ze glimlachte terug.

'Ik wil je niet ongelukkig maken, Tony. Niet nadat je zo goed voor me bent geweest.'

'Dat doe je ook niet.'

'Gelukkig maar. Want ik heb eens nagedacht over wat je zei, en je hebt gelijk. Ik wil inderdaad iets anders.'

Tony, die niet wist waar dit naartoe ging, zei niets.

'Als jij me in een goede afkickkliniek kunt krijgen, doe ik het. Ik wil de straat niet meer op. Nooit meer.'

'Prima. We zullen alles doen om je te helpen.'

'Je bent een goed mens, Tony.'

Tony lachte. 'Verre van dat.'

'Mensen worden gekwetst, Tony. Zo is het leven. Daarom ben je nog niet slecht. Wees dus niet zo streng voor jezelf. Jij en ik... we genieten ervan en dan kun jij terug naar je vrouw, geen punt. Ik zal je niet claimen, dat beloof ik.'

Tony knikte, maar zonder gevoel van voldoening of opluchting. Was dat wat hij wilde? Terug naar zijn oude leven?

'Tenzij je voor mij kiest, natuurlijk,' vervolgde Melissa met een glimlach, 'maar dat laat ik aan jou over. Ik heb niets, jij alles. Als ik jou was, zou ik verstandig zijn en teruggaan naar mijn vrouw.'

Ze zwegen en keken weer naar de grillige barsten in het plafond. Er werd hem een nieuwe toekomst aangeboden. Het was natuurlijk compleet krankzinnig, maar gek genoeg ook volkomen logisch. Zou hij de moed hebben om die kans te grijpen?

91

Rechercheur Grounds zette grote ogen op. Hij had nog nooit zoiets gezien. Het was een slagveld.

Anton Gardiner was dood net zo'n ongrijpbare figuur gebleken als levend – hij verhuisde continu om de politie en zijn concurrenten voor te blijven. Hij kocht geen panden, maar huurde voor de korte termijn, zodat hij niet al te veel geld verspeelde als hij plotseling het hazenpad moest kiezen. En uiteindelijk had dit Bridges en zijn team het resultaat opgeleverd waar ze op uit waren. Anton Gardiner deed alles contant, want overschrijvingen en creditcards lieten een spoor na, dus na een paar uur telefonisch bij huisjesmelkers informeren wie er het afgelopen jaar contant hadden betaald voor een korte huurtermijn – en of er iemand bij was die voldeed aan Antons signalement – hadden ze eindelijk beet.

De huisbaas had bereidwillig het appartement in een souterrain in Castle Road laten zien, maar hij was net zo geschrokken van het schouwspel als Bridges. Stoelen waren gemold, tafels omvergegooid, het enige bed lag ondersteboven op de vloer met een aan flarden gescheurde matras erop – het was alsof iemand het appartement de oorlog had verklaard en het genadeloos had verwoest.

Onder het omgekeerde bed lag een vuile, donkere vlek, een

grillige cirkel met een diameter van minstens een meter. Grounds gaf een van zijn mensen opdracht een team van de technische recherche te laten komen, maar niemand hoefde hem nog te vertellen dat het geronnen bloed was. Er was iemand leeggebloed in deze sjofele slaapkamer. Ook was de kleerkast vernield en de vloerbedekking in de hoeken losgetrokken. Terwijl Bridges rondliep, liet hij het op zich inwerken. Twee dingen waren overduidelijk. Ten eerste dat iemand – waarschijnlijk Gardiner – hier was aangevallen en vermoord. En ten tweede dat iemand hier iets had gezocht.

Maar wat? En waarom was diegene bereid geweest ervoor te doden?

92

'Weet je dat absoluut zeker?'

Helen merkte dat ze met stemverheffing sprak – er keken mensen op in de recherchekamer – en duwde de deur van haar kamer dicht.

'Honderd procent,' zei de stem aan de andere kant van de lijn, die van Meredith Walker was, het hoofd van het forensisch lab op het hoofdbureau. 'We hebben het DNA uit het speeksel op het gezicht van Gareth Hill vergeleken met het DNA uit de twee verschillende soorten bloed die op het lichaam van Anton Gardiner zijn aangetroffen. Er is geen overeenkomst. Als het bloed onder Gardiners nagels afkomstig is van zijn moordenaar, is hij door iemand anders vermoord.'

'Niet door Angel?'

'Daar ziet het niet naar uit. We halen het door de database om te zien of we een match kunnen vinden. Zodra ik iets heb, hoor je van me.'

Helen sloot het gesprek af. De zaak had weer een vreemde wending genomen. Telkens wanneer ze bij Angel in de buurt leken te komen, ontglipte ze hun weer. Helen liep haar kamer uit en riep Charlie bij zich. Haar nieuws was nauwelijks beter – ze was nog niets dichter bij de ontmaskering van de andere gebruikers van het Bitchfest-forum. Wat betekende dat ze nog maar één ding konden doen.

'Vraag Sanderson of die het voorlopig van je wil overnemen en kom met mij mee,' zei Helen tegen Charlie. 'We gaan een praatje maken met een liegbeest.'

93

'Hallo, Hammer.'

Jason Robins keek op en zag Helen en Charlie zijn kamer in lopen. Hij stond op van zijn bureau, haastte zich langs hen heen en sloot de deur van zijn kamer zacht, maar gedecideerd.

'Wie heeft jullie binnengelaten?' zei hij verontwaardigd. 'Moeten jullie geen gerechtelijk bevel hebben of zoiets?'

'We komen alleen een babbeltje maken. We hebben tegen de meisjes bij de receptie gezegd dat we je dringend moesten spreken over een politiekwestie en toen ze onze penning zagen, wilden ze ons maar wat graag doorlaten.'

Jason wierp een blik op de secretaresses, die aan hun bureau zaten te roddelen.

'Ik kan aangifte tegen jullie doen wegens stalken. Die daar' – hij gebaarde naar Charlie – 'mailt en belt me dag en nacht... Het is ongehoord.'

'Nou, sorry, maar "die daar" heeft nog een paar vragen voor je,' repliceerde Charlie. 'Over Angel.'

'Niet weer, hè.'

'Ik heb hier een compositietekening die ik aan je wil laten zien.'

'Ik heb toch al gezegd dat ik die Angel niet ken...'

'Hier,' vervolgde Charlie onverstoorbaar, en ze hield hem de compositietekening van Lyra voor, die hij onwillig aannam.

'Herken je die vrouw? Is het Angel?'

Jason keek op naar Helen. Er parelde zweet op zijn voorhoofd.

'Voor de zoveelste keer, ik ben nooit bij Angel geweest. Ik heb haar nog nooit gezien. Ik ben het slachtoffer van identiteitsfraude. Iemand heeft mijn creditcard gekloond en gebruikt om...'

'Waarom heb je daar dan geen aangifte van gedaan?' blafte Helen, die zich zo ergerde dat ze haar beroepsmatige zelfbeheersing even verloor.

'Pardon?'

'We hebben je bank gesproken. Je hebt nooit melding gemaakt van fraude met je creditcard. Je bent hem zelfs blijven gebruiken sinds ons vorige gesprek. Bij Morrisons, bij Boots, moet ik doorgaan?'

Bij wijze van uitzondering had Jason geen weerwoord.

'Ik geef je nog een laatste kans, Jason. En als je nu niet ophoudt met eromheen lullen en me nu niet metéén over Angel vertelt, arresteer ik je wegens belemmering van de rechtsgang,' vervolgde Helen met stemverheffing. 'Ik haal je op je werk op, waar al je collega's bij zijn, maar ik laat rechercheur Brooks daar. Een paar goedgekozen vragen van haar en ze kunnen er niet meer aan twijfelen dat hun chef het met prostituees doet en er online over opschept tegen andere sneue mannen. Misschien zetten we ze per ongeluk op het spoor van een paar van je bijdragen aan het forum. Ze vinden het vast geweldig om meer te lezen over Hammer met zijn grote...'

'Oké, al goed, je hoeft niet zo te schreeuwen,' zei Jason met een blik op zijn collega's aan de andere kant van het glas, die bijna allemaal schaamteloos terugkeken.

'Kunnen we ergens anders heen?' vroeg hij smekend.

'Nee. Voor de draad ermee.'

Jason leek even in opstand te komen, maar zakte toen terug op zijn stoel. 'Ik heb het nooit met haar gedaan.'

'Wat zeg je?'

'Ik heb nooit seks gehad met Angel. En ik heb haar maar één keer gezien.'

'Maar op het forum schreef je dat je het heel vaak met haar had gedaan,' wierp Charlie tegen. 'Dat je haar "van alle kanten" had gehad.'

Het bleef lang stil. Jasons bezwete gezicht was rood van schaamte.

'Het is gelogen. Ik heb het nooit met haar gedaan. Ik heb het nog nooit met een hoer gedaan.'

'Heb je het allemaal verzonnen?' zei Helen ongelovig.

Jason boog zijn hoofd en knikte. 'Ik heb de andere jongens gewoon verteld wat ze wilden horen.'

'De andere jongens op het forum? PussyKing, fillyerboots...'

'Ja. Ik wilde erbij horen. Populair zijn.'

Helen wisselde een blik met Charlie. Jasons eenzaamheid was tragisch en Helen voelde voor het eerst een greintje medelijden met de gescheiden man.

'Wanneer heb je Angel gezien?'

'Vier dagen geleden. Een van de anderen had me verteld waar ze te vinden was en ik ben gaan zoeken. En daar was ze.'

'En toen?'

'Ik pikte haar op. We reden naar de Common.'

'En toen?'

'Ze wilde praten. Vroeg me van alles. Gewoon om een praatje te maken, zeg maar. Toen... toen vroeg ze of ik getrouwd was. En ik weet niet waarom, maar het kwam keihard aan.'

'Hoe bedoel je?'

'Het raakte me. Het was maar een vraag, maar...' Jason zweeg even, overweldigd door emoties bij de herinnering. 'Maar ik moest erom huilen.'

Nu keek hij eindelijk op. Helen schrok van zijn wanhopige gezicht.

'Ik heb haar alles verteld. Dat ik mijn vrouw zo miste. Dat ik Emily zo miste.'

'Wat zei ze toen?'

'Weinig. Het stond haar niet aan. Ze zei wel een paar dingen in de trant van "je komt er wel overheen" en toen vroeg ze me te stoppen.'

'En toen?'

'Ze stapte uit. Ze stapte uit en liep weg. En dat was de eerste en laatste keer dat ik haar heb gezien, ik zweer het.'

Helen knikte. 'Ik geloof je, Jason, en ik weet dat het moeilijk is om erover te praten, maar in feite ben je door het oog van de naald gekropen. Neem maar van mij aan dat het veel erger had kunnen zijn.'

'En zij heeft… al die mannen in de krant?'

'Ja, daarom is het zo belangrijk dat we haar vinden. Dus kijk alsjeblieft eens goed naar deze tekening en zeg me… Is dit Angel?'

Jason pakte de compositietekening weer, keek er aandachtig naar en zei: 'Nee.'

Charlie wierp Helen een geschrokken blik toe, maar Helen, die de zaak weer de mist in voelde gaan waar ze bij stond, reageerde er niet op.

'Kijk nog eens goed. Lyra Campbell is onze hoofdverdachte. Dit is een goede gelijkenis, weet je zeker dat het Angel niet is?'

'Absoluut. Ze lijkt er niet op.'

Op dat moment wist Helen dat ze weer terug bij af waren.

94

Helen kon zichzelf wel slaan. Het was haar nu zo duidelijk hoe zij en de rest van het team waren gemanipuleerd. Helen had Charlie terug naar het bureau gestuurd om de noodzakelijke gegevens te verzamelen en was zelf regelrecht naar het onderduikadres gegaan, geflankeerd door een paar man van de uniformdienst. Melissa was tot nu toe als een prinsesje behandeld – Helen vroeg zich af hoe ze het zou vinden om geboeid in een surveillanceauto geduwd te worden.

Er leek in eerste instantie niemand thuis te zijn. Helen bonsde woest op de voordeur – was Melissa op de een of andere manier gewaarschuwd en had ze het hazenpad gekozen? De bewakers zeiden dat ze geen voet buiten de deur had gezet, maar je wist het maar nooit. Uiteindelijk gluurde er echter iemand door het kijkgaatje in de deur en toen vroeg Melissa met haar hese stem verwijtend wie daar was en wat hij kwam doen. Ze was verbaasd Helen te zien staan en nog verbaasder – en gekrenkt – toen ze een half uur later in een verhoorkamer op het hoofdbureau werd bestookt met vragen.

'Waarom heb je het gedaan, Melissa?'

'Wat? Wat zou ik gedaan hebben?'

Ze kaatste de vraag terug alsof alleen de suggestie dat ze iets fout zou hebben gedaan al een belediging was. Ze had echt een pestbui.

'Waarom heb je Anton Gardiner vermoord?'

'Doe me een lol, zeg.'

'Heeft hij je mishandeld? Had je geld nodig?'

'Ik heb hem met geen vinger aangeraakt.'

Helen keek haar strak aan, reikte naar het dossier dat rechts van haar op tafel lag en haalde er een vel papier uit. 'We hebben net de complete analyse gekregen van de bloedsporen op het lichaam van Anton Gardiner. Zoals te verwachten viel, was veel ervan van hemzelf – geen verrassing, in aanmerking genomen hoe hij was toegetakeld, maar er waren ook andere sporen. Er zat bloed onder Antons nagels en zelfs op twee van zijn tanden. Hij moet geprobeerd hebben zich te verweren door zijn belager te krabben en te bijten.' Helen liet het even bezinken en vervolgde toen: 'Het is jouw bloed, Melissa.'

'Mooi niet.'

'Ik zou je op dit punt aanraden een advocaat te nemen…'

'Ik hoef geen advocaat. Wie vertelt er leugens over me?'

'We hebben een match, Melissa. We hebben het DNA uit de bloedsporen door de landelijke politiedatabase gehaald en jouw naam rolde eruit.'

Melissa keek Helen woedend aan.

Helen trok meer papieren uit haar dossier en vervolgde: 'Drie jaar geleden heb je gevochten met een collega, Abigail Stevens. Het ging om een cliënt. Zij beschuldigde jou van geweldpleging, jij haar, en zoals normaal in zulke zaken hebben jullie allebei een DNA-monster afgestaan, dat uit het wangslijmvlies is afgenomen. Die gegevens worden tien jaar bewaard in de landelijke database.'

Helen liet dit weer even bezinken en vervolgde: 'Misschien dacht je dat we het hadden weggedaan, misschien was je het helemaal vergeten, maar het feit blijft dat het jouw bloed is.'

Melissa wilde iets zeggen, maar Helen walste eroverheen. 'Jij hebt Anton Gardiner vermoord en in de oude bioscoop gedumpt.

Toen hoorde je dat het gebouw in de verkoop zou komen. Je maakte je er zorgen om, dus toen je de kans kreeg om de moord op iemand anders af te schuiven, greep je die aan. Anton was helemaal geen slachtoffer van Angel, jij hebt hem vermoord.'

'Je kunt maar beter met bewijs komen, anders krijg je hier spijt van.'

'Een van mijn mensen is vanochtend op een adres in Bitterne Park gaan kijken. Anton was het laatst gezien in de buurt van Castle Road, waar hij een souterrain huurde. Zijn appartement was overhoopgehaald, binnenstebuiten gekeerd, en er zijn oude bloedsporen in de slaapkamer gevonden. Veel bloed. Van Anton en jou? Die uitslag verwachten we ook binnenkort.'

Melissa trok een nors gezicht, maar Helen had haar reactie gezien toen ze Castle Road noemde en wist dat ze beethad.

'Anton wilde geen wortel schieten, hè? Hij bleef graag in beweging om het mysterie rondom hem in stand te houden. En er werd gezegd dat waar hij ging, zijn geld ook ging. Hij had het niet zo op banken, hè? En hij sliep altijd met een mes onder zijn kussen. Goed, misschien heb jij de optelsom gemaakt of misschien kende je de geruchten, maar je had het geld hoe dan ook nodig, hè?'

'Je lult uit je dikke reet.'

'Je was uit je kamer gezet wegens huurachterstand en je had veel drugsschulden. Je zat in geldnood. En Antons spaarpotje kwam je goed van pas. Hoeveel had hij eigenlijk?'

Melissa wilde iets zeggen, maar bedacht zich net op tijd. Kennelijk niet genoeg, dacht Helen, als dat spaarpotje al had bestaan. Had ze haar pooier voor niets gemarteld en vermoord?

Het bleef heel lang stil voordat Melissa uiteindelijk antwoordde: 'Geen commentaar.'

'Ik stel voor dat we nu even pauze nemen. In de tussentijd kun je een advocaat bellen, wat ik je met klem adviseer. Wanneer ik terugkom ga ik je op je rechten wijzen en dan ga ik je officieel aanhouden op verdenking van moord, geweldpleging, wederrechtelijke vrijheidsberoving, diefstal en obstructie van de rechtsgang. Om nog maar te zwijgen van het verkwisten van politietijd. Hoe klinkt dat?'

Helens woede werd eindelijk merkbaar en Melissa dook erbovenop. Ze sprong overeind en wees met een priemende vinger over de tafel naar Helen. 'Ga Bridges halen.'

'Sorry.'

'Ga Tony Bridges halen. Hij lost dit wel op.'

'Wat denk je…'

'Ga hem halen. Nú!'

Terwijl Helen terugliep naar de recherchekamer, speelden er wel tien verschillende scenario's door haar hoofd, het ene nog erger dan het andere. Waar had Melissa het over? Wat had Tony gedaan? En waarom was ze er zo zeker van dat hij dit voor haar kon rechtbreien?

95

Ze trok de deur van de vriezer open en liet haar voorhoofd tegen de koele binnenkant rusten. Haar hoofd bonsde, de blauwe plekken in haar gezicht klopten en ze had het gevoel dat ze elk moment kon gaan overgeven. Het vriesvak was met ijs bedekt doordat het niet tijdig was ontdooid en het voelde alsof een koele, ronde hand haar gezicht omvatte. Even voelde ze zich kalm, bijna sereen, maar toen begon het gekrijs weer en sloeg de realiteit toe.

Ze maakte de deur van de koelkast open, pakte een blikje cola en dronk het in één teug leeg. Toen draaide ze zich om en liep weg zonder de deur te sluiten. Het binnenlampje van de koelkast wierp een zwak, geel schijnsel op het groezelige linoleum.

Amelia lag op het bed te schreeuwen van de honger. Ze keek even naar haar kind, haar afhankelijkheid vervloekend. Waarom zij? Waarom was dit meisje niet uit een fatsoenlijk iemand geboren? Een nette vrouw? Ze was de dochter van een moordende hoer. Bij voorbaat gedoemd.

Het gekrijs van de baby sneed door haar zere hoofd, dus tilde ze het kind snel van het bed, stroopte in één vloeiende beweging haar topje op en loodste Amelia's getuite mond naar haar tepel. Het kind begon te drinken. Ze voelde zich licht in het hoofd, duizelig. Ze had die nacht geen oog dichtgedaan, verteerd door woedc cn wanhoop als ze was, en nu voelde ze zich slap en wankel. Ze nam Amelia op haar arm en zakte behoedzaam op het bed om haar hoofd even te kunnen laten rusten. Amelia's stevige greep op haar tepel verslapte geen moment. Het kind was zich goddank niet bewust van de ellende van haar moeder.

Toen ze even later weer wakker werd, lag Amelia in haar armen, voldaan slapend, met een melksnorretje.

In de loop van de nacht had ze veel manieren bedacht om haar probleem op te lossen. Ze had overwogen Amelia bij het Sount Hants Hospital neer te leggen of haar zelfs aan iemand op straat te geven, maar ze wist dat ze haar nu niet meer aan een onbekende wilde afstaan. Ze was haar vertrouwen in de goedheid van de mens kwijt. Wie weet wat een ander met haar zou doen, welke kwellingen ze zou moeten ondergaan. Ze kon uiteraard ook niet terug naar haar ouderlijk huis, dus ze zou het zelf moeten zien op te lossen.

Daarna was het alleen nog maar de vraag hoe. Ze kon haar niet doodslaan. Het idee haar met een kussen te smoren was ook ondraaglijk. Ze wist dat ze ondanks alles de moed niet zou hebben. Ze kon het beter tijdens het voeden doen. Amelia hield wel van flesvoeding en als ze de pillen verpulverde… De apotheek zou zo opengaan en dan kon ze halen wat ze nodig had. Dan was het allemaal voorbij.

Zo simpel was dat. Toch wist ze dat het het moeilijkste zou zijn wat ze ooit zou moeten doen. Ze wist dat ze rust schonk, dus waarom verkrampte haar maag bij de gedachte alleen al? Ze had zonder scrupules gedood, ervan genoten dat smerige ongedierte uit te roeien dat zich vader en echtgenoot noemde. Ze als muizen in de val laten lopen. Dan piepten ze wel anders. Maar nu aarzelde ze. Het was niet alleen dat het kind haar eigen vlees en bloed was, het was ook wat ze voelde. Ze had er maanden tegen gevochten, had geprobeerd zichzelf het kleine ding te laten haten, maar ze kon er niet meer omheen. Ze had medelijden met het kind.

En dat was iets wat ze al heel lang niet meer had gevoeld.

96

'Ik zal het je makkelijk maken. Hier.'

Tony Bridges schoof een envelop over de cafétafel. Helen bleef hem aankijken in een poging de man die ze altijd had vertrouwd te doorgronden.

'Het is mijn ontslagbrief,' vervolgde Tony.

Helen aarzelde, maar keek toen naar het tafelblad. Ze maakte de envelop open en nam de brief vluchtig door.

'Tony, dit is voorbarig. Je hebt er een zootje van gemaakt, maar misschien kunnen we het oplossen, je uit het veld halen, een bureaubaan voor je vinden…'

'Nee. Ik moet weg. Dat is het beste voor me. En voor jou. Ik… ik heb meer tijd nodig om bij Nicola te zijn. Ik moet haar vertellen wat er is gebeurd. En zien of ik haar vergiffenis kan verdienen. Het is tijd dat ik haar eens vooropstel voor de verandering.'

Helen zag aan hem dat hij het meende. Ze was er kapot van dat ze een van haar beste mensen kwijtraakte – een van haar beste vrienden op het bureau – maar zijn besluit stond vast en het had geen zin om ertegenin te gaan.

'Ik dacht dat je zou proberen het me uit mijn hoofd te praten, dus heb ik op weg hierheen een kopie bij Harwood afgegeven.'

Helen glimlachte onwillekeurig. Het was typisch Tony: nauwgezet tot het bittere einde.

'Wat is er gebeurd, Tony?'

Tony weigerde zijn verantwoordelijkheid te ontkennen en keek haar recht aan toen hij antwoordde: 'Ik was zwak. Ik wilde haar en... Het is geen excuus, maar mijn leven is zo... kaal. Zo leeg. En zij had me iets te bieden wat ik niet had. Eerlijk gezegd zou ik waarschijnlijk bij haar zijn gebleven als ze niet... Ik moest het doen. Ik moest mezelf eraan herinneren waar het om gaat. Wat echt belangrijk is. Wat me lief is. Ik weet nu dat ik Nicola wil. Ik wil haar geluk, ons geluk. Ik heb nog wat spaargeld, dus... dus ga ik wat tijd met mijn vrouw doorbrengen.'

Helen was getroffen door zijn vastbeslotenheid. Tony was de weg helemaal kwijt geweest, had er een grote puinzooi van gemaakt, maar nu stond hem plotseling helder voor ogen wat er moest gebeuren. Zijn overtuiging was bewonderenswaardig, maar het bleef doodzonde.

'Ik weet dat ik kan proberen me eruit te draaien, maar ik heb mijn vrouw bedrogen en het korps verraden. Toen ik voor het eerst met Melissa praatte, heb ik haar over Angel verteld – wat we wisten, wat we niet wisten – en zij heeft Lyra verzonnen om de lege plekken in te vullen. Ze heeft me verteld wat ik wilde horen. Ze had ons nooit op zo'n dwaalspoor kunnen brengen als ik geen dingen had prijsgegeven, vertrouwelijke gegevens van het onderzoek. Het is de oudste truc van de wereld, en ik ben erin getrapt. Ik kan maar beter gaan, om jou te beschermen, om het hele team te beschermen.'

Helen wilde bezwaar maken, maar Tony was nog niet klaar.

'Ik wil liever niet terug naar het bureau, als je het goedvindt. Ik wil graag dat ze op een positieve manier aan me terugdenken. Zoals ik was.'

'Uiteraard. Ik maak het rond met Personeelszaken en ik neem aan dat ze contact met je zullen opnemen. Ik zal mijn best doen om er zo veel mogelijk voor je uit te slepen, Tony.'

'Jij hebt al genoeg gedaan. Het spijt me alleen dat ik uiteindelijk zo weinig heb gedaan.'

Met die woorden stond hij op, plotseling overmand door emoties. Het was duidelijk dat hij weg wilde en Helen hield hem niet tegen.

'Pas goed op jezelf, Tony.'

Hij stak zijn hand op terwijl hij wegliep, maar keek niet om. Hij was een van de mensen geweest van wie ze het meest verwachtte, haar klankbord, en nu was hij weg. Angel liep nog rond en Helen was eenzamer dan ooit.

97

'Wat ik jullie nu ga vertellen, blijft onder ons. We kunnen ons geen nodeloze afleiding permitteren. Dit mag echt niet uitlekken, dus praat er niet over, vertel het niet aan je vrienden of partner. Ik wil een totaal embargo.'

Het team was onverwacht naar de recherchekamer geroepen en iedereen was er, behalve rechercheur Fortune, die onvindbaar was. Helen had het liefst iedereen erbij gehad, maar ze had geen keus. Ze moest dit in de kiem smoren.

'Jullie zullen ongetwijfeld de geruchten hebben gehoord en tot mijn spijt moet ik zeggen dat ze kloppen. Tony Bridges heeft een seksuele verhouding gehad met Melissa Owen en het onderzoek gecompromitteerd.'

Het team had de geruchten duidelijk gehoord, maar het kwam toch als een mokerslag aan dat ze nu werden bevestigd.

'Lyra Campbell is een doodlopend spoor, een poging van Melissa om de schuld aan de moord op Anton Gardiner af te schuiven. Ze dacht dat ze Tony kon gebruiken om zichzelf vrij te pleiten. Het enige goede wat deze trieste toestand heeft opgeleverd, is dat ze gestraft zal worden voor wat ze heeft gedaan. Tony... Tony komt niet terug. Hij heeft vanmiddag ontslag genomen. Charlie neemt zijn taken over.'

Helen keek naar Charlie, die deze ene keer haar blik niet beantwoordde. Het bracht Helen van haar stuk en ze aarzelde even voordat ze vervolgde: 'We beginnen dus opnieuw.'

Een paar mensen lieten het hoofd hangen, dus vervolgde ze kordaat: 'We hebben nieuwe informatie die bruikbaar zou kunnen zijn. Het lab heeft het bloed van het containerterrein geanalyseerd. Er zijn bloedsporen op de containers en op de grond aangetroffen van een vrouw, bloedgroep 0, een stevige gebruikster van alcohol, tranquillizers en cocaïne. Bovendien zijn er verhoogde prolactinespiegels gemeten, wat sterk doet vermoeden dat ze borstvoeding geeft.'

Het team snakte hoorbaar naar adem. Een verrassende ontwikkeling, waardoor er nog meer op het spel kwam te staan.

'Angel zou dus een baby kunnen hebben, of die recentelijk kunnen hebben afgestaan, maar hoe dan ook, iemand moet ergens contact met haar hebben gehad. Een huisarts, een zwangerschapskliniek, Jeugdzorg, een consultatiebureau, de afdeling Spoedeisende Hulp van een ziekenhuis of gewoon een drogisterij. Dankzij Jason Robins hebben we een nieuwe compositietekening van Angel met gedetailleerde gelaatstrekken – McAndrew zal kopieën verspreiden – dus ik wil dat iedereen, en dan bedoel ik ook iedereen, de juiste vragen stelt aan de juiste mensen.'

Het team wilde opbreken, maar net op dat moment dook Fortune op.

'Het was een oproep aan het hele team, rechercheur Fortune,' zei Helen vermanend.

'Dat weet ik, chef, en het spijt me,' zei de jonge rechercheur blozend, 'maar ik was met de it-jongens bezig... en ik denk dat ik iets zou kunnen hebben ontdekt.'

De teamleden gingen verwachtingsvol weer zitten.

'We wilden zien of we op de een of andere manier de ip-adressen van de andere forumleden van Bitchfest konden bemachtigen. Zien of we de andere mannen die contact hadden gehad met

Angel konden traceren. We hadden weinig succes, maar toen ik de bijdragen las, viel me iets op. Bepaalde steeds terugkerende zinswendingen en spelfouten.'

Helens belangstelling was gewekt. Ze had zo'n vermoeden waar dit naartoe ging en als ze gelijk had, werd alles anders.

'Er zijn een paar mannen die veel op het forum zitten, anonieme leden zoals PussyKing, fillyerboots, Blade en BlackArrow, die over hun seksuele ontmoetingen schrijven en andere bezoekers, zoals Simon Booker, Alan Matthews en Christopher Reid, aanmoedigen Angel op te zoeken. Ze vertellen waar ze te vinden is en wat ze allemaal met haar mogen doen. Ik zat hun bijdragen nog eens te lezen terwijl de techneuten hun ding deden en toen viel me op dat PussyKing meer dan eens de zinsnede "die bitch suf neuken" gebruikte. En ik herinnerde me dat Blade dat ook had geschreven. Het viel me ook op dat ze allebei "peipen" schreven, net als fillyerboots. Ook schreven ze consequent "extaze" in plaats van "extase". Ik bekeek al hun bijdragen dus nog eens en... de formuleringen en spelfouten waren identiek.'

'Dus we hebben al die tijd op die drie kerels gejaagd terwijl ze eigenlijk...'

'Een en dezelfde zijn,' vulde Fortune aan.

'Ze zijn allemaal Angel.' Het duizelde Helen. 'Zo lokt ze haar slachtoffers naar zich toe.'

De anderen waren ook perplex. Nu was duidelijk waarom ze Angels klanten niet hadden kunnen traceren: omdat ze niet bestonden. Hoe hadden ze zich zo kunnen vergissen?

'Goed. We moeten onmiddellijk onze aanpak aanpassen,' vervolgde Helen, haar verbijsterde team tot de orde roepend. 'We mogen aannemen dat de spelfouten op de dozen opzettelijk waren om de indruk te wekken dat de dader laagopgeleid is, of zelfs dyslectisch, terwijl ze in feite hoogopgeleid en geraffineerd is. Ze heeft een grote woordenschat, ze is bedreven in het gebruiken en manipuleren van informatietechnologie en ze heeft een fenomenaal systematisch brein, waardoor ze haar moorden zo kan voorbereiden en uitvoeren dat het risico voor haarzelf minimaal is. Ze is niet stom. Ze is geslepen, intelligent en doortastend.'

De teamleden hingen aan haar lippen nu het eerste gedetailleerde beeld van de dader vorm kreeg.

'Ze is een zware drinker en drugsgebruiker en ze heeft recentelijk een kind gebaard. Waarschijnlijk heeft ze een prostitutieverleden, al is ze nooit aangehouden – haar DNA is niet opgenomen in de landelijke database. Ze zou dus betrekkelijk nieuw kunnen zijn in het circuit. Waarschijnlijk zit ze onder de blauwe plekken en mogelijk heeft ze ook verwondingen na haar laatste aanval. We hebben veel om mee te werken, we hebben de compositietekening, maar we moeten slim zijn. Laten we eerst aan de bovenkant van de markt zoeken – escorts, studenten – en nadenken over de geografie van de moorden. Ik wil wedden dat ze zich ergens in het midden of noorden van de stad verstopt, dus laten we haar gaan zoeken.'

De teamleden haastten zich naar Fortune om de compositietekening van hem aan te nemen, opeens weer enthousiast en vastbesloten dit onderzoek tot een goed einde te brengen. De enige die geen haast maakte was Charlie. En Helen wilde weten waarom.

98

Charlie liep snel het bureau uit – maar niet snel genoeg. Helen haalde haar in voordat ze de straat was overgestoken en kwam meteen ter zake.

'Wat is er aan de hand, Charlie?'

'Pardon?'

'Normaal gesproken zou je je hier meteen op storten, maar er is iets.'

Charlie keek naar haar chef. Liegen had geen zin, dat punt waren ze voorbij. 'Het is Steve. Hij wil dat ik uit het korps stap.'

'Aha,' zei Helen. Het verbaasde haar niet. 'Het spijt me als ik het erger voor je heb gemaakt. Ik had Steve op een betere manier kunnen aanpakken.'

'Het is jouw schuld niet. Het zat eraan te komen. Al sinds…'

Ze hoefde het niet hardop te zeggen.

'Ik begrijp het. We hebben je nodig. Je weet dat we je nodig hebben, maar als puntje bij paaltje komt, moet je doen wat goed voor jou is. Ik zal je niet in de weg staan en ik zal je steunen, wat je ook besluit, oké?' Helen legde geruststellend een hand op Charlies arm.

'Dank je.'

'En als je wilt praten…'

'Oké.'

Helen wilde weglopen.

'En hoe is het met jou?'

Helen bleef staan, verrast door Charlies vraag. Haar blik dwaalde af naar de krantenkiosk aan de overkant en het bord met de voorpagina van de *Evening News*, die meer onthullingen over Robert en Marianne beloofde. Het was niet moeilijk te begrijpen waarom Charlie het vroeg. 'Ik snap niet hoe ze het voor elkaar krijgt.'

'Wie?'

'Garanita. Ze weet waar ik ben, wat ik doe. Met wie ik omga. Ze weet álles. Het is alsof ze in mijn huid is gekropen en... ik snap niet hoe ze het doet.'

'Een mol in het team?'

'Nee... dit gaat niet alleen om het onderzoek. Het gaat om mij. Privédingen. Ze is net een geest, zoals ze me in alle kamers van mijn leven volgt.'

Helen vond het vreselijk dat ze zo machteloos op Charlie overkwam, maar het had geen zin om haar diepe pijn te verbergen voor iemand die toch al met haar door de hel was gegaan.

'Je hebt wel grotere vijanden verslagen. Laat haar niet winnen.'

Helen knikte. Ze wist dat Charlie gelijk had, maar het was moeilijk om optimistisch te blijven nu ze zo in het nadeel was.

'Ze is een stuk ongedierte,' vervolgde Charlie. 'Ze verdient het niet eens in dezelfde straat te lopen als jij. Wat ze ook heeft, jij bent Helen Grace. Je bent een held. Dat zal niemand ooit kapot kunnen maken. Ik geloof in je en dat zou je zelf ook moeten doen.'

Helen keek op, dankbaar voor Charlies steun.

'En wat Emilia Garanita betreft,' vervolgde Charlie, 'die krijgt haar trekken wel thuis. Zo gaat het altijd met haar soort.'

Charlie glimlachte en Helen glimlachte terug. Kort daarna namen de vrouwen afscheid van elkaar.

Helen liep opgemonterd het bureau weer in, blij met de pep-

talk van een vrouw die ze uit alle macht van zich af had willen duwen. Bij het atrium aangekomen besefte ze dat ze haar telefoon
niet meer had aangezet sinds het nieuws van Roberts afkomst
openbaar was geworden. Ze zette hem weer aan. Er werd een
reeks voicemails geladen en ook een sms van Robert.

Er stond alleen: *Kutwijf.*

99

Charlie kwam laat thuis. Volgens de klok was het kwart over elf en het was stil in huis. Er was geen spoor van...

'Hallo.'

Charlie schrok zich een ongeluk toen ze Steves stem hoorde. Ze draaide zich om en zag hem in de donkere woonkamer zitten. Ze liep de kamer door om de lampen aan te doen. Hij fronste zijn voorhoofd, knipperend met zijn ogen in het felle schijnsel van het halogeenlicht.

'Ik heb uren op je zitten wachten, maar je zult wel weer overuren hebben gemaakt.'

Zijn toon was neutraal, zonder de verbittering die Charlie had verwacht, maar toch werd ze nerveus. Hij klonk zakelijk.

'Waar heb je gezeten?' vroeg ze. Ze had het gevoel dat er iets gewichtigs – iets ergs? – gezegd ging worden, maar ze was ook heel opgelucht dat hij weer thuis was.

'Bij Richard.'

Zijn boezemvriend. Charlie had hem gebeld om te vragen of hij wist waar Steve was, en hij had tegen haar gelogen. Het verbaasde haar niet.

'Ik heb veel nagedacht. En ik heb een besluit genomen,' vervolgde Steve.

Charlie zette zich schrap en wachtte af.

'Ik wil een kind, Charlie.' Nu was het zijn beurt om van streek te klinken. 'Ik wil niets liever dan een kind samen met jou, maar dat kan niet zolang je dit werk blijft doen en elke dag je leven in gevaar brengt. Ik wil dat niet nog eens doormaken. Begrijp je dat?'

Charlie knikte.

'Ik vraag je ontslag te nemen. Zodat we het leven kunnen krijgen dat we altijd hebben gewild. En als je dat niet kunt of wilt opbrengen... dan denk ik niet dat ik bij je kan blijven.'

Daar was het dan. Het ultimatum dat er al anderhalf jaar aan zat te komen.

Daar was Mariannes nalatenschap dan.

100

Het was middernacht geweest en de recherchekamer was uitgestorven. Degenen die niet bezig waren aanwijzingen na te trekken, lagen te slapen in de wetenschap dat er morgen weer een zware dag wachtte. Helen had de dossiers gepakt en keek zoekend naar iets om ze in te stoppen om zich heen. Het was geen goede gewoonte om ze uit het bureau mee te nemen, maar ze wilde er thuis nog eens met een frisse blik naar kijken. Ze vervloekte zichzelf weer omdat ze zich zo makkelijk had laten misleiden.

Tik, tik. Tik, tik.

Er naderde iemand door de verlaten gang.

Hoofdinspecteur Ceri Harwood. Helen schoot meteen in de verdediging. Ze had Harwood al een tijdje niet meer gezien of gehoord en dat maakte haar opeens heel nerveus.

'Nog zo laat aan het werk?' vroeg Harwood.

'Ik ben net aan het afronden. Jij?'

'Ja, maar dat is eigenlijk niet waarom ik zo lang ben gebleven. Ik wilde je alleen spreken en het heksenuur schijnt het gunstigste tijdstip te zijn om je te treffen.'

Een achteloze steek onder water. Helen kreeg het akelige gevoel dat ze in het nauw werd gedreven.

'Ik wilde het niet doen waar het hele team bij was. Zulke dingen kun je beter… tactvol doen.'

'Wat voor dingen?' vroeg Helen.

'Ik haal je van de zaak af.'

Daar was het dan – open en bloot.

'Op grond waarvan?'

'Op grond van het feit dat je het hebt verprutst, Helen. We hebben geen verdachte, niemand in hechtenis en vijf doden op de snijtafel. En ik zit met een inspecteur die het zo druk heeft met het beschermen van haar neefje dat niet wil deugen dat ze niet eens merkt dat haar tweede man een belangrijke getuige neukt.'

'Dat vind ik niet fair. We hebben fouten gemaakt, maar we zijn dichter bij haar dan ooit. Dit is het eindspel en met alle respect, ik stel voor...'

'Pretendeer nou niet dat je ooit respect voor me hebt gehad, Helen. Ik weet wat je denkt. En als je ook maar een beetje je best had gedaan om je... minachting te verbergen, had het misschien niet zo ver hoeven komen, maar je bent gewoon een lastpak, Helen. Je hebt een slechte invloed op anderen en ik heb geen vertrouwen in je leiderschap wat dit onderzoek betreft. Daarom heb ik me genoodzaakt gezien me tot de commissaris te wenden.'

'Wie neemt het over?'

'Ik.'

Helen glimlachte wrang. 'Dus net nu we er eindelijk bijna zijn, kom jij erbij? Is dat hoe jij te werk gaat? Is dat hoe je zo hoog hebt kunnen opklimmen zonder ooit echt iets te dóén?'

'Pas op je woorden, Helen.'

'Je pronkt met andermans veren. Je bent een parasiet.'

'Je kunt van me zeggen wat je wilt, maar ik heb nu de leiding en jij ligt eruit.' Harwood zweeg even, genietend van haar triomf. 'Ik regel het wel met de pers...'

'Daar twijfel ik niet aan.'

'... en ik zal het morgenochtend meteen tegen het team zeggen. Als jij je bureau nu eens opruimde en een week verlof nam?

Als je terugkomt, zoeken we iets anders te doen voor je. Misschien kun jij de moord op Alexia Louszko oplossen?'

'Je mag je handjes dichtknijpen als je me hier ooit nog ziet.'

'Die beslissing laat ik helemaal aan jou over, Helen.'

Harwood had haar zegje gedaan en liep weg met een achteloos 'Goedenacht' over haar schouder. Helen keek haar na, bestormd door emoties terwijl ze besefte hoe veelomvattend haar nederlaag was. Ze was verpletterend verslagen. Het onderzoek en haar carrière waren aan gort en ze kon er niets tegen beginnen.

101

Ze wilde hem niet aankijken. Hoe hij haar ook smeekte, ze keek niet naar hem. Ze bleef haar ogen vastbesloten op het raam richten, al was er niets te zien. Tony Bridges liep om het bed heen, maar toen hij weer binnen Nicola's gezichtsveld kwam, richtte ze haar blik de andere kant op. Terwijl ze het deed, biggelden de tranen over haar wangen.

Tony huilde ook. Het was al begonnen voordat hij alles had opgebiecht. Een overweldigend gevoel van schaamte had hem beslopen, waardoor hij zijn schuldbekentenis hakkelend en schor had afgelegd. Hij had eerst schrik in Nicola's ogen gezien – misschien was ze bang dat er een familielid was overleden of dat hij was ontslagen – maar naarmate de aard van zijn wangedrag duidelijker werd, was haar blik langzaam verhard en had ze haar ogen tot spleetjes geknepen. Ze bleven dus ieder alleen in de kleine kamer, verder uit elkaar dan ze ooit in hun getrouwde leven waren geweest.

Wat kon hij tegen haar zeggen? Hoe kon hij het goedmaken? Hij had iets in de armen van een andere vrouw gezocht wat zijn eigen vrouw hem nooit meer zou kunnen geven.

'Ik weet dat je mijn bloed nu waarschijnlijk wel kunt drinken, en als je wilt dat ik wegga, zal ik me niet verzetten, maar ik wíl hier blijven. Ik heb mijn ontslag genomen zodat ik een begin kan maken met het herstellen van de schade die ik heb aangericht, mijn leven kan veranderen, de man kan zijn die jij verdient.'

Nicola keek strak naar de deuropening.

'Ik wil dat het weer wordt zoals vroeger. In het begin, toen we nooit een nacht zonder elkaar doorbrachten, toen we die intimiteit nog hadden. Ik… ik heb een grote fout gemaakt en hoewel ik het nooit meer goed kan maken… zou ik graag willen dat het een nieuw begin voor me werd. Voor ons.'

Tony liet zijn hoofd hangen, weer overmand door de gedachte dat Nicola hun huwelijk zou kunnen beëindigen en hem eruit zou kunnen gooien. Waarom was hij zo stom geweest? Zo egoïstisch?

Nicola weigerde nog steeds te reageren. Tijdens gesprekken knipperde ze normaal gesproken één keer met haar ogen voor ja en twee keer voor nee, maar tot nu toe keek ze koppig recht voor zich. Haar wangen waren nat, dus bette Tony ze met een tissue. Nicola deed haar ogen dicht en hield ze dicht, weigerend hem aan te kijken terwijl hij haar wang streelde.

'Misschien wil je me nooit meer terug, maar ik wil het proberen. Ik wil het echt proberen. Ik ga je niets opdringen en als je wilt dat ik je moeder ga halen, dat ik haar vertel wat er is gebeurd, dan doe ik dat, maar als je me nog wilt, laat me dan proberen het beter te doen. Geen nachten zonder elkaar meer, geen gehaaste gesprekken. Geen thuiszorg meer, geen onbekenden. Alleen jij, ik… en Charles Dickens.'

Hij keek haar aan en voor het eerst wendde ze haar blik niet af.

'Jij mag het zeggen, schat. Ik leg mijn lot in jouw handen. Mag ik het proberen?'

De stilte hing zwaar in de kamer – Tony hoorde alleen het bonzen van het hart. Hij had het gevoel dat hij op springen stond, maar toen bewoog Nicola's ene ooglid eindelijk.

Het knipperde één keer en bleef toen dicht.

102

Het Student Counselling Centre was gevestigd in het sjofele deel van Highfield Road in Portswood. Het was dicht bij de campus van de universiteit van Southampton, maar hielp ook studenten van de Solent-universiteit en het National Oceanography Centre – als ze het konden opbrengen om die barre tocht naar het noorden te ondernemen. Rechercheur Sanderson, die voor het gebouw stond en vermoeide voeten had, wipte van haar hakken op haar tenen terwijl ze op Jackie Greene wachtte. Studenten zijn nachtbrakers, waardoor studieadviseurs ook vaak lange dagen moeten maken, maar toch ergerde het Sanderson dat Greene te laat was. Ze was een volwassen vrouw – ze was de meest ervaren adviseur van het centrum en had een managementfunctie – ze moest toch op tijd kunnen komen voor een afspraak met de politie?

Toen de gezette mevrouw Greene eindelijk kwam opdagen, werd al snel duidelijk waarom ze verlaat was: ze had het niet zo op de politie. Kwam het door haar linkse politieke overtuigingen (haar computer zat vol stickers van de studentenvakbond en Greenpeace) of door haar solidariteit met de studenten, die volgens haar door de politie waren mishandeld tijdens de recente demonstraties tegen bezuinigingen van de universiteit? Ze stond hoe dan ook niet te springen om te helpen, maar daar zat Sanderson niet mee. Ze had een pestbui en zin om de uitdaging aan te gaan.

'We zoeken een studente die in de prostitutie werkt of heeft gewerkt. Ze gebruikt waarschijnlijk alcohol en drugs, zou gewelddadig kunnen zijn en heeft, denken we, onlangs een kind gekregen.'

'Dat is wel veel "waarschijnlijk", "zou kunnen" en "denken we",' zei Greene weinig behulpzaam. 'Hebben jullie de plaatselijke kraamklinieken al gesproken?'

'Uiteraard, maar uw organisatie bestrijkt de hele studentenbevolking, waardoor u in de gunstigste positie verkeert om ons te helpen,' repliceerde Sanderson, Greenes poging om haar vragen te ontlopen in de kiem smorend.

'Waarom denkt u dat het om een studente gaat?'

'Dat weten we niet zeker, maar ze is jong, welbespraakt en heel handig met computers. Dit is geen onbenul die haar school niet heeft afgemaakt, maar iemand die veel te bieden had – heeft – maar op een vreselijke manier is ontspoord. Als ze inderdaad onlangs een kind heeft gekregen, moeten we haar zo snel mogelijk zien te vinden. Ik wil u vragen naar deze compositietekening te kijken, misschien frist die uw geheugen op.'

Jackie Greene nam de tekening aan.

'Ze heeft vermoedelijk kneuzingen of verwondingen opgelopen bij een recent gevecht. Als zo iemand u heeft opgebeld of bezocht...'

'Ik herken haar niet.'

'Kijkt u nog eens.'

'Waarom zou ik? Ik heb toch al gezegd dat ik haar niet herken? Dus tenzij u me niet gelooft...'

'Ik vraag me af of u wel beseft hoe ernstig dit is. Er zijn al vijf mensen dood en als ze niet wordt gepakt, worden het er meer, dus ik wil dat u goed nadenkt. Is uw organisatie benaderd door een studente die in de prostitutie werkt of heeft gewerkt en aan dit signalement voldoet?'

'God, u hebt echt geen idee, hè?' zei Greene hoofdschuddend.

'Pardon?'

'We worden elke week door tientallen… ik weet niet hoeveel meisjes gebeld die aan dat signalement voldoen. Weet u wel hoeveel een studie tegenwoordig kost? Ik denk het niet.'

'Ga door,' zei Sanderson, die deed alsof ze de belediging niet opmerkte.

'Ik ga u geen namen geven. De gesprekken zijn absoluut vertrouwelijk, dat zou u moeten weten.'

'En u zou moeten weten dat ik onder bijzondere omstandigheden – en daar valt dit beslist onder – een gerechtelijk bevel kan vragen om u te dwingen ons inzage te geven in uw dossiers. Wat betekent dat we alle gegevens van alle studenten kunnen inzien die ooit contact hebben gehad met het centrum.'

'U dreigt maar een eind weg. Ik ga geen namen noemen.'

'Ik vraag het nog eens. Heeft er iemand contact opgenomen die aan dit signalement voldoet?'

'Kind, ben je doof? Er zijn tig meiden die aan dat signalement voldoen. Hun geld raakt op, ze gaan de prostitutie in, kunnen het niet aan, maar dan is het al te laat. Dus vluchten ze in drank of drugs. Ze worden vaak mishandeld of verkracht of ze raken ongewenst zwanger. Die meisjes doen soms een studie van zes, zeven jaar, en pappie en mammie hebben het geld niet en de overheid gaat ze al helemaal niet helpen, dus wat moeten ze?'

Sanderson kreeg een ingeving en voelde een rilling over haar rug lopen. 'Wacht eens even. Zou u zeggen dat meisjes die een lange studie doen eerder in de prostitutie zullen belanden?'

'Uiteraard. Logisch, toch? Het kost ze tienduizenden ponden om zo'n studie af te maken en prostitutie betaalt beter dan in een café werken, dus…'

'En welke studies duren zo lang?'

'Diergeneeskunde, sommige technische studies, maar vooral geneeskunde. Medicijnen.'

'En bent u onlangs benaderd door een medisch studente die aan onze beschrijving zou kunnen voldoen?'

'Meer dan een, maar ik ga u geen namen geven, zoals ik al zei.'

Jackie Greene leunde achterover en sloeg haar armen over elkaar, Sanderson tartend een gerechtelijk bevel aan te vragen. Dat zou Sanderson doen, zo nodig, maar ze had een ander idee om te krijgen wat ze hebben wilde. Ze sloot het gesprek af en ging naar het gebouw waarin de administratie van de universiteit was ondergebracht. Er vormde zich een idee in haar hoofd dat ze zo snel mogelijk wilde toetsen. Wie kon er tenslotte beter een doe-het-zelfthoracotomie uitvoeren dan iemand die geneeskunde had gestudeerd?

103

Helen had al uren weg moeten zijn, maar ze kon zich niet losmaken van het bureau. Het liep tegen negenen het team zou zich nu verzamelen – en Harwood zou ongetwijfeld wachten tot iedereen er was voordat ze de recherchekamer binnen kwam zeilen en de macht overnam. Ze kon zulke dingen goed timen om een zo groot mogelijk effect te sorteren. Ze zou zich door een van de verblufte teamleden laten bijpraten en dan de taken verdelen. Wat allemaal betekende dat Helen nog een uur had, hooguit twee, voordat ze voorgoed kon vertrekken.

Ze had zich met de dossiers die ze uit de recherchekamer had gepakt teruggetrokken in een klamme verhoorkamer waar niemand wilde komen. Ze had de hele nacht de stapels documenten in de verschillende dossiers doorgenomen in een poging de grote verbanden uit de massa details te halen. Ze werkte vanaf de meest recente, rommeligste moord terug naar de eerste, zoekend naar correlaties en parallellen, jagend op aanwijzingen voor Angels motieven om te moorden en wat ze van plan zou kunnen zijn. Hadden die mannen connecties met het studentenleven? Hadden ze een escortbureau gebruikt dat een 'beter' soort vrouwen in het bestand had? Wat had haar getriggerd? Op wie was ze zo boos? Vragen, vragen.

Toen de zon was opgekomen en Helen nog niets was opgeschoten, was ze teruggekeerd naar de eerste vragen. Wie was Angel en wat was de aanleiding geweest voor deze reeks moorden? Wat was de lont in het kruitvat geweest? Ze sloeg het dossier van Alan Matthews open en las de informatie voor de zoveelste keer. Ze was nu zo moe dat de woorden voor haar ogen dansten. Ze nam nog een grote slok koude koffie en richtte haar aandacht maar op de foto's van de plaats delict. Ze had ze al talloze malen gezien, maar ze werd er nog steeds misselijk van, dat gezwollen lichaam, opengelegd zodat iedereen het kon zien.

Zodat iedereen het kon zien. De woorden gonsden door haar hoofd terwijl ze naar het levenloze lichaam van Alan Matthews keek. Haar oog viel opeens op de kap die zo zorgvuldig over het hoofd was getrokken. Helen had het steeds afgedaan als een voorzorgsmaatregel van Angel – een poging van een beginnende moordenaar om haar identiteit verborgen te houden als alles misging en het slachtoffer wist te ontkomen, maar stel dat er een andere reden voor was? Ze had de tijd genomen met de anderen – ze had ze mishandeld en ze toen met vaste hand opengesneden, genietend van wat ze deed. De doe-het-zelfthoracotomie, zoals Jim Grieves het had genoemd, was in Alan Matthews' geval slordiger uitgevoerd, grover. Kwam het doordat ze een amateur was of speelde er iets anders? Was ze nerveus geweest?

Helen wierp een blik op de klok. Het was half tien geweest, dus haar tijd moest er bijna op zitten. Toch had ze het gevoel dat ze iets op het spoor was, alsof de stukjes van de puzzel zich voor haar ogen in elkaar probeerden te passen. Ze moest doorgaan en maar tegen beter weten in blijven hopen dat ze niet betrapt zou worden. Haar telefoon gonsde, maar ze besteedde er geen aandacht aan. Ze mocht zich nu niet laten afleiden.

De kap. Concentreer je op de kap. Het enige wat de eerste moord onderscheidde van de rest. Angel zou haar identiteit hebben willen verhullen voor het geval het slachtoffer ontsnapte óf ze zou hem gebruikt kunnen hebben omdat... omdat ze haar slachtoffer niet in de ogen wilde kijken terwijl ze het verminkte. Was ze bang voor hem? Bang dat ze niet meer zou durven? *Kende ze hem?* De kap was niet gebruikt om het slachtoffer te verstikken en had bij de latere moorden ontbroken, dus wat maakte het eerste slachtoffer uniek? Had Alan Matthews een soort macht over haar gehad? Wat maakte hem anders? Hij was een hypocriete, corrupte sadist met belangstelling voor de evangelische kerk en een passie voor het slaan van zijn gezin...

Een echo van een herinnering. Iets riep Helen. Opeens schoof ze de dossiers opzij, zoekend naar het observatieverslag dat Fortune en zijn team hadden opgesteld over het gezin Matthews. Er was een massa alledaagse gegevens, een logboek met tijdstippen, wat allemaal zou kunnen helpen, maar Helen pakte in plaats daarvan de foto's van de uitvaart. Ze was erbij geweest, godbetert – had ze het antwoord de hele tijd voor het grijpen gehad?

Foto's van de stoet die het huis verliet, de aankomst van de rouwenden, het gezin dat de kerk uit kwam. Ze riepen allemaal dezelfde vraag op. Daar was Eileen, ondersteund door haar oudste dochter, Carrie. En daar was de tweeling, netjes in een donker pak. Maar waar was Ella?

Matthews was er bij zijn leven prat op gegaan dat hij vader van vier kinderen was, de vruchtbare pater familias van een hecht, gedisciplineerd en vroom gezin, dus waar was zijn andere dochter? Waarom was zij niet naar de uitvaart gekomen? En, nog belangrijker, waarom was ze nooit genoemd – niet tijdens de gesprekken met de politie, niet tijdens de grafredes. Waarom was Ella uit het gezin weggepoetst?

Terwijl die gedachte postvatte, drong er een tweede door. Het hart. De andere harten waren op de werkplek van het slachtoffer bezorgd, maar niet dat van Alan Matthews. Dat was bij zijn huis afgegeven. Dat moest toch ook iets betekenen?

Helens telefoon gonsde weer. Ze wilde niet opnemen – ze verwachtte dat het een vertoornde Harwood zou zijn – maar herkende het nummer en nam het gesprek toch aan.

'Inspecteur Grace.'

'Ha, chef, met mij,' zei rechercheur Sanderson. 'Ik ben bij het bureau Inschrijvingen van de universiteit en ik zou iets voor je kunnen hebben. Ik nam de lijst door van studenten die dit jaar hun studie hebben afgebroken, en dan vooral de vrouwelijke studenten geneeskunde. Er kwam een naam naar voren.'

'Ella Matthews?'

'Ella Matthews,' bevestigde Sanderson, verbaasd over de vooruitziende blik van haar baas. 'Ze deed het goed in het eerste jaar, maar daarna ging het mis. Ze leverde haar werk niet tijdig in, kwam dronken of stoned naar college, gedroeg zich agressief naar medestudenten toe. Haar studiebegeleider vermoedde dat ze haar heil in de prostitutie had gezocht omdat ze geen geld van haar ouders kreeg. Ze was er slecht aan toe. Een half jaar geleden is ze verdwenen.'

'Goed gedaan, ga zo door. Zoek haar vrienden, docenten, iedereen die ons kan vertellen waar ze graag kwam, waar ze zich op haar gemak voelde, waar ze haar drugs kocht, wat dan ook. Ze is onze hoofdverdachte – laat geen steen op de andere.'

Sanderson sloot het gesprek af. Helen wist dat ze het recht niet meer had bevelen te geven, maar nu ze eindelijk beethadden, zou ze het niet door Harwood laten verprutsen. Over haar lijk. Het voelde nog steeds als háár zaak en ze was niet bereid het bijltje er nu al bij neer te gooien. Ze raapte de dossiers bij elkaar en haastte zich de verhoorkamer uit.

De tijd drong, maar Helen wist dat er één iemand was die de waarheid kon onthullen. En die ging ze nu opzoeken.

104

Het was al tien uur geweest. Ze hadden allebei uren geleden al naar hun werk moeten gaan, maar in plaats daarvan lagen ze samen in bed, gelukkig en warm in een postcoïtale gloed, zonder een vin te verroeren. Na alle emoties en ellende van de afgelopen uren voelde het heerlijk om stilletjes bij elkaar te liggen.

Nadat Steve met zijn ultimatum was gekomen, had Charlie in een reflex terug willen slaan. Ze vond het vreselijk om in een hoek gedreven te worden, te moeten kiezen of ze moeder of rechercheur wilde zijn, maar nog terwijl ze Steve voor de voeten gooide dat hij de spelregels veranderde, dat hij zijn belofte brak, wist ze dat ze haar vechtlust verloor. Als ze echt moest kiezen tussen haar baan en hem, zou hij het altijd winnen. Charlie vond het fantastisch om bij de recherche te werken – het was het enige wat ze ooit had gewild en ze had een hoge prijs betaald voor die ambitie. Anderzijds kon ze zich geen leven zonder Steve voorstellen, en hij had gelijk: er was een leegte in haar leven, de onuitwisbare vorm van de baby die Charlie tijdens haar gevangenschap had verloren.

Ze hadden uren in kringetjes om elkaar heen gedraaid, maar uiteindelijk had Charlie beloofd haar baan te zullen opzeggen. Op dat punt aangekomen had Steve gehuild. Charlie ook. Kort daarna waren ze in bed beland en hadden gevrijd met een hartstocht en gedrevenheid waar ze allebei van opkeken. Ze hadden het niet veilig gedaan, een stilzwijgende erkenning van het feit dat er iets was veranderd en dat er geen weg terug meer was.

Het voelde zo lekker, zo decadent om hier met hem te liggen. Ze had haar telefoon uitgeschakeld en elke gedachte aan Helen en de rest van het team, die zich ongetwijfeld afvroegen waar ze bleef, van zich afgezet. Ze zou Helen later wel bellen om het uit te leggen.

Als ze zich een beetje schuldig voelde bij die gedachte, of meer dan een beetje, besteedde Charlie er geen aandacht aan. Haar besluit stond vast.

105

Helen wist zeker dat Eileen Matthews de deur in haar gezicht dicht zou slaan, maar deze ene keer had ze het geluk aan haar kant: een van de tweelingbroers deed open, zag haar penning en liet haar meteen binnen. Terwijl hij naar boven rende om zijn moeder te halen, nam Helen de woonkamer in zich op. Alles wat ze zag bevestigde haar vermoedens.

Eileen Matthews kwam op hoge poten de kamer in. Ze had duidelijk een tirade voorbereid, maar Helen was niet in de stemming om zich de les te laten lezen.

'Waar is Ella?' blafte Helen met een knikje naar de ingelijste foto's aan de muren van de woonkamer.

'Pardon?' antwoordde Eileen.

'Ik zie hier foto's van Alan en jou. Veel foto's van de tweeling. En van Carrie – bij haar belijdenis en op haar bruiloft. Maar ik zie niet één foto van Ella. Je man en jij vonden het gezin heel belangrijk. Dus nogmaals: waar is Ella?'

Het was alsof ze Eileen een stomp in haar gezicht had gegeven. Ze was even sprakeloos en ademde hijgerig en onregelmatig. Helen was even bang dat ze flauw ging vallen, maar toen antwoordde ze eindelijk: 'Ze is dood.'

'Sinds wanneer?' vroeg Helen ongelovig.

Weer een lange stilte. Toen: 'Wat ons betreft is ze dood.'

Helen schudde haar hoofd. Ze was opeens woedend op die domme kwezel. 'Waarom?'

'Ik hoef geen antwoord te geven op zulke…'

'O jawel, en als je nu niet meteen begint te praten, sleep ik je geboeid het huis uit. Waar je zoons bij zijn, waar je buren bij zijn…'

'Waarom doe je ons dit aan? Waarom maak je…'

'Omdat ik denk dat Ella je man heeft vermoord.'

Eileen knipperde met haar ogen naar Helen en zakte toen langzaam op de bank. Op dat moment wist Helen dat wat Eileen ook verborgen mocht hebben, ze zich nooit ook maar had afgevraagd of haar dochter betrokken kon zijn bij de moord op Alan.

'Ik wist niet… Is ze dan in Southampton?' vroeg Eileen toen ze weer kon praten.

'We denken dat ze in Portswood woont.'

Eileen knikte, al was het moeilijk te zeggen hoeveel er tot haar doordrong. Er volgde een lange, zware stilte, die plotseling en ongelegen werd onderbroken door Helens telefoon. Harwood. Helen weigerde het gesprek, schakelde haar toestel uit en ging naast Eileen op de bank zitten.

'Vertel het maar.'

Eileen, die nog in shock was, zei niets.

'We kunnen Alan niet terughalen, maar we kunnen wel voorkomen dat er meer mensen sterven. Daar kun jij voor zorgen, Eileen, als je nu tegen me praat.'

'Zij was altijd de rotte appel in de mand.'

Helen kromp in elkaar bij het horen van de uitdrukking, maar zei niets.

'Ze was een lief kind, maar in haar tienertijd veranderde ze. Ze wilde niet luisteren. Niet naar mij. Zelfs niet naar haar vader. Ze was opstandig, destructief, gewelddadig.'

'Gewelddadig ten opzichte van wie?'

334

'Haar zus, haar broertjes, kinderen die kleiner waren dan zij.'

'Wat deden jullie daaraan?'

Stilte.

'Wat gebeurde er na zo'n incident met haar?' vervolgde Helen.

'Dan kreeg ze straf.'

'Van wie?'

'Van Alan natuurlijk,' zei Eileen op een toon alsof het vanzelfsprekend was.

'Waarom niet van jou?'

'Omdat hij mijn man is. Het hoofd van het gezin. Ik ben zijn helpster en ik steun hem waar ik kan, maar het is zijn taak om ons te corrigeren als dat nodig is.'

'Ons? Gaf hij jou ook straf?'

'Natuurlijk.'

'"Natuurlijk?"'

'Ja, natuurlijk,' zei Eileen uitdagend. 'Ik weet dat de moderne wereld lijfstraffen afkeurt, maar de andere leden van onze kerk en wij hebben altijd geloofd dat een pak slaag onontbeerlijk is om mensen te leren…'

'En dat kreeg Ella ook? Een pak slaag?'

'Om te beginnen. Maar ze wilde maar niet leren. Als tiener begon ze vechtpartijen, ging met jongens mee, dronk alcohol…'

'En wat voor straf kreeg ze dan?'

'Dan strafte Alan haar strenger.'

'Hoe?'

'Hij sloeg haar. Met mijn zegen. En als ze dan nog geen berouw wilde tonen, ging Alan met haar naar de kelder.'

'En dan?'

'Dan zorgde hij er wel voor dat ze haar lesje leerde.'

Helen schudde haar hoofd, verbijsterd door wat ze hoorde.

'Je kunt je hoofd wel schudden,' stoof Eileen op, 'maar ik heb drie gezonde, gehoorzame kinderen die dankzij hun opvoeding het verschil tussen goed en kwaad kennen. Want we hebben ze geleerd eerbied te hebben voor hun vader en door hem…'

'Vond Alan het leuk om zijn kinderen te straffen?'

'Hij deinsde nooit voor zijn taak terug.'

'Geef antwoord, verdomme.'

Eileen was perplex door Helens plotselinge uitbarsting.

'Vond je man het leuk om zijn kinderen te straffen?'

'Hij beklaagde zich er nooit over.'

'En genoot hij ervan om jou te slaan?'

'Ik weet het niet. Het ging niet om "genieten"…'

'Ging hij wel eens te ver? Bij jou?'

'Ik… weet niet…'

'Is het wel eens voorgekomen dat je hem vroeg op te houden en dat hij toch doorging?'

Eileen boog haar hoofd en deed er het zwijgen toe.

'Laat me de kelder zien.'

Eileen verzette zich, maar ze had geen vechtlust meer en een paar minuten later stonden Helen en zij in de ijskoude kelder. Het was er troosteloos en vochtig, met vier muren van ruwe baksteen, bijna helemaal leeg, op een klapstoel in het midden en een afgesloten plastic krat in een hoek na. Helen huiverde, maar niet van de kou.

'Waar is die stoel voor?'

Eileen aarzelde even en zei toen: 'Alan bond Ella op die stoel vast.'

'Hoe?'

'Met handboeien om haar polsen en enkels. Dan gebruikte hij een zweep of ketting uit het krat.'

'Om haar te slaan tot ze tot bezinning kwam?'

'Soms.'

'Soms?'

'Je moet begrijpen hoe ze zich gedroeg. Ze wilde hem niet gehoorzamen. Wilde niet luisteren. Dus moest hij soms ook andere methoden gebruiken.'

'Zoals?'

Eileen dacht even na. 'Het hing ervan af wat ze had gedaan. Als ze godslasteringen had geuit, liet hij haar uitwerpselen eten. Als ze had gestolen, stopte hij haar mond vol munten en dwong haar ze door te slikken. Als ze met een jongen mee was gegaan, dan... dan sloeg hij haar tussen haar benen om ervoor te zorgen dat ze het niet nog eens zou doen...'

'Hij martelde haar?' brulde Helen.

'Hij corrigéérde haar,' verbeterde Eileen. 'Je begrijpt het niet, ze was wild. Onhandelbaar.'

'Ze was getraumatiséérd. Getraumatiseerd door die beul van een man van jou. Waarom greep je niet in, godbetert?'

Eileen kon Helen niet meer recht aankijken. Hoe overtuigd ze ook was geweest, nu haar man er niet meer was, leken er geen zekerheden meer te zijn.

Helen vervolgde iets milder: 'Waarom zij wel en de andere kinderen niet?'

'Omdat die deden wat ze werd opgedragen.'

'Ella – hoe oud was ze toen ze trouwde?'

'Zestien. Ze maakte haar school af en trouwde met een goede man.'

'Van de kerk?'

Eileen knikte.

'Hoe oud was die man? Toen ze trouwden?' vroeg Helen door.

'Tweeënveertig.' Eileen keek op, alsof ze verwachtte dat Helen afkeurend zou reageren. 'Jonge meisjes hebben behoefte aan discipline...'

'Dat had je al gezegd,' kapte Helen haar gedecideerd af.

Er daalde een geladen stilte neer. Wat was deze ruimte vol geweest van ellende, van venijn, haat en mishandeling. Wat moest het meisje zich machteloos hebben gevoeld, alleen hier beneden met haar bullebak van een vader, terwijl hij haar fysiek en verbaal kleineerde. Het riep beelden op van haar eigen, lang begraven jeugd, en Helen duwde ze met kracht van zich af.

De tweeling werd ongedurig en riep om hun moeder. Eileen draaide zich om naar de trap, maar Helen pakte haar arm en hield haar tegen.

'Waarom liep ze weg?'

'Omdat ze de weg kwijt was.'

'Omdat ze weigerde van school te gaan en met een kerel te trouwen die oud genoeg was om haar vader te zijn?'

Eileen, die zich ergerde aan Helens aanwezigheid en haar kritiek, haalde haar schouders op.

'Ze wilde studeren, hè? Ze wilde dokter worden. Ondanks alles wat haar was aangedaan, wilde ze toch mensen helpen?'

'Het was de schuld van de school. Ze brengen de meisjes daar op ideeën. We wisten dat het slecht zou aflopen en dat was ook zo.'

'Wat bedoel je?' vroeg Helen.

'Ze liep bij ons weg. Ze was ongehoorzaam aan haar vader, zei dat ze zelf het geld voor haar "studie" wel bij elkaar zou scharrelen. We wisten allemaal wat dat betekende.' Er klonk nu bijna leedvermaak in Eileens stem door.

'Wat gebeurde er met haar?'

'Ze ging de prostitutie in. Nam geld aan van vreemden die…'

'Hoe weet je dat?'

'Doordat ze het ons vertelde. Toen ze thuiskwam met een bastaardkind in haar buik.'

Helen ademde uit. De tragedie van Ella's leven ontvouwde zich langzaam voor haar ogen. 'Van wie was het kind?'

'Dat wist ze niet,' antwoordde Eileen, maar nu zonder leedvermaak.

'Waarom niet?'

'Ze… ze had zich in de nesten gewerkt. Een stelletje mannen die… die haar onder valse voorwendselen naar hun flat hadden gelokt.'

'En haar daar verkrachtten?'

Opeens huilde Eileen, met gebogen hoofd en licht schokkende schouders. Misschien school er onder al die geloofsartikelen toch nog een moeder daarbinnen.

'Eileen?'

'Ja. Ze… ze hielden haar daar twee dagen vast.'

Helen deed haar ogen dicht. Ze wilde de verschrikking van wat Ella had meegemaakt ontvluchten, maar de beelden drongen zich aan haar op.

'Daarna zeiden ze dat ze haar keel zouden doorsnijden als ze het aan iemand vertelde,' stamelde Eileen.

'En toen ze ontdekte dat ze zwanger was, kwam ze naar huis?'

Eileen knikte.

'En toen?'

'Toen stuurde Alan haar weg. Wat kon hij anders doen?'

Ze keek smekend op, alsof ze om Helens begrip bedelde. Helen wilde tegen haar schreeuwen en tieren, maar slikte haar woede in.

'Wanneer was dat?'

'Een half jaar geleden.'

'En toen is ze uit het gezin weggepoetst?'

Eileen knikte. 'Daarvoor vertelde Alan altijd dat ze overzee werkte… bij een organisatie die belangeloos medische hulp bood. Maar daarna zei hij tegen iedereen dat ze dood was.'

'En de foto's?' vroeg Helen, die tegen beter weten in hoopte op een recente foto van de moordenaar.

Eileen zweeg even en keek toen met tranen in haar ogen naar Helen op. 'Die heeft hij allemaal verbrand.'

106

Terwijl Helen naar haar motor rende, schakelde ze haar telefoon weer in. Zeven voicemailberichten. Ze zouden wel allemaal van Harwood zijn, maar daar had Helen nu geen tijd voor. Ze belde Sanderson.

Het duurde lang voordat er werd opgenomen. Toen: 'Hallo?'

'Sanderson, met mij. Kun je vrijuit praten?'

Het bleef even stil. 'O, hallo, mam, wacht even,' klonk het toen. Slimme meid. Het bleef weer een tijdje stil en toen hoorde Helen de branddeur open- en dichtzwaaien.

'Ik zou niet eens met je moeten praten,' vervolgde Sanderson op gedempte toon. 'Harwood zoekt zich kapot naar je.'

'Weet ik en het spijt me dat ik je nog een gunst moet vragen, maar… je moet Carrie Matthews voor me opsporen. Zoek uit wat zij van de handel en wandel van haar zus weet en probeer een foto van haar te krijgen. Als zij er geen heeft, probeer het dan bij de universiteit. Alan Matthews heeft alle foto's die er van haar waren vernietigd toen ze na een groepsverkrachting zwanger thuiskwam. Ella Matthews is degene die we zoeken – daar ben ik honderd procent zeker van. Haar oppakken voordat ze nog een moord pleegt moet nu de hoogste prioriteit hebben voor het team en jou.'

'Ik ben al weg. Ik bel je zodra ik iets weet.'

Helen voelde een mengeling van paniek en opluchting toen ze de trap naar Jakes appartement op liep. Opluchting omdat ze hem weer ging zien, maar paniek om het duister dat in haar oprees. Hoe sterk ze ook was, het kon haar overvallen. De wereld was vol slechtheid en soms werd ze teruggevoerd naar de tijd toen zíj de boksbal van de wereld was, toen haar zus en zij de zonden van de wereld op hun schouders hadden genomen. Ze was onrustig, niet in staat de oplopende spanning in haar binnenste te beteugelen, het gevoel dat ze elk moment weer in die kamer kon zijn.

Jake wilde haar omhelzen, maar ze liet het niet toe. Ze ketende zich ongevraagd vast en zei tegen hem dat hij moest opschieten. Ze wist dat ze bot en agressief deed, maar ze hunkerde hiernaar.

'Nu.'

Jake aarzelde.

'Alsjeblieft.'

Hij zwichtte, koos een rijzweep van gemiddelde lengte uit zijn arsenaal, hief zijn arm en liet hem resoluut op haar naakte rug neerkomen.

'Nog eens.'

Hij hief de zweep weer. Deze keer was hij niet zo onwillig – hij voelde de spanning uit Helens lichaam vloeien terwijl haar paniek ontsnapte. Hij liet de zweep nog eens neerkomen, en nog eens, met stijgende opwinding toen hij in het ritme kwam. Helen eiste nu kreunend meer pijn. Jake gaf het haar… sneller en sneller.

Uiteindelijk hielden de zweepslagen op, Helen ontspande en algauw was alles weer rustig.

Helen genoot van dit moment van stilte. Haar leven was zwaar, uit de hand gelopen, maar wat er verder ook gebeurde, ze kon altijd hiernaartoe komen. Jake was nog altijd haar medicijn wanneer het duister haar besloop. Ze hield niet van hem, maar ze had hem wel nodig. Misschien was dat de eerste stap.

Ze mocht van geluk spreken. Zij had iemand gevonden. Ella niet. Ze was een speeltje geweest van mannen die het lekker vonden om vrouwen te onderwerpen en te mishandelen. Eerst haar vader met zijn hang naar geweld, sadisme en wreedheid. Toen een groepje mannen die ervan hadden genoten een kwetsbare jonge vrouw op te sluiten en te misbruiken. Ze was ontmenselijkt en zwanger afgedankt. Een alleenstaande vrouw die een kind moest grootbrengen dat het gevolg was van een verkrachting.

Zonder dat ze het wilde, dacht ze aan Robert. En zoals altijd deed hij haar aan Marianne denken.

107

Ongelooflijk hoe kalm je bent als je weet dat het eind nabij is. Sinds ze haar besluit had genomen, voelde Ella zich uitgelaten. Ze giechelde, zong liedjes voor Amelia, gedroeg zich als een mal kind. De woede lag nog in haar op de loer, wachtend op een kans om te ontsnappen en zich weer te laten gelden, maar vanochtend had ze er geen behoefte aan.

Ze had een paar dagen eerder wat mooie babykleertjes bij Boots gejat en daar was ze nu blij om. Ze wilde dat Amelia er mooi uitzag als ze werd gevonden. Vanaf het moment dat ze Amelia had gebaard, alleen en onverzorgd in dit smerige flatje, had ze niet geweten wat ze voor haar moest voelen. Ze was het loon van haar zonde, een cadeautje van haar verkrachters dat haar eraan herinnerde hoe hardvochtig de wereld was. Het eerste wat er in haar was opgekomen, was het blèrende bundeltje smoren. Ze had het willen doen, maar… het meisje leek sprekend op haar. Haar verkrachters hadden een donkere huid gehad, zware stoppels en zwart haar. Amelia was blond met een snoezig mopsneusje.

Vervolgens had ze besloten te doen alsof de baby er niet was, haar voor haar bestaan te straffen door haar opzettelijk te laten verhongeren, maar toen had ze de melk uit haar borsten voelen sijpelen en geweten dat hier iets gaande was wat groter was dan zijzelf. Ze had de baby dus de borst gegeven. Af en toe hield ze haar tepel bij het mondje van de baby en trok hem dan weg, het kind pestend met haar onbevredigde honger, maar na een tijdje was zelfs dat wreed en stom gaan lijken en had ze de baby gewillig gevoed. Ze merkte dat ze zich gelukkig voelde als ze de borst gaf, als ze het kleine kindje voedde, en in die korte momenten waarin ze met elkaar verbonden waren kon ze de rest vergeten, het geweld, de schijnheiligheid, de razernij. Op een dag drong het tot haar door dat ze niet wílde dat het kind leed, dat ze het wilde beschermen. Dus wanneer ze er 's avonds opuit ging, deed ze een beetje slaapsiroop in het flesje, dan sliep het kind rustig door tot haar moeder terugkwam.

Het ging haar aan het hart, maar ze stopte haar verdriet weg. Ze had voor deze weg gekozen, dus het had geen zin om spijt te hebben. De pillen lagen in de keuken te wachten. Ze hoefde alleen nog maar een flesje te maken en dan was ze klaar.

Ze kon niet meer terugkrabbelen.

108

De vrouwen keken elkaar aan, allebei onverzettelijk. Harwood had midden in een preek tegen Charlie gezeten over haar onverantwoordelijkheid toen Charlie de bom had laten barsten: ze nam met onmiddellijke ingang ontslag.

Harwood was heel even sprakeloos geweest en had toen met die moeiteloze souplesse die strebers kenmerkt over Charlie heen gewalst. Ze weigerde haar ontslag te accepteren. Ze zou haar bedenktijd geven, zodat ze kon terugkomen op de ernstige fout die ze wilde maken en besluiten bij het korps te blijven, haar bestemming. Charlie vroeg zich af of Harwood de commissaris had toegezegd dat zij het van Helen zou overnemen en of het onderzoek, dat door de pers met argusogen werd gevolgd, niet zou lijden onder Helens abrupte vertrek.

'Charlie, we hebben je nodig. Het team heeft je nodig,' vervolgde Harwood, 'dus vraag ik je voorlopig op je besluit terug te komen.'

'Dat kan niet. Ik heb het beloofd.'

'Ik begrijp het, maar zal ik eens met Steve gaan praten? Ik weet dat hij een probleem had met Helen, maar zij speelt geen rol meer.'

'Voor mij wel. Reden te meer om…'

'Ik waardeer je loyaliteit, heus, maar je lijkt het grotere geheel niet te zien. We staan op het punt de dader te pakken en ik heb al mijn mensen nodig. We móéten deze zaak afsluiten. In ieders belang.'

In het belang van jouw carrière, dacht Charlie, maar ze zei het niet.

'Ik verwacht toch dat je in elk geval je opzegtermijn uitzit. Je weet dat ze bij Personeelszaken heel lastig kunnen doen over pensioenen en zo als mensen contractbreuk plegen. Wil je dat tenminste voor me doen, ons helpen dit tot een goed einde te brengen?'

Charlie ging uiteindelijk door de knieën. Ze vond het écht erg om Sanderson, McAndrew en de rest in dit cruciale stadium van het onderzoek in de steek te laten. Desondanks voelde het ontzettend vreemd om weer in de recherchekamer te zitten. Zonder Helen was het heel anders.

Sanderson had Harwood bijgepraat, die nu het team instructies gaf, maar Charlie had zich ervoor afgesloten, want ze wist toch al wat Harwood ging zeggen. Ze hadden Ella nog niet getraceerd, maar het was nog maar een kwestie van tijd – ze wisten te veel van haar. Harwood kwam eindelijk ter zake en Charlie veerde op nu haar nieuwe chef haar tanden liet zien.

'Waar het nu om gaat, is Ella Matthews zo snel mogelijk en met zo min mogelijk gedoe aanhouden,' verkondigde Harwood. 'Ze is een meervoudige moordenaar die zal blijven moorden tot we haar een halt toeroepen. Er zal desnoods dodelijk geweld worden gebruikt bij haar aanhouding. Er wordt een arrestatieteam standby gehouden.'

Charlie keek naar de andere teamleden en zag verbazing en onbehagen op hun gezichten, maar Harwood stoomde door: 'We hebben nu maar één taak, en die is simpel: Ella Matthews aanhouden. Dood of levend.'

109

Ze was zo onopvallend mogelijk naar het huis gelopen, maar merkte tot haar verbazing – en schrik – dat het niet nodig was. De persmeute had Roberts huis om onverklaarbare redenen verlaten. De rust was weergekeerd in de stille, doodlopende straat – het bescheiden vrijstaande huis stond er eenzaam en troosteloos bij in de striemende regen.

Helen, die al doornat was, bleef in de stromende regen staan en vroeg zich af wat ze nu moest doen. Ze had deze pelgrimstocht naar Cole Avenue ondernomen omdat ze met eigen ogen wilde zien wat Robert doormaakte, maar het was nu wel duidelijk dat er iets was gebeurd. Iets had de rumoerige broodschrijvers verjaagd.

Ze stond nog te dubben toen de voordeur openging. Een vrouw van middelbare leeftijd keek schichtig heen en weer, alsof ze verwachtte besprongen te worden, en rende toen naar een kleine hatchback op de oprit. Ze zette een koffer achterin en liep terug naar het huis. Toen bleef ze staan en draaide zich om naar Helen, die onbeweeglijk in haar leren motorpak stond te kijken. Achterdocht maakte plaats voor herkenning en Monica Stonehill beende opeens resoluut op Helen af.

'Waar is hij?' flapte Helen eruit.

'Wat heb je gedaan?' kaatste Monica terug, zo woedend dat haar stem beverig en onvast klonk.

'Waar is hij? Wat is er gebeurd?'

'Hij is weg.'

'Weg? Waarheen?'

Monica haalde haar schouders op en wendde haar gezicht af. Ze wilde duidelijk niet dat Helen haar zag huilen.

'Nou?' Ondanks haar schaamte klonk Helen boos en ongeduldig.

Monica keek met een ruk op. 'Hij moet vannacht zijn weggelopen. Er lag vanochtend een briefje van hem. Hij... hij schreef dat hij waarschijnlijk nooit meer terugkomt. Dat het zo beter...'

Ze kon niet meer. Helen wilde haar troosten, maar werd woest afgeschud.

'Ik hoop dat God je straft voor wat je hem hebt aangedaan.'

Monica liep met grote passen het huis in en sloeg de deur met een klap achter zich dicht. Helen bleef roerloos in de regen staan. Monica had gelijk, natuurlijk. Helen had Marianne willen redden. Ze had Robert willen redden. Maar ze had beiden tot de ondergang gedoemd.

110

Carric Matthews reikte rechercheur Sanderson met bevende hand de foto van Ella aan. Het was een selfie die Ella aan haar zus had gemaild – een blijk van solidariteit vanuit haar ballingschap en een aandenken. Toen Sanderson bij Carries huis in Shirley aankwam, had Paul, Carries man, geprobeerd het heft in handen te nemen en zijn jonge vrouw naar de achtergrond gedrongen. Hij was een beer van een vent – ouderling in de kerk en oprichter van de Christian Domestic Order. Sanderson had hem met veel genoegen de kamer uit gecommandeerd, dreigend met een hoogst openbare aanhouding als hij niet gehoorzaamde. Hij had ontzet gereageerd – met afgrijzen, zou je misschien beter kunnen zeggen – maar had uiteindelijk gedaan wat hem werd opgedragen.

'Ga haar zoeken, alstublieft. Help haar, alstublieft,' smeekte Carrie terwijl ze de foto uit de la pakte waarin ze hem had verstopt. 'Ze is niet zoals iedereen denkt.'

'Weet ik,' zei Sanderson. 'We doen wat we kunnen.'

Maar terwijl ze het zei, wist Sanderson dat er weinig kans was dat dit goed zou aflopen. Harwood was vastbesloten Ella met alle mogelijke middelen een halt toe te roepen en Ella zelf was waarschijnlijk te ver heen om nog bang te zijn voor de dood. Toch stelde ze Carrie gerust en zei bij het afscheid nog dat er veel organisaties en opvanghuizen waren voor slachtoffers van huiselijk geweld, mocht ze er ooit behoefte aan hebben.

Ze was nog niet buiten of haar portofoon kwam knetterend tot leven.

In een Boots in Bevois was zojuist een vrouw gezien die voldeed aan Ella's signalement. Ze was op winkeldiefstal betrapt, maar op de vlucht geslagen, de Fairview-flat in.

Sanderson sprong in haar auto en joeg met loeiende sirene het middagverkeer opzij. Het was zover. Het eindspel was begonnen. En Sanderson wilde er koste wat kost bij zijn.

111

Ze sloop als een dief naar binnen. Het voelde beschamend en fout om hier te zijn. Ze had jaren de leiding gehad, maar nu was ze een buitenstaander, overbodig en niet welkom.

Na de confrontatie met Roberts moeder was Helen stuurloos geweest, nog duizelend van de schade die ze had aangericht. Ze had Jake gebeld, maar die had een cliënt. Daarna had ze het even niet meer geweten. Ze had niemand anders die ze kon bellen.

Langzaam maar zeker was ze tot bedaren gekomen en toen ze weer logisch kon denken, had ze beseft dat ze toch nog iets nuttig kon doen. Hoewel ze van de zaak was gehaald, had ze de meeste dossiers nog, en bovendien was het belangrijk dat ze aan Sanderson, Harwood en de anderen doorgaf wat ze over Ella aan de weet was gekomen. Als het ooit tot een rechtszaak kwam, zou alles tot in de puntjes in orde moeten zijn. Ze kon zich geen slordigheid permitteren die de nabestaanden van de slachtoffers de gerechtigheid zou kosten die ze verdienden. Ze had dus haar laatste beetje moed verzameld en was naar het hoofdbureau gereden om haar plicht te doen.

De baliemedewerker, die dacht dat ze met verlof was, had verbaasd gereageerd toen hij haar zag. 'Het werk is nooit gedaan, hè?' had hij opgewekt gezegd.

'Ach ja, administratie,' had Helen opzettelijk verveeld gereageerd.

Hij had haar binnengelaten en ze had de lift naar de zevende verdieping genomen. Een tocht die ze vaak had gemaakt, maar nooit als paria.

Ze had haar verslag geschreven en het samen met de dossiers op Harwoods bureau gelegd. Net toen ze weg wilde gaan, schrok ze van een geluid. Ze begreep er niets van – Harwood en het team waren Ella aan het zoeken – maar zag toen tot haar verbazing dat het Tony Bridges was, nog een slachtoffer van de ravage. Ze keken elkaar even aan.

'Heb je het gehoord?' vroeg Helen.

'Ja, Helen, en het spijt me. Als het iets met mij te maken heeft, kan ik…'

'Het komt niet door jou, Tony. Het is persoonlijk. Ze wil me weg hebben.'

'Ze is gestoord.'

Helen glimlachte. 'Zou kunnen, maar zij is de baas, dus…'

'Ja. Ik ben hier alleen om jou… haar… dit te geven. Mijn verslag.'

'Twee zielen, één gedachte,' zei Helen, die weer glimlachte. 'Leg maar op haar bureau.'

Tony trok ironisch een wenkbrauw op en zette koers naar Harwoods kamer. Helen keek hem na en kon het alleen maar doodzonde vinden dat hij was vertrokken. Hij was een getalenteerde, toegewijde rechercheur die door een moment van zwakte onderuit was gehaald. Het was stom van hem geweest, maar hij verdiende toch zeker beter? Melissa was een ongepolijste, maar gewiekste meid die haar kans had gegrepen en genadeloos misbruik had gemaakt van Tony's gevoelens. Er werd nu algemeen aangenomen dat 'Lyra' niet bestond. Helen was razend op zichzelf omdat ze erin was getrapt. Wat had Melissa iedereen moeiteloos zand in de ogen gestrooid. Op grond van haar bewering, die door niemand was onderschreven, waren ze een doodlopende weg ingeslagen en hadden het onderzoek in gevaar…

Helens gedachtegang kwam knarsend tot stilstand. Want Melissa was natuurlijk niet de enige die Lyra 'kende'. Er was nog iemand die beweerde dit fictieve fantoom te hebben gezien. Een jonge vrouw. Een jonge vrouw met een baby.

Helen dacht terug aan dat gesprek – ze zag de jonge prostituee voor zich die haar tegenspartelende baby onhandig had vastgehouden terwijl ze vertelde hoe ze Lyra 'kende'. Het meisje had vrijwel geen woord gezegd en geen ontwikkelde indruk gemaakt, maar nu zag Helen nog iets aan haar. Het kaalgeschoren hoofd en de piercings hadden haar identiteit verhuld, maar er was iets met de vorm van haar gezicht. Helen keek op naar de foto van Ella, die Sanderson op het bord had geprikt, en wist op slag dat het jonge meisje – met haar hoge jukbeenderen en brede, volle mond – Ella moest zijn.

Ze schrok op en zag dat Tony bezorgd naar haar keek.

'Gaat het, chef?'

Helen, die het amper durfde te geloven, keek hem even aan en zei: 'We hebben haar, Tony. We hebben haar.'

112

Helen racete door het centrum naar het noorden van de stad. Ze overschreed de snelheidslimiet op een schandalige manier, maar het kon haar niet schelen. Ze kon met de motor overweg, kon elke surveillancewagen voorblijven en was bezeten van het idee de dader tegenover zich te zien.

Tony had geprobeerd haar tegen te houden, maar ze had hem meteen afgekapt: 'Je hebt me niet gezien, Tony.'

Wat ze ging doen was gevaarlijk en ging alle boekjes te buiten. Als Tony op de een of andere manier in verband gebracht kon worden met haar daden zou hij zijn pensioen kwijtraken, zijn toeslagen, alles. Dat mocht ze hem niet aandoen. Daar kwam nog bij dat hoe meer mensen ervan wisten, hoe groter de kans werd dat iemand anders eerder bij Ella zou zijn, en dat wilde ze onder geen beding laten gebeuren.

Ze had geen idee hoe ze het ging aanpakken. Ze voelde alleen dat ze dit moest doen, dat er een verschrikkelijke ontknoping naderde en dat ze alles moest doen wat in haar macht lag om meer bloedvergieten te voorkomen. Het leven van een baby stond op het spel. En Ella's leven. Hoe weerzinwekkend en gruwelijk haar misdrijven ook waren, Helen voelde sympathie voor Ella en wilde haar ongedeerd aanhouden.

Ze was al snel in Spire Street, stopte bij het vervallen flatgebouw, draaide de contactsleutel om en sprong in één vloeiende beweging van haar motor. Ze keek om zich heen – er was geen teken van leven in de vergeten straat. Ze schoof haar wapenstok in haar riem en liep het gebouw in. Het koude, lege trappenhuis lag bezaaid met het afval van de crackrokers van die nacht. Het afgeleefde gebouw stond op de lijst voor renovatie, maar bood in afwachting daarvan onderdak aan een bonte stoet krakers en junkies. De deur leek voor iedereen open te staan en er liepen dag en nacht mensen in en uit, dus het was niet moeilijk om bij het appartement op de derde verdieping te komen waar Helen Ella vier dagen eerder had gezien, op de groezelige bank genesteld met andere prostituees en verslaafden. Verworpenen die troost zochten bij elkaar.

Alleen was Ella daar nu niet. De stinkende, onsmakelijke 'eigenaar' van het appartement, aan wie ze haar penning liet zien, stuurde haar naar boven. Volgens hem woonde Ella op de bovenste verdieping in een zelfgekozen isolement, alleen met haar baby, verstopt voor de spiedende blikken van de instanties. Het was niet het soort gebouw waar mensen vragen stelden – het ideale onderduikadres voor hun onzichtbare moordenaar.

Helen bleef even bij de deur van nummer 9 staan en duwde de klink naar beneden. De deur zat op slot. Ze drukte haar oor tegen de deur en luisterde ingespannen. Niets. Toen een kreetje. Ze spitste haar oren, maar het was weer stil. Ze pakte een creditcard uit haar tas en werkte hem ter hoogte van het slot tussen de deur. Het slot was oud en binnen twintig seconden had Helen de dagschoot teruggeduwd. Ze was binnen.

Ze sloot de deur geluidloos achter zich en bleef doodstil staan. Niets. Ze liep langzaam door de gang. De oude planken kraakten, dus drukte ze zich tegen de muur.

Bij de keukendeur bleef ze staan. Ze wierp een snelle blik naar binnen, maar er was niemand. Ze zag alleen een aanrecht vol afwas en een grote, gehavende koelkast die tevreden in zichzelf stond te zoemen.

Helen sloop door naar de woonkamer, of wat daarvoor door moest gaan. Ze had op de een of andere manier het gevoel dat Ella daar moest zijn, maar toen ze over de drempel stapte, zag ze dat hier ook niemand was. Toen hoorde ze het weer – dat kreetje. Nu won Helens angst het van haar behoedzaamheid en ze pakte haar wapenstok, beende de woonkamer door en duwde de slaapkamerdeur ruw open. Ze verwachtte elk moment aangevallen te worden, maar de kamer was leeg, afgezien van een oud, onopgemaakt bed en een reiswiegje met een baby erin. Helen keek over haar schouder, bang dat ze in een hinderlaag was gelopen, maar alles was stil en ze haastte zich de kamer in.

Dit was het dus. Het kind waar Ella nooit om had gevraagd, maar dat ze toch had verzorgd. Helen had er goed aan gedaan te komen. Ze legde haar wapenstok op het bed, bukte zich en pakte de baby, die wakker werd en met een knuistje in haar slaperige ogen wreef. Helen zag het glimlachend aan en de baby glimlachte terug. God mocht weten wat dit kleine meisje had gezien, wat ze had meegemaakt, maar toch glimlachte ze nog. Ze had nog een restje onschuld.

'Wat moet jij hier?'

Helen keek om en zag Ella op nog geen drie meter bij haar vandaan in de woonkamer staan. Haar gezicht stond eerder geërgerd dan boos, maar zodra Helen zich omdraaide, veranderde haar gezichtsuitdrukking. Ze herkende Helen, liet haar boodschappentas vallen en vluchtte de kamer uit. Helen wachtte op het geluid van de voordeur, maar in plaats daarvan hoorde ze het geluid van een la die rumoerig open en dicht werd geschoven. Even later kwam Ella terug, gewapend met een groot vleesmes.

'Leg haar terug en maak dat je wegkomt.'

'Dat zal niet gaan, Ella.'

Ella kromp in elkaar bij het horen van haar naam. 'Leg haar terug!' schreeuwde ze.

De baby schrok van het harde geluid en begon te huilen.

'Het is gedaan, Ella. Ik weet wat je hebt doorgemaakt, ik weet hoe je hebt geleden, maar het zit erop. Het is tijd dat je je overgeeft, in je eigen belang en in het belang van je kindje.'

'Geef haar aan me terug, nu, of ik steek je ogen uit je rotkop.'

Ella zette een stap naar voren en Helen drukte de baby tegen zich aan.

'Hoe heet ze?' vroeg Helen, die achteruitdeinsde maar Ella recht aan bleef kijken.

'Geen geintjes.'

'Zeg me hoe ze heet, alsjeblieft.'

'Geef haar aan mij.'

Haar stem klonk dreigend, onvast, maar ze bleef staan. Haar ogen flitsten van de baby naar Helen terwijl ze haar opties overwoog.

'Dat ga ik niet doen, Ella. Dan zul je me eerst moeten vermoorden. Ik heb alleen jouw welzijn en dat van de baby voor ogen. Het gaat niet goed met je en jullie verdienen allebei iets beters dan dit hier. Ik wil je helpen.'

'Denk je dat ik niet weet wat er gaat gebeuren? Zodra we hier weg zijn, sla je me in de boeien en dan zie ik Amelia nooit meer terug.'

'Dat is niet wat ik…'

'Denk je dat ik daarin trap? Nou, vergeet het maar. Zij gaat hier niet weg en jij ook niet.'

Ella stapte weer naar voren en Helen wendde zich af om de baby te beschermen tegen een aanval. Ella's ogen waren zwart en ze hijgde van woede, en op dat moment besefte Helen dat ze een fatale vergissing had begaan.

113

Charlie haastte zich weg van de Fairview-flat, haar meerdere met moeite bijhoudend. Harwood was des duivels nu hun 'aanwijzing' alleen maar tijdverspilling bleek te zijn. Ze waren naar het flatgebouw gescheurd, met een arrestatieteam en bijna de hele recherche op sleeptouw – wat nogal een verrassing was geweest voor het zestienjarige meisje dat bij haar vriendin was ondergedoken na haar klunzige poging om wat make-upspulletjes te jatten bij Boots. Ze leek wel een beetje op Angel, in de verte, maar ze was veel te jong en bovendien was haar lange zwarte haar echt. Toen haar vriendin en zij eenmaal van de schrik waren bekomen, hadden ze praatjes gekregen en gevraagd of ze altijd gewapende gasten stuurden om jonge meisjes te pesten, wat Harwoods stemming er niet beter op had gemaakt. Van een andere kant gezien, onder andere omstandigheden, was het grappig geweest, maar er stond nu te veel op het spel, dus liep Charlie ontmoedigd achter haar chef aan.

'Wat komt híj hier in vredesnaam doen?'

Charlie schrok op uit haar gepeins en zag Harwood naar Tony wijzen, die met iemand van de uniformdienst stond te kletsen die hij kende. Harwood keek wantrouwend naar Charlie, maar die was op alle fronten onschuldig en zei: 'Geen idee.'

Ze liepen naar het tweetal toe.

'Jij hebt hier niets te zoeken,' zei Harwood plompverloren.

'Wat je ook denkt te winnen door hier te komen…'

'Mens, hou je kop,' blafte Tony, en ze klapte haar mond dicht. Iets in Tony's ogen duldde geen tegenspraak. 'Helen weet waar Ella is. Ze is naar haar toe.'

'Hè?'

'Ze wilde me niet vertellen waar ze naartoe ging, of hoe ze wist waar Ella was, maar ik denk dat ze gevaar loopt. We moeten haar helpen.' Hij struikelde bijna over zijn woorden, zo gespannen was hij.

'Hoe kon ze dat in godsnaam weten?'

'Dat wilde ze niet zeggen. Ik was naar boven gegaan om mijn verslag in te leveren en toen… Ze zei dat ik niets mocht zeggen… maar dat kan ik haar niet aandoen.'

'Zet de uniformdienst erop. Ik wil het horen als iemand haar of die kutmotor van haar heeft gezien. Check de verkeerscamera's – misschien kunnen we haar route volgen,' zei Harwood. Ze wendde zich tot Charlie: 'Laat McAndrew teruggaan naar het bureau. Ze moet Helens verslag nakijken. Misschien is er iets in te vinden.'

'En haar telefoon? Als we die kunnen lokaliseren…'

'Doe het.'

Charlie haastte zich weg, op de voet gevolgd door Harwood.

'En ik? Wat kan ik doen om te helpen?' vroeg Tony.

Harwood bleef even staan, draaide zich naar hem om en zei: 'Jij kunt naar de hel lopen.'

114

Helen zat in de val. Ze was voor Ella teruggedeinsd, verder het piepkleine slaapkamertje in, maar nu had ze zich in een hoek laten drijven. Ze had dagen uitgekeken naar dit moment – eindelijk oog in oog komen met de dader – maar nu het zover was, moest de afloop wel dodelijk zijn. Ella zette nog een stap in Helens richting en ze drukte de baby dichter tegen zich aan.

Had ze zichzelf alleen maar wijsgemaakt dat ze Ella zou kunnen redden? Dat ze nog een restje menselijkheid in zich zou hebben? Ze moest contact met haar proberen te maken. Door de krankzinnigheid heen kijken en een manier vinden om tot haar door te dringen.

'Goed, je vermoordt me, en dan? Het hele korps is naar je op zoek. Ze weten hoe je heet, hoe je eruitziet. Ze weten dat je een baby hebt. Je benedenbuurman weet dat ik hier ben, hij weet wie jíj bent, dus je kunt hier niet blijven. Wat wil je doen – op de vlucht slaan met een baby?'

'Zij gaat niet mee.'

'Wat bedoel je?'

'Ik weet niet hoe het met mij verdergaat, maar voor haar is het einde verhaal. Ze heeft genoeg doorstaan.'

'Dat meen je niet.'

'Waarom denk je dat ik die stomme opvolgmelk heb gehaald?'

schreeuwde Ella terug. 'Ik heb de pillen. Ik zou ze haar vandaag geven. Het had allemaal zo… goed kunnen zijn.'

'Ze is nog maar een baby'tje. Mijn god, Ella, je weet wel beter.'

'Noem me niet steeds zo. Ella is dóód. Dit kind gaat met haar mee en als ik jou moet vermoorden om bij haar te komen doe ik dat, verdomme.' Ze kwam nog een stap dichterbij. Ze was nog maar een pas bij Helen vandaan. Helen, die verwachtte dat ze nu elk moment zou toeslaan, zette zich schrap. Toen zei ze: 'Doe het dan maar. Ik zal het je makkelijk maken.'

Helen bukte zich en legde Amelia op het bed. 'Als je haar echt wilt vermoorden, zal ik je niet tegenhouden. Daar is ze. Toe maar.' Ella keek verbaasd van Helen naar haar kindje en weer terug. De baby trappelde en begon te huilen nu ze uit Helens warme omhelzing was bevrijd.

'Schiet op dan!' riep Helen plotseling.

Ella aarzelde nog steeds. Helen had al haar spieren gespannen, klaar om boven op Ella te springen zodra ze ook maar een vinger naar de baby uitstak, maar dat deed Ella niet, en toen besefte Helen dat ze een kans had.

'Ella, luister naar me. Ik weet het, oké? Ik weet dat je in een hel leeft, dat je het gevoel hebt dat de hele wereld tegen je is, dat er overal boosaardige, gewelddadige mannen op de loer liggen die je pijn willen doen. En je hebt gelijk. Dat is ook zo.'

Ella nam haar argwanend op, zich afvragend of het een list was.

Helen haalde diep adem en vervolgde: 'Ik ben als kind verkracht. Meer dan eens. Ik was zestien en probeerde me uit de pleegzorg te bevrijden, maar ik maakte de verkeerde keuzes. En daar heb ik de prijs voor betaald. Ik betaal nog steeds. Ik weet dus waar jij staat. Ik weet dat je gelooft dat er geen weg terug is, maar die is er wél.'

Ella keek Helen strak aan. 'Je lult maar wat.'

'Kijk dan naar me,' zei Helen, die opeens kwaad werd. 'Mijn

handen trillen, goddomme. Ik heb dit nooit aan iemand verteld, aan niemand. Dus waag het niet me van liegen te beschuldigen.'

Ella wendde haar blik niet af. Haar hand omklemde het mes stevig.

'Ik kan niet beweren dat ik je ken,' vervolgde Helen. 'Ik weet niet wat je vader je heeft aangedaan, wat die kerels je hebben aangedaan, maar ik weet wél dat dit het eind niet hoeft te zijn. Je kunt hieroverheen komen. Wat je ook hebt gedaan, je had er een reden voor, en als Amelia wat ouder is, zal ze bij je willen zijn. Ze zal je nodig hebben. Alsjeblieft, Ella, ik smeek je, laat haar niet in de steek.'

Nu wendde Ella haar blik eindelijk af om naar de baby te kijken.

'Ik weet dat je een goed hart hebt. Ik weet dat je het goede kunt doen voor je dochtertje. Dus alsjeblieft, laat mij je helpen. In haar belang.'

Helen stak haar hand uit. Ze wist dat het er nu om spande. Haar laatste kans om hieruit te komen. Haar laatste kans om Ella te redden.

115

Ze tastten in het duister – vergeefs houvast zoekend terwijl de grond steeds onder hun voeten wegzakte. Ze hadden zich terug naar het bureau gehaast, waar Charlie de leiding had genomen. Harwood mocht dan de baas zijn, zij had de tactische ervaring en ze weigerde dit aan iemand anders over te laten – er stond te veel op het spel. Alleen kwamen ze geen stap verder.

McAndrew had Helens dossiers al twee keer doorgenomen, maar geen aanwijzingen omtrent Ella's verblijfplaats kunnen opdiepen. Ze hadden geprobeerd Helens telefoon te traceren, maar die was uitgeschakeld en er was geen signaal. Hij was zes uur eerder voor het laatst gebruikt, toen ze op het bureau was, dus daar hadden ze niets aan. Verkeerscamera's hadden Helen vastgelegd terwijl ze naar het noorden scheurde op haar motor, maar waren haar buiten het centrum kwijtgeraakt. Waar zat ze in godsnaam? Wat had zij opgemerkt dat verder iedereen was ontgaan?

Charlie beende door de gang, de trap af en het bureau uit. Het team zou op haar aanwijzingen doorwerken, maar Charlie had het gevoel dat ze naar buiten moest, iets doen. En toen ze naar haar auto liep, hield ze haar pas in. Er vormde zich een gedachte, er kwam een gesprek terug. Langzaam ontstond er een idee en ze sprong opgewonden in de auto en raasde weg. Opeens wist ze precies waar ze naartoe moest.

Alle ogen waren op Charlie gericht toen ze tussen de rijen bureaus door liep, regelrecht naar de kamer achterin. De beveiligingsmedewerkers en receptionistes, die ze had genegeerd toen ze haar wilden tegenhouden, renden achter haar aan, maar haar voorsprong was te groot en ze was in Emilia's kamer voordat ze haar hadden ingehaald. Ze sloeg de deur dicht, ramde een stoel onder de klink en draaide zich om naar de geschrokken journaliste.

'Waar is ze?' vroeg Charlie streng.

'Waar is wie?'

'Helen Grace.'

'Ik zou het niet weten en eerlijk gezegd vraag ik me af waarom jij denkt dat...'

'Hoe doe je het?'

'Wat? Druk je wat duidelijker uit, alsjeblieft, Char...'

'Je weet waar ze is, je weet met wie...'

'Godallemachtig, hoe zou ik...'

Charlie was bij Emilia voordat ze haar zin kon afmaken, greep haar bij de keel en drukte haar hard tegen de stenen muur. 'Nu moet je eens heel goed naar me luisteren, Emilia. Helens leven staat op het spel en ik garandeer je dat als je me niet nú vertelt wat ik moet weten, ik je kop aan die muur spijker.'

Charlie kneep harder en harder in Emilia's keel en ze stikte bijna.

'Ik heb te veel doorgemaakt om haar te laten vallen, dus zeg op. Hoe doe je het? Luister je haar telefoon af? Onderschep je haar berichten?'

Emilia schudde haar hoofd. Charlie sloeg het hard tegen de muur. '*Zeg op!*'

Emilia maakte een gorgelend geluid, alsof ze iets wilde zeggen, en Charlie liet haar greep verslappen. Emilia brabbelde iets.

'Wat?'

'Haar motor,' kraste Emilia.

'Wat is daarmee?' baste Charlie.

'Er zit een volgzendertje op haar motor.'

Dus dát was het.

'Hoe volg je haar?'

'Het is aan mijn telefoon gelinkt.'

'Goed zo.' Charlie liet Emilia los. 'Breng me naar haar toe.'

116

De baby, die krijsend op bed lag, raakte steeds erger van streek. Geen van beide vrouwen maakte aanstalten haar te troosten. Ze stonden stil in de tijd, balancerend tussen redding en verwoesting. Helens ogen lieten Ella niet los. Ze had geweigerd Helens hand aan te nemen, haar mes te laten vallen. Ze staarde alleen maar naar haar blèrende kind alsof ze probeerde een onoplosbaar mysterie te doorgronden. Helen dacht dat ze, nu Ella afgeleid was, haar mes zou kunnen afpakken, maar ze durfde het er niet op te wagen, niet nu ze haar bijna had omgepraat.

'Dit was mijn bedoeling niet.'

Helen schrok toen Ella plotseling begon te praten.

'Dit was mijn bedoeling niet.'

'Nee, ik weet het.'

'Het is zijn schuld.'

'Ik weet dat je vader een wreed mens was...'

'Ik heb de anderen een dienst bewezen.'

'De tweeling?'

'En Carrie. Ik heb ze bevrijd.'

'Je hebt gelijk, Ella. Hij was een sadistische bullebak.'

'En nog een hypocriet ook. Weet je wat hij tegen me zei? Hij zei dat ik door en door slecht was. Smerig. Hij zei dat ik een zwart hart had.'

'Dat is niet waar.'

'Nadat die mannen… hadden gedaan wat ze hebben gedaan, ben ik gaan drinken, ik gebruikte drugs, slikte pillen, alles wat ik maar kon krijgen… Ik joeg mezelf de dood in, ik… ik had me vast voorgenomen ze nooit meer om hulp te vragen. Ik haatte hem. En haar ook.'

Ze wierp een blik op Amelia en vervolgde: 'Maar ik was zeven maanden heen. En ik… ik smeekte ze om hulp. Ik sméékte ze een adres voor haar te vinden. Ergens weg van míj. En ze sloegen de deur in mijn gezicht dicht. Zeiden dat een verkrachting een lichte straf voor me was.'

Het was een salvo van woorden, haperend en verbitterd.

'Hij keek me recht aan… en zei de meest duivelse dingen en toen… en toen…'

'Je hebt hem weer gezien, hè? Later? Je zag dat hij een prostituee oppikte.'

Ella keek weer naar Helen en nu stonden haar ogen woedend.

'Het was nog maar een paar weken later… en ze kénden elkaar. Hij was een vaste klant, verdomme. En toen snapte ik het – hij had god mag weten hoe lang elke dinsdagavond… Na alles wat hij had gezegd, alles wat hij had gedáán…'

'Hij loog jou voor, hij loog je moeder voor.'

'Hij herkende me niet eens. Een zwarte pruik en een paar neusringetjes, verdomme… maar ik had ook mijn schooluniform kunnen dragen en een grote glimlach kunnen opzetten. Het enige waar hij aan kon denken was wat hij ging beleven, wat hij allemaal met "Angel" mocht doen. Hij was een hond en hij heeft zijn verdiende loon gekregen.'

Helen zei niets. Amelia liep paars aan van het brullen en haar lijfje schokte van een blaffende hoest.

'We moeten haar optillen, Ella. Jij moet haar optillen.'

Ella schrok op en wierp een wantrouwige blik op Helen.

'We kunnen haar niet zo laten huilen. Straks stikt ze nog.'

Amelia ging nog harder huilen en toen begon die blaffende hoest weer. Ella aarzelde.

'Toe, Ella – leg het mes op bed, pak je kind en laten we allemaal samen weglopen.'

Ella keek van Amelia naar het mes in haar hand. Dat was het dan: erop of eronder.

'Laten we hier een eind aan maken.'

117

Hoger, hoger, hoger. Het arrestatieteam nam de trappen met twee treden tegelijk op weg naar de bovenste verdieping van het vervallen gebouw. Er ontbraken treden, de trap was gammel en Harwood, die het team volgde, moest goed kijken waar ze haar voeten zette. Ze hoorde McAndrew achter haar luidkeels vloeken toen ze met een voet door een tree ging.

'Stil, in godsnaam,' siste Harwood.

Toen ze boven waren, zag Harwood Helens motor voor het gekraakte flatgebouw aan de overkant staan. Charlie was er al naar binnen – de krakers hadden bevestigd dat Ella Matthews helemaal bovenin woonde. Het arrestatieteam had nu zijn positie aan de overkant ingenomen en keek uit naar de prooi.

'Wat zie je?' vroeg Harwood, die op was van de zenuwen, aan een van de at'ers.

'Twee vrouwen.'

'Grace?'

'En nog iemand.'

'Wat doen ze?'

Het bleef even stil. Toen zei de at'er: 'Ik kan het niet zien. Het lijkt alsof ze elkaar beetpakken. Het is moeilijk te zien van hieraf.'

'We kunnen nergens anders heen, dus je redt je er maar mee. Zie je een wapen?'

'Nee.'

'Heb je een onbelemmerd schootsveld?'

'Nee.'

'Nou, wat heb je verdomme wél voor me?'

'Als u zin hebt om voor de klachtencommissie van de politie te verschijnen, ga dan vooral uw gang,' riposteerde de geïrriteerde scherpschutter, 'maar ik kan zo niet vuren en ik doe niets tot het wel kan. Als u het beter weet, neemt u het maar van me over.'

Hij beet haar de woorden toe zonder zijn blik ook maar even af te wenden van het drama dat zich aan de overkant ontvouwde. Harwood verbeet haar woede. Ze wist dat hij gelijk had, maar dat maakte het niet minder erg. Ze had hoog ingezet op dit onderzoek en het moest goed uitpakken.

Wat was er in godsnaam gaande aan de overkant?

118

Helen weigerde haar ogen neer te slaan. Ze stond zo ongeveer neus aan neus met Ella. Ze rook haar bedorven adem, voelde het koude staal van het mes tegen haar been drukken, maar Ella bleef weigeren het af te staan.

'Waarom wil je me redden, Helen?' vroeg Ella plotseling.

'Omdat ik denk dat je onrecht is aangedaan. Omdat ik denk dat de wereld bij je in het krijt staat.'

'Denk je dat ik een goed mens ben?' sneerde Ella.

'Ik weet het wel zeker.'

Ella glimlachte cynisch. 'Nou, luister dan maar eens goed naar me. Ik wil je iets vertellen.'

Ze wilde iets zeggen, maar werd afgeleid door een geluid vanuit de woonkamer. Een krakende plank. Helen begreep meteen dat ze gezelschap hadden. Charlie? Tony? Een arrestatieteam? Helen wilde schreeuwen dat ze verdomme uit de buurt moesten blijven, maar ze bleef doodstil staan, zonder het oogcontact te verbreken, met ingehouden adem. Ella aarzelde even en bracht haar gezicht toen nog dichter bij dat van Helen.

'Ik heb er geen spijt van, Helen. Wat ik achteraf ook beweer, ik wil dat jíj het weet. Ik heb nergens spijt van.'

Helen zei niets. Ella had verwijde pupillen en ademde gejaagd.

'Die kerels… die schijnheilige klootzakken… ze hebben hun

verdiende loon gekregen,' vervolgde Ella. 'Ze vonden het maar wat leuk om met hun trouwring te pronken, om de goede echtgenoot en vader te spelen, maar als ze met meiden zoals ík werden gezien, waren ze minder blij. Nou, daar heb ik korte metten mee gemaakt. Ik heb ze te kijk gezet zoals ze echt zijn. De mensen moeten soms wakker worden geschud, hè?' Ze keek Helen even fel aan, maar toen leek het vuur in haar ogen te doven. 'Maar ik wil doen wat goed is voor Amelia. Ik ga je dus vertrouwen. Kan ik je vertrouwen, Helen?'

'Je hebt mijn woord. Ik zal je niet teleurstellen.'

'Dank je wel dan.' Ze draaide het mes langzaam in haar hand om, pakte het lemmet en reikte Helen het heft aan.

Op hetzelfde moment klonk er een knal en Ella vloog opzij en sloeg tegen de deur van de kleerkast naast haar.

Helen verstijfde even van schrik. Toen haastte ze zich naar Ella toe. Terwijl ze bij haar knielde, zag ze al dat het een verloren zaak was. De kogel had Ella's slaap doorboord en ze was al dood.

Charlie stormde de slaapkamer in, maar het was te laat. Helen ondersteunde Ella's hoofd en op het bed, onder de bloedspatten, huilde haar baby onafgebroken door.

119

Helen liep met Amelia aan haar borst gedrukt naar buiten. Collega's renden naar haar toe om te helpen, fotografen gonsden om haar heen, maar ze hoorde en zag niets. Ze duwde iedereen ruw opzij en liep door, erop gebrand zo veel mogelijk afstand tussen het bloedbad en haarzelf te scheppen.

Er werd naar haar geroepen, maar de stemmen waren niet meer dan achtergrondgeluiden. Haar lichaam beefde van het trauma dat ze zojuist had doorgemaakt en ze bleef het schot van de sluipschutter eindeloos herhaald horen. Ze had zo haar best gedaan om Ella te redden uit de puinhoop van haar leven, maar ze had gefaald en er kleefde weer bloed aan haar handen.

Toen ze langs een surveillancewagen liep, zag Helen zichzelf in de voorruit weerspiegeld. Ze zag eruit als een monster – krankzinnig, verslonsd, met klittend haar en bevlekte kleren. Nu drong het tot haar door dat Charlie haar naar een ambulance loodste en haar behoedzaam aanspoorde zichzelf en de baby te laten onderzoeken.

Ze liet zich de ambulance in helpen, maar eenmaal binnen weigerde ze haar medewerking. Hoe het ambulancepersoneel ook aandrong, Helen weigerde Amelia over te dragen, die nu was gekalmeerd en zich met haar kleine, tere handjes aan Helen vastklampte. Helen likte langs haar duim en begon het bloed van de babywangetjes te vegen. Het kind glimlachte erom, alsof het genoot van het kriebelende gevoel. Helen hoorde de anderen om haar heen praten. Ze namen aan dat ze in shock was, dat ze niet helder kon denken, maar ze hadden het mis – ze wist heel goed wat ze deed. Zolang Helen Amelia in haar armen had, kon haar niets overkomen. Ze zou nog even, al was het nog zo kort, veilig zijn voor een duistere, hardvochtige wereld.

Epiloog

120

Helen bleef voor de Guildhall staan, pakte haar spiegeltje, klapte het open en keek hoe ze eruitzag. Er waren twee weken voorbij gegaan sinds de dood van Ella en hoewel Helen er nog vermoeid en afgetobd uitzag, had ze niet meer die uitdrukking van wezenloos afgrijzen op haar gezicht waar ze nog dagen mee had rondgelopen. Ze was haar huis amper uit geweest sinds het was gebeurd en opeens was ze misselijk van de zenuwen. De Guildhall bood meestal een podium aan bands en cabaretiers, maar vandaag was het er afgeladen met politiemensen van de regio Hampshire, die allemaal waren gekomen om eminente functionarissen eer te bewijzen – onder wie Helen. Ze kon wel makkelijker manieren bedenken om weer aan het gewone leven te wennen en ze voelde een sterke drang om rechtsomkeert te maken en het op een lopen te zetten.

Zodra ze het gebouw echter betrad, werd ze overspoeld door een warme golf van welwillendheid. Glimlachjes, schouderklopjes en applaus. Het team van de zevende verdieping omzwermde haar, haar inhalend als hun teruggekeerde aanvoerder, haar weer opnemend in de familie. Het was duidelijk dat Helens mensen zich zorgen om haar hadden gemaakt, misschien bang waren geweest dat ze nooit meer terug zou komen, en Helen was getroffen door hun genegenheid en bezorgdheid. Terwijl ze de gelukwensen in ontvangst nam, realiseerde ze zich dat zij zichzelf dan wel continu haar fouten mocht verwijten, maar dat Charlie, Sanderson en de rest haar een heldin vonden.

Terwijl de onderscheidingen werden uitgereikt, werd ze haar zenuwen de baas en toen was ze eindelijk zelf aan de beurt. Een officiële eervolle vermelding, haar persoonlijk uitgereikt door de plaatsvervangend korpschef. Naast hem, geduldig wachtend op haar beurt om Helen de hand te schudden, stond hoofdinspecteur Harwood.

'Goed gedaan, Helen.'

Helen knikte bij wijze van dank voordat ze het podium verliet. Terwijl ze naar haar stoel op de eerste rij liep, werd ze beslopen door een gevoel van ingehouden voldoening. De zaak was de afgelopen veertien dagen breed uitgemeten – foto's van Helen die met Amelia het flatgebouw uit kwam, hadden op de voorpagina's van alle kranten gestaan, zowel de regionale als de landelijke. Helens team had de knipsels trots in de recherchekamer opgehangen, met op een ereplaats de achtergrondartikelen in de *Southampton Evening News*, waarin Helens karakter en daden de hemel in waren geprezen. Harwoods naam was zo goed als onvermeld gebleven in de verslagen, alsof haar bestaan vergeten was. Misschien bestond er toch nog zoiets als rechtvaardigheid.

Het team droeg Helen zo ongeveer op hun schouders de Guildhall uit. Ze werd meegesleept naar de Crown & Two Chairmen voor een welverdiende, extra lange lunchpauze om het besluit van dit opmerkelijke onderzoek te vieren. Politiemensen zijn gewoontedieren – hoewel iedereen wist dat Helen niet dronk, kon er geen sprake van zijn dat ze ergens anders naartoe zouden gaan dan hun stamcafé. Helen vond het niet erg; het was geruststellend vertrouwd en ze was blij haar mensen weer zo vrolijk en zorgeloos te zien.

Helen dronk haar glas leeg en glipte weg naar de wc's, verlangend naar een moment voor zichzelf, weg van de bewieroking en de lof, maar zo makkelijk kwam ze er niet van af.

'Vrienden?'

Emilia Garanita. Ze was bij de plechtigheid geweest en nu was ze er weer. Helens schaduw.

'Wat heb jij toch met wc's, Emilia?' repliceerde Helen.

'Het valt niet mee om jou onder vier ogen te spreken te krijgen.'

Helen zei niets. Kort na de zaak had ze het op een akkoordje gegooid met haar aartsvijandin; ze had beloofd haar niet te laten vervolgen wegens een poging tot chantage van een dienstdoend politiefunctionaris en erger in ruil voor de belofte dat Emilia baby Amelia met rust zou laten en haar niet in de openbaarheid zou brengen nu ze aan haar nieuwe leven begon. Helen wist dat het gezin Matthews tot op het bot ontleed zou worden – Alans wreedheden en seksuele afwijkingen werden eindeloos besproken in de pers – maar ze wilde de onschuldigen beschermen. Emilia had zich aan de afspraak gehouden en de schijnwerper met vaste hand op Alan Matthews gericht terwijl ze tegelijkertijd de nodige pagina's wijdde aan lofzangen op inspecteur Grace en haar team, waar Helen echter niet warm of koud van werd. Ze had de deal met Emilia uit pragmatische overwegingen gesloten. Wat de rest aanging – vooral de harteloze ontmanteling van Roberts leven – die zou ze nooit vergeten, en al helemaal niet vergeven.

'Ik ben blij dat we het eens zijn geworden,' vervolgde Emilia, de stilte doorbrekend, 'want ik wil de samenwerking graag voortzetten.'

'Ben je nog niet op weg naar Londen?'

'Er wordt aan gewerkt.'

Emilia's primeur had haar kennelijk niet de droombaan opgeleverd waar ze op aasde, maar Helen weerstond de verleiding het haar nog eens extra in te peperen.

'Nou, succes ermee.'

Helen wilde weggaan, maar Emilia hield haar tegen.

'Ik hoop dat we met een schone lei kunnen beginnen en... nou ja, ik wil zeggen dat het me spijt.'

'Dat je me hebt gevolgd? Bedreigd? Of dat je het leven van een jonge knul hebt geruïneerd?' repliceerde Helen.

'Dat ik me niet professioneel heb opgesteld.'

Typisch Emilia, dacht Helen. Een stijfkop, zelfs als ze haar excuses aanbiedt.

'Het spijt me en het zal niet nog eens gebeuren.'

Het was niet veel, maar Helen wist dat het Emilia toch moeite kostte om het te zeggen. Ze aanvaardde de excuses en liep weg. Emilia wilde haar graag iets te drinken aanbieden om hun bestand te bekrachtigen, maar Helen bedankte. Ze had niet zo veel met cafés en vond dat er weinig te vieren viel.

Bovendien moest ze ergens anders heen.

121

Helen liep gehaast met haar boeketje over het pad, dat bezaaid lag met herfstbladeren, als een vreemd mooie loper in dieprood en goudgeel. Zelfs de zon was die ochtend zo vriendelijk door de wolken heen te piepen en het landschap in een warme, wazige gloed te zetten.

De algemene begraafplaats aan de rand van de stad was zo goed als verlaten. Maar weinig mensen kenden het voormalige gevangeniskerkhof – het was de laatste rustplaats van de verstotenen en de niet-opgeëisten. Ella Matthews viel in beide categorieën. Haar moeder en broers hadden haar in de dood net zo aan haar lot overgelaten als bij haar leven. Ze hadden het huis te koop gezet, de pers gemeden en geprobeerd te doen alsof ze op geen enkele manier verantwoordelijk waren voor wat er was gebeurd. Helen wist wel beter en verachtte hen om hun lafheid.

Maar er was iemand die Ella niet was vergeten. Iemand die had geweigerd een dierbaar zusje zo makkelijk af te danken. Carrie Matthews keek om toen Helen naderde en glimlachte schaapachtig naar haar. Ze keken samen even zwijgend naar het anonieme houten kruis, allebei peinzend over de prijs en het loon van zusterliefde. Zij zouden het in elk geval nooit vergeten.

Een paar meter verderop stond een knalrode wandelwagen tussen de rijen grijze zerken. Amelia lag er vredig in te slapen, in zalige onwetendheid van haar omgeving. Na Ella's dood was het kindje tijdelijk bij een noodpleeggezin geplaatst in afwachting van een permanente oplossing. Zoals gebruikelijk waren haar familieleden benaderd, maar niemand had het onschuldige kind willen hebben, tot Carrie Matthews zich op het laatste moment had gemeld. Carrie, die zelf geen kinderen kon krijgen, wilde koste wat kost voorkomen dat haar nichtje in een tehuis zou opgroeien. Helen was tot tranen toe geroerd geweest toen ze het hoorde – ze was onbeschrijflijk opgelucht dat Amelia zou ontsnappen aan het lot dat Marianne en haarzelf al die jaren geleden had getroffen. Er lagen ongetwijfeld nog vele beproevingen voor haar, maar voorlopig was Amelia veilig en wel in de familieschoot.

Carrie wisselde een paar woorden met Helen, legde haar bloemen op het graf en kuste het kruis. Ze had haar man getrotseerd om hier te kunnen zijn, zich niets aangetrokken van de leer en de intimidatie om fatsoenlijk om haar zus te kunnen rouwen. Hoewel ze zich terdege bewust was van de mogelijke gevolgen, was ze toch gekomen. Helen keek naar Carrie Matthews en zag dat er al iets aan haar was veranderd – ze had een nieuwe kracht en vastberadenheid geput uit haar verlangen te doen wat goed was voor Amelia. Misschien zou dit dan Ella's nalatenschap zijn, de bloemen die zouden bloeien op haar graf. Misschien, dacht Helen, is er toch nog hoop.

M.J. Arlidge

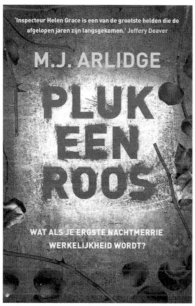

Een jonge vrouw wordt wakker in een koude, donkere kelder. Ze heeft geen idee hoe ze daar terecht is gekomen, of door wie ze is ontvoerd. En dat is pas het begin van haar nachtmerrie. In de buurt wordt het lichaam van een andere jonge vrouw gevonden. Ze is nooit opgegeven als vermist, en haar familie heeft zelfs gewoon sms'jes van haar ontvangen. Iemand heeft zich de afgelopen tijd voor haar uitgegeven.

Inspecteur Helen Grace weet dat ze de dader zo snel mogelijk moet vinden. Die is niet alleen gestoord, maar ook slim en vindingrijk. Maar zodra Helen probeert uit te vinden wat de motivatie van de moordenaar is, start een bijna onmogelijke race tegen de klok...

Verkrijgbaar als
e-book
& papieren boek

M.J. Arlidge

Inspecteur Helen Grace heeft zoiets nog niet eerder meegemaakt: zes branden in vierentwintig uur, met twee doden en meerdere gewonden als gevolg. Dit moet opzet zijn, en het lijkt erop dat iemand de stad tot de grond toe wil laten afbranden.

Grace doet met haar team onderzoek in de rokende puinhopen van de stad. Waar is de pyromaan die dit op zijn geweten heeft? Waarom maakt hij juist deze slachtoffers? Iedereen kan zijn volgende doelwit zijn. Eén fout kan het einde van Helens carrière betekenen, en in steeds meer gebouwen breekt brand uit. Ondertussen moet Helen ook haar eigen demonen zien te verslaan...

 Verkrijgbaar als
e-book
& papieren boek